ALFRED CAPUS

— x —

THÉATRE COMPLET

—

I

Brignol et sa Fille • •

Rosine • • • • • • • •

Les Maris de Léontine

ARTHÈME **FAYARD**

ÉDITEUR

18-20, Rue du Saint-Gothard

PARIS

ALFRED CAPUS

THÉATRE COMPLET

ŒUVRES REPRÉSENTÉES

Brignol et sa Fille, trois actes.

Innocent, trois actes, avec ALPHONSE ALLAIS (non imprimé).

Rosine, quatre actes.

Petites Folles, trois actes.

Mariage bourgeois, quatre actes (non imprimé).

Mon tailleur, un acte.

Tom, un acte (non imprimé).

Les Maris de Léontine, trois actes.

La Bourse ou la Vie, quatre actes.

La Veine, quatre actes.

La petite Fonctionnaire, trois actes.

Les deux Écoles, quatre actes.

La Châtelaine, quatre actes.

Le Beau Jeune Homme, quatre actes (non imprimé).

L'Adversaire, quatre actes, avec EMMANUEL ARÈNE.

Notre Jeunesse, quatre actes.

Monsieur Piégois, trois actes.

L'Attentat, cinq actes, avec L. DESCAVES.

Les Passagères, quatre actes.

Les deux Hommes, quatre actes.

L'Oiseau blessé, quatre actes.

Un Ange, quatre actes.

Qui perd gagne, cinq actes, pièce tirée du roman, en
   collaboration avec PIERRE VEBER.

ALFRED CA US

HÉATRE COMPLET

I

Brignol et sa Fille
Rosine
Les Maris de Léontine

PARIS
ARTHÈME FAYARD, ÉDITEUR
Rue du Saint-Gothard, 18-20

Il a été tiré à part :

CINQ EXEMPLAIRES NUMÉROTÉS SUR PAPIER DU JAPON

ET

VINGT EXEMPLAIRES NUMÉROTÉS SUR PAPIER

DE HOLLANDE,

BRIGNOL ET SA FILLE

COMÉDIE EN TROIS ACTES

*Représentée pour la première fois sur le théâtre du Vaudeville,
le 23 novembre 1894,
et reprise au théâtre de l'Odéon, le 23 octobre 1901.*

PERSONNAGES

	Au Vaudeville.	A l'Odéon.
	MM.	MM.
LE COMMANDANT BRUNET	Dieudonné.	Coste.
BRIGNOL, 50 ans	Lérand.	Bouthors et A. Lambert.
VALPIERRE, 50 ans	Lagrange.	Siblot.
CARRIARD, 38 ans	Torin.	Janvier.
MAURICE VERNOT, 28 ans.	Manoin.	G. Séverin.
UN CONCIERGE	Mondolot.	Taloy.
	Mmes	Mmes
MADAME BRIGNOL	Samary.	E. Bonnet.
CÉCILE BRIGNOL	Lecomte.	Piérat.
MADAME VALPIERRE. . .	de Gérardon.	Dehon.
UNE BONNE	Renn.	Maia.

A Paris, de nos jours.

(Le texte de cette réédition est conforme à la représentation de l'Odéon.)

BRIGNOL ET SA FILLE

ACTE PREMIER

Un cabinet de travail, avec quelques meubles de salon, assez élégant. A droite, une table avec des dossiers; du même côté de la table, un coffre-fort, et à côté du coffre-fort, une bibliothèque. La porte d'entrée, au fond, et une porte à droite et à gauche, donnant sur la chambre et le salon.

SCÈNE PREMIÈRE

BRIGNOL, LE CONCIERGE.

(Au lever du rideau, Brignol est assis sur un fauteuil, devant son bureau. Entre le concierge.)

LE CONCIERGE.

Je viens de voir le propriétaire, monsieur. Il n'attendra pas une minute de plus. Je dois ajouter qu'il est très en colère contre vous.

BRIGNOL.

Tout cela s'arrangera.

LE CONCIERGE.

C'est la première fois qu'un de ses locataires est en retard de trois termes.

BRIGNOL.

Ce n'est pas bien grave.

LE CONCIERGE.

Enfin, monsieur, je me permets de vous rappeler que dans quelques jours...

BRIGNOL.

Quoi?

LE CONCIERGE.

Ce sera la saisie. Vous avez déjà reçu le premier commandement, la signification...

BRIGNOL.

Croyez-vous que je ne sache pas comment cela se passe? Je le sais mieux que tous les propriétaires : je suis avocat...

LE CONCIERGE.

Je m'en vais... (*Entre madame Brignol.*) Vous n'avez rien de particulier à lui faire dire, au propriétaire?

BRIGNOL.

Dites-lui que je le paierai demain.

LE CONCIERGE.

Demain, sans faute? Il n'y a pas encore eu de saisie dans l'immeuble.

BRIGNOL.

Il n'y en aura pas, rassurez-vous.

LE CONCIERGE.

Monsieur, je vous présente mes respects. Madame...

(Il sort par la porte du fond.)

SCÈNE II

BRIGNOL, MADAME BRIGNOL.

MADAME BRIGNOL.

As-tu vu les gens que tu devais voir?

BRIGNOL.

N'aie donc pas peur. J'ai deux ou trois affaires en train qui vont aboutir infailliblement.

MADAME BRIGNOL.

Rappelle-toi qu'à l'autre terme, tu comptais beaucoup aussi sur deux ou trois affaires, et qu'en définitive nous n'avons pas pu le payer.

BRIGNOL.

Ça n'a aucun rapport. Ne te tracasse pas... C'est comme si nous avions l'argent.

MADAME BRIGNOL, après une pause.

Ils viennent d'arriver.

BRIGNOL, distrait.

Qui donc?

MADAME BRIGNOL.

Mais, mon frère et sa femme. Ils sont là, ils vont venir t'embrasser... Vous ne vous ferez de reproches, ni les uns ni les autres; c'est convenu, et ce sera absolument comme s'il ne s'était rien passé. Cette brouille, qui dure depuis des années, nous est fort pénible, à ta fille et à moi.

BRIGNOL.

Est-ce ma faute? C'est Valpierre qui s'est fâché avec nous, je ne me souviens même plus à propos de quoi.

MADAME BRIGNOL.

Oh !

BRIGNOL.

Oui, je sais maintenant : pour quelques misérables centaines de francs qu'il m'a prêtées et que je ne lui ai pas rendues exactement.

MADAME BRIGNOL.

Tu ne les lui a même pas rendues du tout.

BRIGNOL.

Entre parents, on ne se brouille pas pour ces
bêtises-là. S'il m'avait emprunté de l'argent, et
s'il ne me l'avait pas rendu, je ne me serais pas
brouillé avec lui. Tout cela vient de sa femme qui
ne nous aime pas, j'en suis convaincu.

MADAME BRIGNOL.

C'est qu'aussi tu t'es conduit avec eux d'une
façon!...

BRIGNOL.

D'ailleurs, je ne leur en veux pas du tout.

(Entrent monsieur et madame Valpierre.)

SCÈNE III

LES MÊMES, MONSIEUR ET MADAME VALPIERRE.

BRIGNOL.

Eh! bonjour, mon cher Valpierre !... bonjour,
ma chère amie!... Vous êtes gentils d'être venus.
Je suis bien content de vous revoir.

VALPIERRE, *embarrassé.*

Mon cher Brignol...

BRIGNOL.

Vous n'avez pas vieilli... Ah! vous menez une
bonne existence. La province, la tranquillité!...
Rien de nouveau, à Poitiers?

VALPIERRE.

Pas grand'chose.

MADAME VALPIERRE.

Pas grand'chose.

BRIGNOL, *s'approchant de Valpierre.*

Je reconnais que j'ai eu tort, là! Es-tu satisfait?... Et pour notre petit compte, nous le règle-
rons prochainement, je te le promets.

MADAME VALPIERRE.

Vous n'avez pas eu tort seulement, vous avez
eu tous les torts.

BRIGNOL.

Je l'avoue, tous les torts.

MADAME VALPIERRE.

Et nous n'en avons eu aucun, c'est essentiel à
établir.

BRIGNOL.

Aucun, pas l'ombre. Et maintenant, n'en parlons plus et ne revenons pas sur le passé... Est-ce
qu'on se brouille, en famille? On peut cesser de
se fréquenter, mais se brouiller définitivement,
jamais! Vous dînez avec nous, n'est-ce pas?

MADAME BRIGNOL.

Oui, oui.

BRIGNOL, *à madame Valpierre.*

Vous ne vous imaginez pas, mes chers amis, à
quel point j'étais contrarié de ne plus vous voir
et combien je regrettais ce malentendu.

(Il lui serre la main.)

MADAME VALPIERRE.

Il n'aurait pas eu lieu, si vous n'aviez pas
quitté Poitiers dans de pareilles conditions.

BRIGNOL.

J'ai quitté Poitiers très naturellement. Il arrive
tous les jours que des gens quittent la province
pour s'installer à Paris.

VALPIERRE.

Tu n'as pas quitté Poitiers naturellement,

permets-moi de te le rappeler. Tu l'as quitté, criblé de dettes, poursuivi par cinquante créanciers...

MADAME VALPIERRE.

...Qui venaient à chaque instant nous relancer jusque chez nous.

BRIGNOL.

Il fallait me les envoyer à Paris : j'ai une adresse.

VALPIERRE.

Sans mes démarches et mes relations, toi, le beau-frère d'un magistrat, tu aurais été rayé du tableau de l'ordre des avocats... ce qui était le déshonneur.

MADAME BRIGNOL.

Voyons, mon ami...

VALPIERRE.

Tu as donné ta démission : il n'était que temps.

BRIGNOL, *se levant.*

Je n'ai jamais tenu à plaider. Le métier d'avocat est un métier fini.

VALPIERRE.

Sans compter les scènes continuelles que vos créanciers vous faisaient en pleine rue... Il est possible qu'à Paris ces choses-là n'aient pas d'importance, mais, à Poitiers, elles déshonorent — vous entendez?

MADAME VALPIERRE.

Et elles sont tristes pour la famille.

BRIGNOL, *à Valpierre.*

Tu exagères. *(A madame Valpierre.)* Adolphe, ma chère amie, a toujours exagéré : voilà la source de toutes nos discussions.

VALPIERRE, *se levant.*

Je n'exagère rien.

MADAME BRIGNOL.

Il est convenu qu'on oubliera.

VALPIERRE.

Je ne demande pas mieux, et c'est, en effet, mon intention. Je tenais simplement à rappeler à ton mari que si nous avons été désunis si longtemps, c'est qu'il y avait des raisons. Je ne suis pas de ces gens nerveux et légers qui se fâchent pour une parole en l'air, et il a fallu que Brignol passât véritablement toutes les bornes pour que nous en arrivions à ces extrémités.

BRIGNOL.

Bien.

VALPIERRE.

Lorsque, après quelques mois de mariage, tu aventurais résolument la dot de ta femme dans une opération ridicule, et que tu la perdais jusqu'au dernier sou, j'ai fait ce que j'ai pu pour vous tirer d'embarras.

BRIGNOL.

C'est exact.

VALPIERRE.

Remarque aussi que je ne m'étais pas opposé à cette union avec ma sœur, union parfaitement absurde, puisque tu étais sans fortune. Tu n'as donc rien à me reprocher.

MADAME VALPIERRE.

Si vous aviez suivi seulement les conseils que je vous donnais pour l'éducation de votre fille?... Vous avez eu le tort grave de ne pas diriger Cécile du côté de l'enseignement; je le disais tout à l'heure à votre femme. C'est une grande ressource pour les jeunes filles qui n'ont pas de fortune. Au contraire, vous l'avez laissée s'élever à l'aventure. Aujourd'hui, Cécile a près de vingt ans et elle ne pourrait même pas être institutrice.

SCÈNE IV

Les Mêmes, CÉCILE.

CÉCILE. *entrant du fond, riant.*

Vous savez, ma tante, que j'ai entendu?

MADAME VALPIERRE.

Il n'y a pas de quoi rire.

CÉCILE.

Mais, rassurez-vous, je sais lire, écrire et compter... Et puis, nous serons riches un jour, père me l'a promis plus de cent fois.

BRIGNOL.

Et je te le promets encore.

CÉCILE.

J'y compte absolument.

BRIGNOL.

Voilà comment il faut prendre les choses.

VALPIERRE.

En attendant, vous vivez au milieu de créanciers qui sont continuellement pendus à votre sonnette. Ça doit bien vous amuser, toutes les deux?

CÉCILE.

Ce n'est pas ennuyeux, je vous assure. Moi, je suis étonnante pour les créanciers de papa... Quand j'entends qu'ils lui font des scènes, j'ouvre tranquillement la porte de son cabinet, comme pour lui demander quelque chose; ça interrompt l'orage.

BRIGNOL, *riant.*

C'est infaillible!

VALPIERRE.

Je le crois... Maintenant, laisse-nous, mon enfant. *(A Brignol.)* Si tu le permets, nous allons causer un peu plus sérieusement.

MADAME BRIGNOL.

Ne lui faites pas trop de reproches, je vous en prie.

VALPIERRE.

Des reproches?... Mais je ne lui en fais pas du tout!

MADAME VALPIERRE.

Nous avons quelque chose à lui proposer, tout simplement.

CÉCILE, *à madame Brignol.*

Ça va être une petite scène de morale pour papa... Nous les gênerions.

(Elle sort à gauche avec sa mère.)

SCÈNE V

BRIGNOL, VALPIERRE, MADAME VALPIERRE.

VALPIERRE.

Voyons, mon ami, que comptes-tu faire?

BRIGNOL.

Ce soir?

VALPIERRE.

Non, en général. Que comptes-tu faire pour sortir de la lamentable situation où vous êtes tous les trois?

BRIGNOL.

Quelle situation? De quelle situation parles-tu?

VALPIERRE.

De la tienne.

BRIGNOL.

Mais, mon ami, ma situation n'est pas lamentable du tout. Elle est excellente. Nous sommes un peu gênés en ce moment-ci, je veux bien l'admettre. Mais qui est-ce qui ne l'est pas de temps à autre?

VALPIERRE.

Vous devez à votre propriétaire, ma sœur me l'a dit. Vous allez être saisis, probablement un de ces jours; je vous vois environnés de créanciers...

BRIGNOL.

Cela peut être ennuyeux, ce n'est pas très grave. Il y a à Paris cent ou cent cinquante mille individus qui sont dans le même cas. Il y en a en province aussi.

MADAME VALPIERRE.

Pardon.

BRIGNOL.

Personne n'a de dettes, en province?

MADAME VALPIERRE.

Non. Quand on en a, on est obligé de venir habiter Paris.

VALPIERRE.

Ecoute-moi, Brignol *(Lui prenant la main.)* Je suis prêt à vous aider. Je l'ai déjà fait et je le referai volontiers, si tu veux prendre une résolution énergique.

BRIGNOL.

Et dans quel genre?

VALPIERRE.

Il faut travailler, il faut accepter une place

dans un bureau, n'importe quoi ; je m'arrangerai avec tes créanciers, que l'on réglera peu à peu.

MADAME VALPIERRE.

Voilà la proposition que mon mari voulait vous faire... Elle est très raisonnable.

BRIGNOL.

Etre employé, à mon âge ! J'aime à croire que tu badines ? Je ne puis plus, au contraire, que m'occuper d'affaires très importantes qui exigent de l'activité et où je pourrai utiliser mon expérience.

VALPIERRE.

A ton âge ?... Ne dirait-on pas ?... *(Le regardant.)* Ma parole, on te donnerait quarante ans ! Tu parais quinze ans de moins que moi et nous sommes de la même année. Tu n'es jamais malade ?

BRIGNOL.

Jamais.

VALPIERRE.

Tu n'as pas de rhumatismes ?

BRIGNOL.

Du tout.

VALPIERRE.

Moi, j'en suis couvert. J'ai vieilli, toi, tu as l'air d'un jeune homme, voilà où mène la fainéantise. C'est décourageant ! Enfin, tu veux continuer à ne rien faire ? C'est comme il te plaira.

BRIGNOL.

Mais tu te trompes. J'ai cinquante affaires en train... Qu'une seule réussisse, et nous voilà sauvés, pour ne pas dire riches... En attendant, j'ai des clients... Connais-tu Carriard ?

2

VALPIERRE.

Qu'est-ce que c'est que ce monsieur?

BRIGNOL.

C'est un homme qui m'a fait gagner cinq cents francs, le mois dernier. Tu dîneras avec lui ce soir. Je vais très probablement avoir une position superbe dans sa manufacture ou dans le nouveau chemin de fer qu'il va construire... sans compter le journal qu'il va fonder, et dont je dois être l'administrateur.

VALPIERRE.

C'est ça... tes clients?

BRIGNOL.

As-tu entendu parler du commandant Brunet?

VALPIERRE.

Le commandant Brunet, de Poitiers? Je le connais très bien.

BRIGNOL, *contrarié*.

Ah! tu le connais... Enfin, tu vois que ma situation n'est pas aussi...

VALPIERRE.

Et c'est un de tes clients, le commandant?

BRIGNOL.

Oui, oui.

VALPIERRE.

Il n'a plus un sou; il s'est ruiné au jeu.

BRIGNOL.

Pardon, le commandant n'est pas ruiné. Bref, cher ami...

VALPIERRE.

En effet, je me rappelle vaguement cette histoire. Il a fait un petit héritage, il y a deux ans?

BRIGNOL.

Oui.

VALPIERRE.

Il y a eu un procès à Poitiers, qu'il a gagné?...

BRIGNOL.

Parfaitement.

VALPIERRE.

Et il n'a pas perdu cet argent au baccara?

BRIGNOL.

Non, il ne joue plus.

VALPIERRE.

Tu le vois souvent?

BRIGNOL.

Souvent.

VALPIERRE.

C'est un assez bon homme; je le rencontrerais avec plaisir.

BRIGNOL.

Ah!

VALPIERRE.

Où demeure-t-il donc?

BRIGNOL. *préoccupé.*

Le commandant? Hum! J'ai son adresse dans un de mes tiroirs, je te la donnerai.

VALPIERRE. *un silence.*

Je me demande quel genre d'affaires tu peux avoir avec le commandant?

BRIGNOL.

Je t'ai parlé de lui en l'air. Je n'ai pas que lui. Ce ne sont pas les ressources qui me manquent... Tu t'imagines qu'on est perdu, parce qu'on doit trois termes, et qu'on a quelques paiements en retard. Mais, c'est un hasard, à Paris, quand on ne doit pas un terme ou deux, et ces choses-là ne tirent pas du tout à conséquence!

VALPIERRE.

Et où prendras-tu l'argent pour payer?

BRIGNOL.

Mais, je ne sais pas, je le saurai plus tard.
L'important est que je l'aie, et je l'aurai nécessairement. Vingt fois déjà, je me suis trouvé dans
une situation analogue et à la dernière minute,
je m'en suis toujours tiré.

VALPIERRE.

Veux-tu mon opinion? Il viendra un jour où
tu ne trouveras plus d'argent, et ce jour-là, tu
te compromettras d'une façon définitive... (*Brignol
hausse les épaules.*) comme, d'ailleurs, tu as déjà
failli faire deux ou trois fois...

BRIGNOL.

Moi?

MADAME VALPIERRE.

Et l'affaire des diamants, à Tours ?

BRIGNOL.

Rien du tout.

MADAME VALPIERRE.

Et l'affaire du vin de Champagne?

BRIGNOL.

Des puérilités. Personne ne s'en souvient, et
tout cela s'est arrangé comme tout s'arrange à la
longue.

VALPIERRE.

Tu verras où te mèneront ces idées.

BRIGNOL.

Me prends-tu, d'ailleurs, pour un ambitieux
qui veut gagner des millions comme un finan-
cier?... Qu'est-ce que je souhaite, moi? Donner

cent mille francs de dot à Cécile et me retirer à la campagne avec une dizaine de mille francs de rente.

VALPIERRE, *railleur.*

C'est bien simple.

BRIGNOL.

Eh bien! cette somme-là, je peux la gagner à Paris, mais je ne pouvais pas la gagner à Poitiers.

VALPIERRE, *devant le bureau.*

Mais, cette somme, monsieur, je l'ai à peine, moi qui vous parle, et j'ai été magistrat pendant trente ans. Et tu aurais la prétention de la gagner d'un seul coup?

BRIGNOL.

Parfaitement. Te souviens-tu que j'ai voulu t'emprunter un jour vingt mille francs et que tu me les as refusés?

VALPIERRE.

Certes !

BRIGNOL.

Mon ami, si tu me les avais prêtés, non seulement je te les aurais rendus l'année suivante, avec les intérêts, mais encore, aujourd'hui, je serais plus riche que toi.

VALPIERRE.

Vraiment?

BRIGNOL.

Oui, c'était une spéculation sûre.

MADAME VALPIERRE.

Et vous auriez trouvé naturel de devenir, par de pareils moyens, plus riche qu'Adolphe qui a travaillé trente années?... Je suis enchantée qu'il ne vous ait pas prêté cet argent.

(On entend un bruit de voix.)

BRIGNOL.

Qu'est-ce que c'est ?

(Il va à la porte pour écouter.)

CÉCILE, de la coulisse.

Je vous assure qu'il n'est pas là !

VALPIERRE.

Hein ?

BRIGNOL.

Chut !... Ah ! il est parti.

VALPIERRE.

Encore un créancier ? C'est inouï !

(Entre Cécile.)

SCÈNE VI

LES MÊMES, CÉCILE.

BRIGNOL.

Qui était-ce?

CÉCILE.

Un monsieur Vignon. Il est de ton cercle.

BRIGNOL.

Qu'est-ce qu'il voulait?

CÉCILE, souriant.

Dame!

BRIGNOL.

Enfin, il est parti?

CÉCILE.

Il n'est pas parti tout à fait; il est sur le trottoir... Il te guette. Il attend que tu rentres...

BRIGNOL.

Sur le trottoir? Il a un aplomb, celui-là!

MADAME VALPIERRE.

Délicieux !

BRIGNOL.

Je vais lui parler; il commence à m'agacer.

(Il sort.)

SCÈNE VII

VALPIERRE, CÉCILE, MADAME VALPIERRE.

MADAME VALPIERRE, à Cécile qui rit.

Tu trouves cela drôle ?

CÉCILE, cessant de rire.

Très drôle !

MADAME VALPIERRE.

Et c'est tous les jours comme ça ?

CÉCILE.

Presque tous les jours.

VALPIERRE, s'emportant.

Et ta mère supporte cette situation-là ?

CÉCILE.

Que voulez-vous qu'elle y fasse ?

VALPIERRE.

Et toi, tu n'es pas exaspérée, tu n'es pas navrée ?

CÉCILE.

Nous en avons l'habitude.

VALPIERRE.

Tu n'es pas épouvantée d'être ainsi toute ta vie ?

CÉCILE.

Père prétend que cela finira bientôt.

MADAME VALPIERRE.

Cela ne finira jamais! Il est impossible que cela finisse!

CÉCILE.

Eh bien! puisque c'est une chose qui ne finira jamais, il faut bien que je m'y accoutume.

MADAME VALPIERRE.

C'est insensé!

CÉCILE.

Mais vous savez, ma tante, j'aimerais mieux que mon père fût riche et que nous n'ayons jamais d'ennuis; je préférerais posséder des chevaux, des voitures et une maison de campagne, et mener la vie qui nous conviendrait. Mais vous venez de dire vous-même que cela n'arriverait jamais...

VALPIERRE.

Je le crains.

CÉCILE.

Dans ces conditions-là, mon oncle, je ne vois vraiment rien de mieux à faire que ce que je fais en ce moment-ci.

VALPIERRE, *il se promène et frappe du pied.*

Si tu avais été dans l'enseignement, comme je l'ai conseillé cent fois à ma sœur, tu n'assisterais pas à de pareils spectacles.

CÉCILE.

Oui, mais il est trop tard. Je ne suis pas dans l'enseignement; je ne suis bonne à rien, nous n'avons pas d'argent et papa a des dettes. Je suis bien obligée d'en prendre mon parti.

VALPIERRE.

Si ton père n'avait pas quitté Poitiers!

CÉCILE.

Il l'a quitté, que voulez-vous y faire?

VALPIERRE.

S'il n'avait pas fait tant de sottises! s'il n'avait pas été si imprévoyant! si... si... Il serait avocat, car il plaidait très bien; il aurait une position.

CÉCILE, *énervée.*

Si... si... si?... Mais tout cela n'est pas. Je le regrette, c'est tout ce que j'y puis.

VALPIERRE.

Et comment cela finira-t-il, malheureuse petite?

CÉCILE.

Nous le saurons plus tard... Ma tante, venez donc voir papa se promener sur le trottoir, avec son créancier. C'est très amusant.

(Elle sort avec madame Valpierre qui fait des gestes de découragement.)

SCÈNE VIII

VALPIERRE, *puis* LE COMMANDANT, *puis* BRIGNOL.

VALPIERRE, *seul.*

Il est impossible que cela finisse bien. *(Le commandant entre.)* Monsieur... *(Le reconnaissant.)* Tiens! c'est vous, commandant?

LE COMMANDANT.

Valpierre! En effet, vous êtes le parent de Brignol, il me semble?

VALPIERRE.

Son beau-frère.

LE COMMANDANT.

C'est cela. Il y a si longtemps que j'ai quitté Poitiers, que l'avais oublié... Je viens de rencontrer Brignol sur le trottoir, là, en face ; il m'a dit de monter.

VALPIERRE.

Il va revenir. Et vous ne retournez jamais à Poitiers ?

LE COMMANDANT.

Rarement. J'allais autrefois chasser chez mon neveu qui a une propriété aux environs.

VALPIERRE.

Elle est voisine de la mienne. J'ai appris avec plaisir, mon cher commandant, que vous étiez lié avec mon beau-frère. Il me parlait de vous, il n'y a qu'un instant.

LE COMMANDANT.

Je l'aime beaucoup, beaucoup.

VALPIERRE.

Vous êtes en rapport d'affaires avec lui ?

LE COMMANDANT.

Oui. Il m'a rendu de grands services dans mon procès.

VALPIERRE.

Ah ! Et vous vous êtes définitivement fixé à Paris ?

LE COMMANDANT.

A peu près. Je vous comprends, allez, Valpierre. Je n'ai pas laissé une très bonne réputation à Poitiers, hein ? c'est ce que vous voulez dire ?

VALPIERRE.

On n'attaque en rien votre honorabilité, commandant.

LE COMMANDANT.

Mais on me reproche d'aimer le jeu et de courir les cercles ?

VALPIERRE.

On vous plaint surtout d'y avoir perdu votre fortune. Quant à votre vie, commandant, malgré cette faiblesse, elle est au-dessus de la médisance. Il est seulement pénible pour vos amis de voir un homme de votre situation se fourvoyer parmi des gens douteux, passer des nuits entières à tripoter des cartes et en être réduit à n'avoir plus que la ressource d'une pension, après avoir gaspillé plusieurs centaines de mille francs. Comment, vous, commandant, qui vous feriez plutôt tuer que de commettre la plus légère indélicatesse ?...

LE COMMANDANT, affecté.

Merci, Valpierre. Vous avez de moi une meilleure opinion que je ne mérite ; je me connais maintenant. Certes, je ne me crois pas encore capable de commettre la moindre indélicatesse ; mais, on me dirait que j'arriverais à en commettre plus tard...

VALPIERRE.

Allons donc !

LE COMMANDANT.

Tout est possible, quand on joue ! tout est possible ! Enfin, Dieu merci, je n'en suis pas là !

VALPIERRE.

Mais est-ce que Brignol ne me disait pas tantôt que vous aviez fini par renoncer au jeu ?

LE COMMANDANT.

En effet, je n'ai joué, depuis dix-huit mois, que des jeux insignifiants : le bésigue chinois, le piquet... J'avais renoncé au baccara, je m'en trouvais très bien.

VALPIERRE.

Alors...

LE COMMANDANT.

Ne me félicitez pas. Je vais recommencer à jouer aujourd'hui même.

VALPIERRE.

Tant pis, commandant, tant pis.

LE COMMANDANT.

J'espère que, depuis le temps que je ne joue plus, ma déveine se sera épuisée. Connaissez-vous le système de d'Alembert?

VALPIERRE.

Non.

LE COMMANDANT, *haussant les épaules.*

On prétend que c'est bon.

VALPIERRE.

Mon pauvre ami! Et vous ne gagnez jamais?

LE COMMANDANT.

Jamais.

VALPIERRE.

D'ailleurs, les anciens militaires ne gagnent jamais au baccara...

LE COMMANDANT.

C'est vrai. Vous l'avez remarqué aussi?

VALPIERRE.

Je ne l'ai pas remarqué, mais c'est une chose que tout le monde sait.

LE COMMANDANT.

Tout le monde le sait! Moi aussi, je le sais, et je joue tout de même... Vous ne jouez pas, vous? Les magistrats sont assez heureux pourtant, en général.

VALPIERRE.

Eh !

LE COMMANDANT.

Pardon, Valpierre, pardon !... Je suis un nigaud, je ne vois que le jeu partout et je mourrai sur la paille, j'en suis sûr. Tenez, il y a un homme qui a failli me sauver de cette passion stupide : c'est votre beau-frère.

VALPIERRE.

Brignol ?

LE COMMANDANT.

Vous avez dans votre beau-frère, mon ami, un homme de premier ordre. Il a le génie des affaires et il fera un jour une grande fortune. Vous ai-je dit qu'il m'était resté une trentaine de mille francs de mon procès ? C'était ma dernière ressource et c'est à lui que je dois de ne pas l'avoir encore perdue au baccara.

VALPIERRE.

Ah !

LE COMMANDANT.

Ou de ne pas m'être laissé entraîner dans des spéculations idiotes par quelqu'un de ces tripoteurs qui pullulent dans les cercles... Ah ! mon ami, quand on a su, au cercle, que je venais d'hériter de ces malheureux trente mille francs, on m'en a proposé des placements avantageux ! Il y a... Chose..., qui est à la Bourse, qui voulait me faire gagner vingt mille francs par an.

VALPIERRE.

Fichtre !

LE COMMANDANT.

Brignol, lui, a été carré : « Quand ces trente mille francs, m'a-t-il dit, vous auront rapporté six pour cent, ce sera le bout du monde. Mais ils peuvent vous rapporter cela, en les manœuvrant bien. Donnez-les-moi. »

VALPIERRE, *brusquement.*

Vous les lui avez donnés?

LE COMMANDANT.

Il y a dix-huit mois. Nous avons fait quelques petites affaires sans danger et j'ai touché deux mille francs, mon argent de poche.

VALPIERRE.

Très bien, très bien.

LE COMMANDANT.

Hélas! mon pauvre ami, ces bonnes résolutions ne devaient pas durer longtemps. J'ai résisté tant que j'ai pu. Aujourd'hui, il faut que je joue et je viens lui reprendre mon argent. Vous me croirez, Valpierre, j'hésite depuis ce matin, tellement je sais que cela lui fera du chagrin.

VALPIERRE.

Oui... Oh! oui.

LE COMMANDANT.

J'en suis honteux, mais c'est une fatalité qui me domine. Je rêve de baccara toutes les nuits; je me réveille en sursaut, j'ai des cauchemars. C'est plus fatigant que de jouer véritablement.

VALPIERRE.

On perd moins.

LE COMMANDANT.

Oh! moi, mon sort est si bien réglé d'avance que ce n'est plus la peine de m'en occuper. Je finirai sur la paille, à moins que je ne demande l'aumône à mon neveu qui est très riche. Ah!... voici Brignol.

BRIGNOL, *entrant.*

Excusez-moi, commandant.

LE COMMANDANT, *à Valpierre.*

J'aurai, j'espère, le plaisir de vous revoir pendant votre séjour à Paris?

VALPIERRE

Je le pense... Au revoir.

(Il regarde Brignol qui détourne la tête, et sort.)

SCÈNE IX

BRIGNOL, LE COMMANDANT.

BRIGNOL.

Commandant, je suis à vous. Rien de grave, j'espère?

LE COMMANDANT, *hésitant.*

Rien.

BRIGNOL.

La fin de saison ne s'annonce pas mal. Si cela continue, vous aurez une bonne somme à toucher.

LE COMMANDANT.

Merci, Brignol, merci. Je n'oublierai pas ce que vous avez fait pour moi.

BRIGNOL.

C'est fort naturel. Un autre, à ma place, vous eût donné peut-être plus d'argent pour débuter; il aurait fini par aventurer vos trente mille francs dans quelque spéculation hasardeuse et vous ne les auriez pas revus. Je préfère, moi, vous donner un peu moins et ne rien risquer. *(Désignant son coffre-fort.)* Votre petit capital est là, en bons titres, et si l'occasion s'en présente, une occasion favorable, quelque chose de sûr, je vous garantis que nous ne la laisserons pas échapper.

LE COMMANDANT, *s'avançant vers le coffre-fort.*

Mes titres sont là?

BRIGNOL.

La prudence en affaires a toujours été mon système.

LE COMMANDANT *se promène, hésite et revient devant Brignol, piteusement.*

Brignol, vous voyez devant vous l'homme le plus bête de Paris.

BRIGNOL.

Qu'est-ce qu'il y a?

LE COMMANDANT.

Décidément, mon ami, je suis inguérissable.

BRIGNOL.

De quoi? Vous êtes malade?

LE COMMANDANT.

Je suis inguérissable du jeu.

BRIGNOL, *brusquement.*

Vous avez l'intention de rejouer? Mais, malheureux...

LE COMMANDANT.

Ne me faites pas de reproches, Brignol, ne m'en faites pas, je vous en supplie. Je sais bien que je perdrai et que je mourrai sur la paille. Vous aurez fait tout ce qui était humainement possible pour m'éviter ce malheur, je vous en serai reconnaissant toute ma vie.

BRIGNOL.

Mon pauvre commandant, c'est de l'aberration. Vous qui venez de rester un an et demi sans toucher une carte?

LE COMMANDANT.

Je n'ai pas joué une seule fois au baccara, c'est

vrai. Je ne jouais que des jeux d'enfants, le bésigue, par exemple. Eh bien! mon ami, je trouvais encore le moyen de perdre de véritables
sommes. J'ai établi le compte de ce que m'a
coûté le bésigue chinois, le mois dernier : quatre
cents francs. Avant-hier, j'ai perdu plus de cent
francs à la manille, avec des méridionaux... C'est
une déveine insensée! Des jeux auxquels tout le
monde gagne! Alors, je me suis dit : « Autant
me remettre au baccara. J'ai une chance au
moins de me rattraper de temps en temps. » Je
vous ai rapporté votre reçu. Rendez-moi mes
titres, mon pauvre ami, et ne vous occupez plus
de moi : je ne le mérite pas.

BRIGNOL.

Vous voulez donc rejouer immédiatement?

LE COMMANDANT.

Ce soir même, après dîner. Les rares fois que
j'ai gagné, ça a été après dîner.

BRIGNOL.

Vous allez perdre sur vos titres en les vendant
précipitamment.

LE COMMANDANT.

Cela m'est égal.

BRIGNOL, montrant le calendrier.

Recommencer à jouer un vendredi, après une
aussi longue interruption!...

LE COMMANDANT.

Je ne suis pas superstitieux. Et j'ai la conviction que le vendredi porte bonheur, au contraire.

BRIGNOL, tirant sa montre.

Vendre des titres à cette heure-ci, c'est inouï!

§

LE COMMANDANT.

Le plus tôt sera le mieux... Si je suis pressé, Brignol, c'est que je suis fermement résolu à ne plus manœuvrer à tort et à travers, comme auparavant. J'ai étudié un système et je ne m'en écarterai pas d'une ligne... *(Brignol hausse les épaules.)* Connaissez-vous le système de d'Alembert?

BRIGNOL, *avec assurance.*

C'est un des plus mauvais qu'il y ait. Vous n'aurez plus un centime dans trois semaines.

LE COMMANDANT, *d'un ton pénétré.*

C'est possible.

BRIGNOL.

C'est certain.

LE COMMANDANT.

Ne me donnez pas de remords, mon ami. Je ne puis plus m'arrêter maintenant, il est trop tard. Je deviendrais malade, si j'étais seulement obligé de retarder d'un jour. Prenez votre reçu et dites-vous que vous n'aurez pas eu affaire à un ingrat.

(Il s'avance machinalement vers le coffre-fort ainsi que Brignol.)

BRIGNOL.

Combien d'argent vous faut-il pour commencer?

LE COMMANDANT.

Ecoutez, Brignol, si je risque ce qui me reste sou à sou, je n'ai aucune chance de me défendre. Je vais mettre tout mon argent dans un tiroir, et à la grâce de Dieu!

BRIGNOL, *s'essuyant le front.*

Vous voulez tout? *(Le commandant fait signe que oui.)* C'est bien, commandant, j'ai fait mon devoir. *(Il va s'asseoir à son bureau et écrit.)* Vous aurez cela demain ou après-demain, le temps matériel de négocier.

LE COMMANDANT.

Je négocierai moi-même. De la rente ou des chemins de fer, c'est comme de l'argent comptant. L'important pour moi est de n'avoir pas le temps de réfléchir et, puisque je fais une sottise, de la faire instantanément. J'aurais été navré, si vous n'aviez pas eu mes titres sous la main. Et, tenez ! j'ai de l'espoir. Je crois que cette fois-ci, je gagnerai.

BRIGNOL, *un peu pâle.*

A demain donc, c'est convenu.

LE COMMANDANT.

Pourquoi demain, mon pauvre Brignol ? Réglons cela tout de suite.

BRIGNOL.

Diable ! que vous êtes pressé ! il y a des formalités de caisse indispensables.

LE COMMANDANT.

Lesquelles ? Du moment que mon argent est là...

BRIGNOL.

Il est là... C'est-à-dire qu'il y a l'équivalent. *(Balbutiant.)* Il faut moi-même que je transforme...

LE COMMANDANT.

Que vous transformiez quoi ? Vous avez mes titres là. Je vous donne votre reçu, vous me rendez mes titres et je me résigne à la perte qui en résultera... c'est très simple.

BRIGNOL.

Vous n'entendez rien aux choses de la finance, commandant : vous êtes bien heureux ! Ce ne sont pas vos titres positivement que j'ai en caisse, je vous le répète, c'est l'équivalent. Il est matériellement impossible que vous les ayez avant quelques heures.

LE COMMANDANT, *ennuyé.*

Mon argent n'est pas dans le coffre-fort? Je le croyais... vous venez de me le dire.

BRIGNOL.

C'est un terme de finance.

LE COMMANDANT.

Il faut que j'attende jusqu'à demain... à midi, à peu près?

BRIGNOL.

A quatre heures.

LE COMMANDANT.

Quatre heures... Vous ne vous imaginez pas combien ce contre-temps dérange mes projets. Enfin, je puis compter que demain à quatre heures...

BRIGNOL.

Oui...

LE COMMANDANT.

Il n'y aura pas de retard? Vous ne prévoyez pas de retard?... Je vais m'arranger en conséquence.

BRIGNOL, *prenant le commandant par le bras, après une hésitation.*

Ah! commandant!... Vous ne savez pas ce que vous feriez, si vous étiez bien gentil? Vous ne recommenceriez à jouer que dans quelques jours.

LE COMMANDANT.

Oh! cela! jamais! Brignol, jamais!... N'insistez pas, vous redoublez mes remords.

BRIGNOL.

Vous me rendriez un grand service, commandant.

LE COMMANDANT.

Pourquoi?

BRIGNOL, *baissant la voix.*

Je vais vous dire une chose que je ne dirai qu'à vous, parce que je sais que vous êtes un honnête homme incapable d'une mauvaise pensée... *(Le commandant lève les yeux.)* J'ai besoin de quelques jours pour négocier vos fonds. Je ne supposais pas que vous les exigeriez du jour au lendemain et je les avais placés dans une affaire sûre.

LE COMMANDANT.

Quelques jours !

BRIGNOL.

Une quinzaine.

LE COMMANDANT.

Sapristi ! Sapristi de sapristi ! Nom d'un chien ! Cela m'ennuie beaucoup... Une affaire sûre ? Quelle affaire ?

BRIGNOL.

Ne vous inquiétez donc pas, vous les aurez dans quinze jours.

LE COMMANDANT.

Je suis très inquiet, au contraire, très inquiet ! Vous ne deviez pas aventurer mon argent dans n'importe quelle affaire sans m'en prévenir. C'est spécifié dans le reçu.

BRIGNOL.

Pouvais-je supposer... ?

LE COMMANDANT.

Soyons sérieux, maintenant. *(Mettant la main sur l'épaule de Brignol.)* Qu'avez-vous fait de mes trente mille francs ?

BRIGNOL.

Vous les toucherez de demain en quinze, commandant. Vous ne me croyez pas un escroc ?

LE COMMANDANT.

Certes !

BRIGNOL.

Eh bien ! je vous donne ma parole d'honneur pour demain en quinze. Vous avez mon reçu, il sera aussi bon qu'aujourd'hui.

LE COMMANDANT.

Quinze jours.

BRIGNOL.

Vous êtes exquis, commandant.

(Il lui prend la main, l'autre se laisse faire froidement.)

LE COMMANDANT.

Moi qui avais si confiance en vous ! Quand vous m'avez dit : « Vos titres sont dans le coffre-fort...» je croyais absolument les tenir.

BRIGNOL.

Il n'y a rien de changé.

LE COMMANDANT.

Voilà une aventure bien ennuyeuse, et je ne m'y attendais pas ! J'avais en vous une confiance absolue, Brignol.

BRIGNOL.

J'espère, commandant...

LE COMMANDANT, *à part, sans lui répondre.*

Je vais aller consulter mon neveu.

BRIGNOL.

Vous ne me gardez pas rancune? *(Le commandant ne répond pas et secoue la tête. Brignol fait un grand geste en se parlant à lui-même.)* Evidemment, j'ai eu tort ! Je le sais bien...

(Entre Carriard.)

SCÈNE X

Les Mêmes, CARRIARD.

CARRIARD.

Bonjour, commandant. La santé est bonne ?

LE COMMANDANT.

Excellente.

CARRIARD.

Vous verra-t-on ce soir au cercle ?

LE COMMANDANT *se retourne furieux.*

Au cercle ! Je ne sais plus quand on m'y verra, au cercle.

(Il s'en va.)

SCÈNE XI

BRIGNOL, CARRIARD.

CARRIARD, *à Brignol.*

Qu'est-ce qu'il a donc ?

BRIGNOL.

Il est de mauvaise humeur.

CARRIARD.

Vous avez eu quelque histoire avec lui ?

BRIGNOL.

Un malentendu.

CARRIARD.

Ah! ah!... grave?

BRIGNOL.

Du tout.

CARRIARD.

Tant mieux.

BRIGNOL.

Vous dînez ce soir à la maison, vous ne l'avez pas oublié?

CARRIARD.

Je suis trop heureux. Ces dames vont bien? Votre fille...

BRIGNOL.

A merveille.

CARRIARD.

Je suis venu avant dîner pour vous apporter une nouvelle. Je crois que j'achèterai cette usine dont je vous ai parlé récemment.

BRIGNOL.

Quelle usine?

CARRIARD.

Dans la Nièvre.

BRIGNOL.

Ah! bon. Tant mieux, cher ami, tant mieux.

CARRIARD.

Vous paraissez préoccupé?

BRIGNOL.

Ce n'est rien.

CARRIARD.

Vous aurez là votre position, mon cher ami. Il est clair que vous serez obligé de quitter Paris; mais, dès qu'il s'agit d'intérêt...

BRIGNOL.

Ah! ce n'est pas cela qui serait un obstacle. Il y a des moments où j'en suis bien dégoûté, de Paris.

CARRIARD.

Vous vivrez là-bas, modestement, avec madame Brignol. Deux ou trois fois par an, j'irai vous voir avec ma femme...

BRIGNOL.

Votre femme?

CARRIARD.

Décidément, vous avez quelque chose aujourd'hui .. ma femme, c'est-à-dire votre fille... Car je n'ai pas besoin de vous rappeler que tout cela est basé sur mon mariage avec votre fille, qui est un projet convenu entre nous.

BRIGNOL.

Ah ! oui... en effet...

CARRIARD.

Vous vous rappelez?...

BRIGNOL.

Parfaitement... Je n'ai pas encore eu l'occasion d'en parler, ni à ma fille, ni à ma femme ; mais, en effet, c'est un projet convenu entre nous.

CARRIARD.

Cher ami, votre fille est gaie, elle n'a aucun défaut, elle est charmante. J'ai découvert que j'avais pour elle un grand attachement... Il me serait très désagréable de ne pas l'épouser.

BRIGNOL.

Mais il reste entendu, n'est-ce pas, cher ami, que vous ne me tiendrez pas rancune au cas peu probable où ma fille refuserait?

CARRIARD.

Cela va de soi.

BRIGNOL.

Elle a toujours fait ce qu'elle a voulu et je

suis incapable d'exercer sur elle la moindre autorité.

CARRIARD.

Eh ! je vous avoue que, sans fatuité, je ne m'attends pas à un refus. Votre fille est très aimable avec moi ; nous causons en camarades. Je n'ai pas encore quarante ans, nos âges ne sont pas trop disproportionnés...

BRIGNOL.

Tant mieux, mon ami, tant mieux.

CARRIARD.

Quand lui parlerez-vous ?

BRIGNOL.

Mais bientôt... dans quelques jours... Aujourd'hui, je vais vous présenter à mon beau-frère.

CARRIARD.

Valpierre... de Poitiers ?

BRIGNOL.

Vous le connaissez ?

CARRIARD.

Je connais tout le monde, moi !

(Entre la bonne avec des cartes.)

BRIGNOL, *prenant les cartes.*

Encore !

CARRIARD.

Une affaire ?

BRIGNOL.

Je le crois... Venez-vous, cher ami ?

(Ils sortent.)

LA BONNE.

Que dois-je répondre ?

BRIGNOL.

Veuillez introduire ces messieurs ici... Je suis à eux tout de suite.

SCÈNE XII

Le Commandant BRUNET, MAURICE, La Bonne.

LA BONNE, *allant à l'autre porte.*

Si ces messieurs veulent bien entrer?

LE COMMANDANT, *à la bonne.*

Il n'est pas parti, j'espère?

LA BONNE.

Non, messieurs... Monsieur vous prie de bien vouloir l'attendre un instant.

(Elle sort.)

LE COMMANDANT, *agitant sa canne.*

Trente mille francs!

MAURICE.

Pourquoi, diable! aussi, mon oncle, ne m'avez-vous pas raconté cette histoire-là plus tôt?

LE COMMANDANT, *haussant les épaules.*

Est-ce que je pouvais supposer une pareille chose? Brignol!

MAURICE.

Vous êtes bien naïf, permettez-moi de vous le dire. Brignol! Qu'est-ce que c'est que ça, Bri-gnol?

LE COMMANDANT.

Il est de Poitiers... J'avais confiance en lui.

MAURICE.

Vous avez été dupé toute votre vie, et vous le serez toujours. Il n'y a rien à faire.

LE COMMANDANT.

J'avais confiance, te dis-je... Alors, décidément, tu crois que ce Brignol ? ..

MAURICE.

Brignol est comme les autres. Il a joué à la Bourse, et ne vous faites pas d'illusion, votre argent est irrévocablement perdu.

LE COMMANDANT.

Irrévocablement ?

MAURICE.

Il n'y a pas d'exemples du contraire.

LE COMMANDANT.

J'en ai une déveine dans tout ce que je fais !

MAURICE.

Aussi, mon oncle, on n'a pas idée d'une simplicité pareille.

LE COMMANDANT.

Tu en parles à ton aise. Il est facile de ne pas compromettre sa fortune, quand on a quatre-vingts ou cent mille francs de rentes... Et puis, tu es bon, toi ! On dirait que tu t'es toujours conduit comme un ange. J'ai le jeu, c'est vrai ; mais tu as...

MAURICE.

Les femmes...

LE COMMANDANT.

Il me semble que tu as assez fait de bêtises et que j'ai eu assez d'ennuis de ce côté-là, quand j'étais encore ton tuteur... Bon ! Alors...

MAURICE.

J'en conviens, mais ça vaut encore mieux,

avouez-le, que de se faire exploiter par un homme
d'affaires véreux... Enfin, nous allons tâcher de
rattraper quelque chose par la menace. Mais cela
m'étonnerait bien.

LE COMMANDANT.

Ce qu'il y a d'inouï, c'est que c'est un garçon
de très bonne famille, avocat! Il y a des moments
où je ne crois pas ce qui m'arrive.

MAURICE.

Ce n'est pas arrivé qu'à vous... *(Apercevant Brignol.)* Laissez-moi parler.

SCÈNE XIII

Les Mêmes, BRIGNOL.

BRIGNOL.

Messieurs!... Mon cher commandant...

LE COMMANDANT.

Assez de simagrées, Brignol. J'ai réfléchi. Tout
cela est fort louche.

MAURICE.

Je vous en prie, mon oncle. *(A Brignol.)* Mon
oncle, monsieur, m'a montré votre reçu, il est
formel. Nous ne vous demandons pas de nous
rendre les fonds ce soir...

LE COMMANDANT.

Pourtant...

MAURICE.

Non, mon oncle, vous ne pouvez pas exiger les
fonds ce soir.

BRIGNOL.

C'est évident.

MAURICE.

Nous vous demandons simplement par quelles valeurs ils sont représentés et de nous montrer ces valeurs.

BRIGNOL., *se promenant, anxieux.*

J'ai dit au commandant...

LE COMMANDANT.

Vous m'avez parlé d'une affaire sûre.

MAURICE.

Quelle est cette affaire?

BRIGNOL, *balbutiant.*

Nous avons convenu tout à l'heure, mon cher commandant, que dans quinze jours...

LE COMMANDANT, *élevant la voix.*

Non, monsieur, nous n'avons rien convenu du tout. Je veux mes fonds, vous m'entendez?

(Il frappe le bureau avec sa canne.)

MAURICE.

Mon oncle, monsieur, vous donne jusqu'à demain midi. Je n'ai pas besoin d'insister sur la situation où vous vous êtes placé. Si demain, à midi, vous n'avez pas réglé, mon oncle déposera une plainte contre vous.

LE COMMANDANT.

Absolument. *(Toujours très haut.)* Vous vous êtes conduit à mon égard d'une façon infâme. Qu'est-ce que je vais faire toute la soirée, sapristi?

BRIGNOL.

Vous ne cessiez de me dire depuis un an que vous renonciez au jeu.

LE COMMANDANT, *élevant toujours la voix et faisant du bruit.*

Ça n'est pas vrai ! Je vous ai toujours dit que je ne jouerais plus, tant que je serais en déveine ; aujourd'hui, ma déveine était passée, et il faut...

(Cécile entre.)

SCÈNE XIV

Les Mêmes, CÉCILE.

CÉCILE.

Mon père... Oh! pardon, messieurs. *(Bas à Brignol.)* J'ai entendu du bruit, je viens te délivrer...

MAURICE, *à son oncle.*

Tiens, elle est jolie, cette petite fille !

CÉCILE, *à son père, bas.*

Encore deux créanciers? Mon pauvre papa !

BRIGNOL, *même jeu.*

Oui... mais c'est fini. Ils allaient partir.

MAURICE, *à son oncle, bas.*

Vous ne la connaissez pas ?

LE COMMANDANT.

Qui ?

MAURICE, *bas.*

La jeune fille ?

LE COMMANDANT, *bas.*

Eh ! je me soucie bien...

MAURICE, *bas.*

Elle est charmante!

CÉCILE, *bas, à son père.*

Le dîner est prêt, dépêche-toi... Messieurs...

MAURICE.

Mademoiselle...

(Sort Cécile.)

SCÈNE XV

LES MÊMES, moins CÉCILE

LE COMMANDANT.

Résumons-nous, monsieur. Si demain à midi...

BRIGNOL.

A midi !... Je vous certifie, commandant, que vous exagérez singulièrement.

LE COMMANDANT.

Allons donc, monsieur!

(Maurice a l'attitude d'un homme qui ne s'intéresse pas à ce colloque.)

BRIGNOL.

Vous ne pouvez pas vous imaginer à quel point, de votre part, ces soupçons me sont pénibles.

LE COMMANDANT.

Empruntez à votre beau-frère.

BRIGNOL.

J'ai besoin de quelques jours...

LE COMMANDANT. *à Maurice.*

Qu'est-ce qu'il faut faire ! Mais parle donc! Tu ne dis plus rien...

MAURICE.

Hein? oui... *(A Brignol.)* Monsieur.

BRIGNOL, *à Maurice s'approchant.*

Je vous le demande en conscience, à vous, qui

êtes raisonnable, monsieur. Voyons, est-il admissible qu'un père de famille, comme moi, ancien avocat, commette délibérément des actions honteuses?

MAURICE, *machinalement.*

Évidemment... Vous avez des enfants?

BRIGNOL.

Une fille.

MAURICE.

Oui... oui.

LE COMMANDANT.

Trois jours, je vous donne trois jours, pas un de plus!... *(Bas à Maurice.)* Écoute, Maurice, règle cela toi-même avec lui. Je ne veux pas y assister, je finirais par me mettre en colère. Je te verrai ce soir.

BRIGNOL.

Il est bien simple d'arranger cela à l'amiable, mon cher commandant.

LE COMMANDANT.

Trois jours, monsieur! Qu'est-ce que je vais faire pendant ces trois jours?

(Il sort.)

SCÈNE XVI

BRIGNOL, MAURICE, *puis* VALPIERRE.

BRIGNOL.

Votre oncle, monsieur, est un homme charmant. Nous sommes en relations depuis très longtemps, et je serais désolé de me brouiller avec lui. Asseyons-nous, nous allons fixer...

4

MAURICE.

Est-ce que le délai de trois jours?

BRIGNOL.

Le délai de trois jours est suffisant à la rigueur. Je regrette que nous n'ayons pas commencé par là, cela nous eût évité des explications inutiles. Mais le commandant est entré dans une telle fureur!...

MAURICE.

Il est très vif.

BRIGNOL.

Je l'aime beaucoup et je sais que la crainte de ne pas jouer de quelque temps suffit à l'exaspérer. D'ailleurs, je ne lui en veux pas le moins du monde. Mais, que diable! quand il s'abstiendrait encore de jouer pendant quelques semaines...

MAURICE.

Quelques semaines?

BRIGNOL.

Quelques semaines ou quelques jours, peu importe. *(Apercevant Maurice qui essaye de regarder une photographie de jeune fille placée sur son bureau.)* C'est ma fille...

MAURICE.

Elle est charmante... Voyons, je tâcherai d'obtenir un mois; je n'en réponds pas.

BRIGNOL.

Il ne peut pas refuser, à vous.

MAURICE.

Alors, vous êtes sûr que dans un mois?

BRIGNOL.

Ah! mon cher monsieur, dans un mois, il y a longtemps que cette affaire sera terminée. Ce

n'est même plus la peine d'en parler. Un mois!...
Je vous remercie, cher monsieur, je vous remercie. Vous ne jouez pas, vous, au moins?

MAURICE, *riant.*

Jamais.

BRIGNOL.

Je me rappelle parfaitement avoir rencontré
votre père à Poitiers, quand j'étais encore au
barreau. Il est mort vers quatre-vingt-dix, s'il
m'en souvient bien.

MAURICE.

Oui.

BRIGNOL.

Et vous n'avez plus que votre oncle? Quel
charmant homme! Il est bien fâcheux qu'il ait
cette triste manie.

MAURICE.

De ce côté, il est incorrigible.

BRIGNOL.

Vous qui avez de l'influence sur lui, vous
devriez essayer de le raisonner... Il finira par se
faire du tort.

VALPIERRE *entr'ouvre la porte, et, apercevant quelqu'un,
fait mine de se retirer.*

Oh! pardon.

BRIGNOL, *vivement.*

Mais, tu n'es pas de trop! Entre donc.

VALPIERRE, *bas.*

C'est le commandant qui faisait tout ce
tapage?

BRIGNOL, *même jeu.*

Quel tapage? Où prends-tu du tapage?... *(Haut.)*
Mon cher ami, je te présente monsieur Maurice
Vernot, le neveu du commandant Brunet... Mon
beau-frère, monsieur Valpierre... magistrat à
Poitiers.

MAURICE, *s'inclinant.*

Ah!

VALPIERRE.

Le neveu du commandant! Monsieur, nos propriétés sont presque voisines.

BRIGNOL.

Vous ne vous connaissez pas, c'est étonnant...
Valpierre, mon cher monsieur Vernot, a été
comme moi, un ami de votre père.

VALPIERRE.

En effet... C'était un homme de premier ordre.

BRIGNOL.

Un esprit des plus remarquables.

LA BONNE, *entrant.*

Monsieur est servi.

BRIGNOL.

Bien. Prévenez madame... *(A Maurice après une hési-*
tation.) Je compte bien, monsieur Vernot, que vous
restez à dîner avec nous?

MAURICE.

Oh! trop aimable... vraiment, c'est impossible.

BRIGNOL.

Mon beau-frère vous en prie.

VALPIERRE.

Je vous en prie, monsieur.

BRIGNOL.

Nous serons tout à fait en famille. *(Entrent*
madame Brignol, Cécile et Carriard.) Ma femme... ma
fille... Monsieur Maurice Vernot, le neveu du

commandant Brunet, qui veut bien nous faire l'amitié de diner à la maison.

MAURICE.

Mais...

MADAME BRIGNOL.

Vous nous ferez le plus grand plaisir, monsieur.

BRIGNOL.

A table, mes enfants, à table!

(Tout le monde sort par la porte du fond.)

ACTE II

Même décor qu'au premier acte.

SCÈNE PREMIÈRE

BRIGNOL, MAURICE.

(Au lever du rideau. Maurice sort des billets de banque de son portefeuille et les remet à Brignol.)

BRIGNOL.

Merci, cher ami. Je vous rendrai cette petite somme le...

MAURICE.

Ne parlons pas de cela. Allons-nous au théâtre, ce soir?

BRIGNOL.

Je crois qu'il en avait été question hier. Je vais le demander à ces dames. *(Serrant la main de Maurice.)* Vous savez, mon cher ami, je ne vous remercie pas. Voilà plusieurs fois que vous m'obligez, avec une gentillesse...

(Sur un geste de Maurice, il sort.)

SCÈNE II

MAURICE, seul.

Au fait, qu'est-ce que je lui ai donc prêté, depuis quinze jours? Une fois quinze cents, le

lendemain du jour où je suis venu ici : une fois
dix louis, et aujourd'hui trois mille francs. Ça
fait... Oui... hum! hum! Et pourquoi?... Qu'est-ce
que je viens faire ici?... Epouser cette délicieuse
jeune fille? Non, ce n'est pas possible. Elle a
vraiment un père trop... spécial... Et si je ne
l'épouse pas... Je ferais peut-être mieux de m'en
aller.

(Entrent Brignol et Cécile.)

SCÈNE III

MAURICE, BRIGNOL, CÉCILE.

CÉCILE, *à Maurice.*

Bonjour, monsieur. *(Ils se serrent la main.)* Nous
acceptons votre loge avec plaisir et je vous
remercie. Il y a au moins deux mois que nous
ne sommes pas allés au théâtre.

BRIGNOL.

Deux mois, c'est ma foi, vrai!

(Il se met à son bureau et écrit.)

MAURICE, *baissant la voix, à Cécile.*

Je suis si content de vous être agréable.

CÉCILE.

Qu'est-ce qu'on joue?

(Elle s'assied.)

MAURICE, *un silence.*

Pourquoi prenez-vous si peu de distractions?

CÉCILE.

Mon père est très occupé.

BRIGNOL.

Ah! ah! Dame!

CÉCILE.

Il ne peut jamais nous accompagner. Nous menons la vie la plus provinciale du monde.

MAURICE.

Vous ne vous ennuyez pas?

CÉCILE.

Pas trop. Nous n'allons nulle part, nous ne recevons presque personne, et je ne sais pas comment cela se fait, le temps passe et, véritablement, je ne m'ennuie pas beaucoup.

MAURICE.

Moi, c'est le contraire.

CÉCILE.

Vous vous ennuyez?

MAURICE.

Souvent... pour ne pas dire constamment.

CÉCILE.

Vous n'avez pourtant pas l'air d'avoir le caractère mal fait.

MAURICE.

Mais non... je ne suis pas triste naturellement... Si je m'ennuie, c'est que je fréquente d'habitude des gens fort ennuyeux, voilà tout.

BRIGNOL.

Dites donc, cher ami?

MAURICE.

Quoi?

BRIGNOL.

Je vais envoyer chez l'huissier...

MAURICE.

Ainsi depuis que je vous connais, je suis plus gai, plus entrain.

CÉCILE.

Tant mieux! vous reviendrez nous voir?

MAURICE.

Je crois bien que je reviendrai! Cela ne vous est pas désagréable?

CÉCILE.

Mais! non... certes... vous êtes très sympathique à ma mère.

BRIGNOL, *toujours écrivant.*

Figurez-vous que le propriétaire avait fini par me faire des frais.

LA BONNE, *entrant.*

Une lettre pour monsieur.

MAURICE, *baissant la voix.*

Seulement, voilà... si je reviens vous voir quelquefois, savez-vous ce qui va se passer?...

CÉCILE.

Non, quoi?

MAURICE.

Il va se passer que je serai bien vite amoureux de vous...

CÉCILE.

Monsieur!...

MAURICE, *à voix plus basse.*

Je vous aime... Je vous aime.

BRIGNOL, *tapant sur la lettre.*

Ah! non... on n'écrit pas des lettres comme ça!...

MAURICE.

Qu'y a-t-il?

BRIGNOL.

Une lettre du commandant... *(A Cécile.)* Laisse-nous, mon enfant.

MAURICE.

Mademoiselle...

CÉCILE.

Monsieur...

(Cécile sort.)

SCÈNE IV

BRIGNOL, MAURICE,
puis MADAME BRIGNOL ET VALPIERRE.

MAURICE.

Que dit-il?

BRIGNOL., lisant.

Monsieur, le nouveau délai que j'ai bien voulu vous accorder est écoulé; je me présenterai aujourd'hui, chez vous, à trois heures, et si je n'ai pas mon argent, je porterai au parquet une plainte en escroquerie. (Signé) *Commandant Brunel...* (Parlé.) Escroquerie? Que diable! Il va un peu loin...

MAURICE, il prend la lettre et la lit en secouant la tête.

En effet... Oh!

BRIGNOL.

Vous n'avez donc pas vu votre oncle?

MAURICE.

Mais si. Je lui avais dit de prendre patience. Je lui avais affirmé que vous le payeriez bientôt.

BRIGNOL.

Eh! Il n'est pas à un mois près.

MAURICE.

Il m'avait bien promis d'attendre. Je vais tâcher de le voir encore une fois. *(Regardant sa montre.)* Il doit être chez lui.

(Entrent Valpierre et madame Brignol.)

BRIGNOL, *plus bas à Maurice.*

C'est cela, allez-y. Vous êtes bien aimable, et je vous demande pardon de la peine que je vous donne. Mais je serais si content que cette affaire fût arrangée le plus tôt possible.

MAURICE.

Cela vaudrait mieux.

BRIGNOL.

Eh! cela vaudrait beaucoup mieux.

MAURICE, *à madame Brignol.*

Madame... *(A Valpierre.)* Cher monsieur...

MADAME BRIGNOL, *à Brignol qui fait mine d'accompagner Maurice.*

Nous venons de terminer nos courses. Adolphe est décidé à partir demain.

BRIGNOL, *distrait.*

Pourquoi demain?

VALPIERRE.

Nous rentrons à Poitiers.

MAURICE.

Au revoir, alors, cher monsieur.

VALPIERRE.

Au revoir, cher monsieur.

BRIGNOL.

Attendez-moi une minute...

(Il sort avec Maurice.)

SCÈNE V

MADAME BRIGNOL, VALPIERRE.

MADAME BRIGNOL.

Pourquoi cette décision brusque? Tu devais rester un mois à Paris? Que s'est-il passé, et qui te force à rentrer si tôt?

VALPIERRE.

Rien ne m'y force, en effet.

MADAME BRIGNOL.

Alors?

VALPIERRE.

Veux-tu que je te dise la vérité? Je m'en vais, parce que je ne veux pas être mêlé plus longtemps aux histoires de ton mari, qui finiront mal un jour ou l'autre, c'est moi qui t'en préviens. (*Madame Brignol fait un geste.*) On ne saura jamais à quoi s'en tenir avec Brignol. C'est un homme... vague et qui commet des actions... vagues. Enfin, toi qui es sa femme, as-tu jamais compris un mot à ce qu'il faisait?

MADAME BRIGNOL.

Il n'est pas méchant, voilà qui est certain. Est-ce vraiment de sa faute si nous sommes dans une pareille gêne?

VALPIERRE.

Uniquement de sa faute. Il n'y avait aucune raison pour que vous ne fussiez pas dans une position très honorable, et Brignol est le seul de la famille qui ait mal tourné.

MADAME BRIGNOL.

Parfois, je crois qu'il n'a pas eu de chance,

car on ne peut pas dire qu'il ait de grands défauts.

VALPIERRE.

Il vaudrait beaucoup mieux qu'il eût des défauts et même des vices. Les vices sont des choses classées, connues ; on les combat... il y a toujours de la ressource avec les gens qui ont de bons vices. Ton mari, lui, est fuyant ; il n'a aucun caractère, ni bon, ni mauvais, et je ne te dissimule pas qu'il est capable de commettre les actes les plus dangereux, peut-être même sans mauvaise intention. Ainsi, un détail : il y a un homme, d'après ce que je soupçonne, d'après ce dont je suis sûr, avec lequel vous devriez être nécessairement en froid : c'est le neveu du commandant Brunet. Je sais ce que je dis... Eh ! bien, il arrive précisément que vous êtes au mieux avec ce jeune homme et qu'il ne quitte plus votre maison... Pourquoi? D'où cela vient-il?... Je l'ignore, et voilà ce que je trouve horripilant chez Brignol. Sans compter que la présence continuelle de monsieur Vernot chez vous est de nature à compromettre Cécile très gravement, et que si cela se passait à Poitiers...

MADAME BRIGNOL.

Oh! de ce côté, je suis rassurée. Nous voyons peu de monde, et d'ailleurs, à Paris, on prête moins d'attention...

VALPIERRE.

Ma chère amie, à Paris, comme en province, quand un jeune homme fréquente trop une jeune fille, c'est toujours la même chose qui se produit.

MADAME BRIGNOL.

Il m'a dit que c'était un bon client pour lui. Cependant tu as raison, mais je n'ose pas enta-

mer cette discussion avec Brignol ; parle-lui-en,
toi.

VALPIERRE.

Je suis tellement sûr que cela ne servira à rien
du tout !

MADAME BRIGNOL.

Rends-moi ce service. Moi, je n'ai jamais pu
lui faire avouer quoi que ce fût. Je ne sais rien, je
n'ai jamais rien su, et nous vivons de cette façon-
là depuis que nous sommes mariés.

VALPIERRE.

Je veux bien, mais pour la dernière fois,
essayer de tirer tout cela au clair. Après, il fera
ce qu'il voudra...

(Entre Brignol.)

MADAME BRIGNOL.

Je t'en prie.

(Elle sort.)

SCÈNE VI

VALPIERRE, BRIGNOL.

BRIGNOL.

Tu t'en vas, alors : c'est décidé ?

VALPIERRE.

Oui. Maintenant... *(S'asseyant sur le canapé.)* nous
allons nous expliquer, si tu veux. Ce sera la dernière fois, je viens de le dire à ta femme... Je
voulais partir tranquillement, sans m'occuper
davantage de tes affaires, ce qui m'aurait évité
de te dire des choses... désagréables...

BRIGNOL.

C'est ma femme qui t'a prié de me dire des choses désagréables ?

VALPIERRE.

Épargne-moi tes jeux de mots. Crois bien que si tu n'avais pas une fille à laquelle je m'intéresse malgré tout, je me soucierais très peu de tes tripotages et des conséquences qu'ils peuvent avoir.

BRIGNOL.

Je comprends parfaitement, mais pourquoi tripotages ? où vois-tu des tripotages ? Tu as toujours des mots de magistrat, et on dirait qu'il n'y a que des crimes dans la vie.

VALPIERRE.

Il y a aussi des délits.

BRIGNOL.

C'est bizarre ! Depuis que nous sommes réconciliés, tu me parles continuellement comme à un malfaiteur. Je ne t'en veux pas, toutefois...

VALPIERRE.

Passons.

BRIGNOL.

Que diable ! aie un peu de bonne humeur. Tu aperçois des catastrophes partout. L'autre jour, nous étions perdus, nous allions être dans la misère parce que je ne payais pas mon terme... Eh bien ! je viens de l'envoyer payer, mon terme, tel que tu me vois.

VALPIERRE, *se levant*.

Parce que tu as emprunté de l'argent et probablement à monsieur Vernot lui-même. Par exemple, cela m'étonne, j'avoue que cela m'étonne beaucoup ! mais tout est invraisémblable avec toi.

BRIGNOL.

Et quand même? D'abord, ce n'est pas un emprunt que j'ai contracté vis-à-vis de Vernot, qui est un charmant garçon, entre parenthèses. Et puis, si Vernot n'avait pas été là, j'avais d'autres ressources.

VALPIERRE.

Alors, tu t'imagines bonnement que ce monsieur, que tu ne connaissais pas il y a deux semaines, te prête de l'argent pour le plaisir de te rendre service, et que c'est pour avoir l'avantage de causer avec toi qu'il vient ici tous les jours et qu'il te donne des places de théâtre?

BRIGNOL.

Permets, je connaissais Vernot depuis longtemps.

VALPIERRE.

Ah !

BRIGNOL.

Je le connais par son oncle.

VALPIERRE.

Son oncle? (*Venant tout près de lui.*) Regarde-moi donc! J'ai causé cinq minutes avec le commandant, ici même... Mais je préfère ne pas insister là-dessus.

BRIGNOL.

Tu le peux, et ça ne me gêne pas du tout que tu sois au courant. Il n'y avait entre le commandant et moi qu'un de ces malentendus qui sont fréquents dans les affaires. Nous sommes d'accord aujourd'hui.

VALPIERRE, *railleur.*

J'en suis enchanté, tout va bien. Tu ne peux

pas être dans une meilleure position. Seulement, lorsque, d'ici un mois ou plus tôt, ta fille sera compromise d'une façon irrémédiable...

BRIGNOL.

Et comment? Par qui?

VALPIERRE.

Mais par monsieur Vernot. Il me semble que cela suffit.

BRIGNOL.

Ah ça ! où prends-tu qu'une jeune fille soit compromise parce qu'il vient un jeune homme dans la maison?

VALPIERRE.

Il l'épousera peut-être?

BRIGNOL, *lui touchant le bras.*

Mais, mon pauvre ami, tu ne comprends donc rien? Me prends-tu pour un imbécile? Est-ce que tu supposes que j'aurais laissé Maurice s'introduire ici si je n'avais pas deviné tout de suite que c'était pour Cécile le mari rêvé, le mari par excellence, le mari qu'il nous faut?

VALPIERRE.

Tu te moques de moi, n'est-ce pas?

BRIGNOL.

Je ne trouverai jamais mieux.

VALPIERRE.

Je le crois sans peine... Ah ! ah !

BRIGNOL.

Quoi?

VALPIERRE.

Ah ! ah ! c'est très drôle !... Ah ! ah !

5

BRIGNOL.

Ce mariage est tout simplement une idée de
génie.

VALPIERRE.

Oui, c'est une combinaison admirable ! Tu vas
la terminer d'ici à la fin du mois, j'espère ?...
Ah ! ah !

BRIGNOL.

Qu'est-ce qui te fait rire ? Est-ce que Maurice
n'est pas un garçon charmant ?

VALPIERRE. *parlant toujours ironiquement.*

Tout à fait.

BRIGNOL.

Penses-tu que j'ai agi à la légère et que je n'ai
pas pris de renseignements sur lui avant de lui
donner ma fille ?

VALPIERRE.

Tu en es incapable... Alors, vraiment, tu as
pris des renseignements... Ah ! ah !

BRIGNOL.

Bonne famille, très honorable, cent mille francs
de rente ?

VALPIERRE.

Il n'a que cent mille francs de rente ?

BRIGNOL.

Il a peut-être davantage...

VALPIERRE.

Tu es étonnant !

BRIGNOL.

Il aime Cécile, j'en ai la conviction, et, de
plus, il m'est très sympathique. Je le traite déjà
comme un membre de ma famille.

VALPIERRE.

Ça, c'est vrai.

BRIGNOL.

Cette union ne te semble pas très convenable de toutes les façons?

VALPIERRE. *redevenant sérieux.*

Tu es sûr de n'être pas fou? Ma parole d'honneur, il y a des moments où je le crois et quelque chose de pis. Ainsi tu as supposé que monsieur Vernot, qui a cent mille francs de rente, qui te connaît, qui sait comment tu vis, qui a arrangé, Dieu sait comme, ton affaire avec le commandant Brunet, une affaire de la dernière gravité... Laisse-moi parler... *(Brignol gêné, s'éloigne en murmurant.)* Je le répète : de la dernière gravité et qui pouvait te conduire devant les tribunaux pour abus de confiance... tais-toi! pour abus de confiance... J'en ai jugé des centaines comme cela... Tu as supposé que ce monsieur allait épouser ta fille?

BRIGNOL.

J'en suis sûr. Pourquoi ne l'épouserait-il pas? Parce qu'elle n'a pas de dot? En province, en effet, on n'épouse pas les jeunes filles sans dot; mais, à Paris, cela se voit tous les jours. D'ailleurs, je ne me retire pas des affaires, et la dot de Cécile, je la gagnerai plus tard.

VALPIERRE.

Malheureux! Il m'est dur de te révéler de pareilles choses, mais, vraiment, il est temps que je t'ouvre les yeux... Si tu savais ce que j'ai entendu dire de toi depuis que je suis ici?... Ah! tu as une jolie réputation!

BRIGNOL.

Et qu'as-tu entendu dire de moi? Je serais curieux de le savoir.

VALPIERRE.

Tu y tiens?

BRIGNOL.

Va, va, ne te gêne pas.

VALPIERRE.

Pas plus tard qu'hier, malheureux, dans une société de gens qui te connaissent, une société de gens d'affaires sérieux où j'ai des relations, quelqu'un a dit que tu étais... il ne savait pas que j'étais ton parent, j'en ai rougi tout de même...

BRIGNOL, *indifféremment.*

Que j'étais?...

VALPIERRE.

Que tu étais un escroc, puisque tu veux le savoir, que tu ne vivais que d'expédients et d'indélicatesses, et il citait des faits.

BRIGNOL.

Ce sont là des paroles en l'air, auxquelles on n'attache pas d'importance. Le mot escroc n'a pas ici la même signification qu'en province. A Paris, on dit de quelqu'un qu'il est un escroc, et cela ne prouve rien. C'est un mot courant. Je ne connais personne de qui on ne l'ait pas dit.

VALPIERRE, *se retournant vers lui.*

De moi !

BRIGNOL.

Parce que tu habites Poitiers.

VALPIERRE.

Résumons-nous. Je pars demain et c'est la dernière conversation que nous aurons à ce sujet. Je t'ai prévenu et je te préviens encore: monsieur Vernot n'épousera pas ta fille, mais, en revanche, il...

BRIGNOL, *se levant.*

Valpierre, je n'aime pas ce genre de plaisanterie!

VALPIERRE.

Quant à Cécile, j'espère encore qu'elle saura se conduire.

BRIGNOL, *digne.*

J'en suis convaincu. Elle tient de sa mère.

VALPIERRE.

Adieu.

BRIGNOL.

J'irai te dire bonjour à ton hôtel avant le départ.

VALPIERRE.

Comme il te plaira.

(*Il se dirige du côté de la porte.*)

SCÈNE VII

Les Mêmes, MADAME BRIGNOL, CÉCILE,
puis, à la fin, CARRIARD.

CÉCILE.

Mon oncle, vous n'allez pas partir si tôt: restez encore huit jours, vous me l'avez promis.

VALPIERRE, *froidement.*

Je regrette… Impossible !

BRIGNOL.

Il ne veut pas. J'ai insisté.

CÉCILE, *se rapprochant.*

Et si j'insiste, moi ?

VALPIERRE.

Inutile, ma chère petite, demain soir je serai parti.

(*Il sort au fond.*)

MADAME-BRIGNOL.

Il est fâché, j'en suis sûre. Vous vous êtes encore disputés?

BRIGNOL.

Non, mais il n'y a pas moyen de causer raisonnablement avec lui. En outre, cette manie de faire de la morale à propos de tout est insupportable. *(Il va à Cécile et l'embrasse.)* Va, laissons-le dire: nous serons riches un jour.

MADAME BRIGNOL.

Dans cette circonstance, mon ami, je t'assure qu'il n'a pas tout à fait tort.

CÉCILE.

Et quelle est cette circonstance?

BRIGNOL.

Ce n'est rien.

MADAME BRIGNOL, *s'avançant vers lui.*

Pardon! Cécile est assez intelligente et assez avisée pour qu'on puisse parler devant elle de certaines choses délicates.

CÉCILE, *allant à son père.*

Qu'y a-t-il donc?

BRIGNOL.

Des puérilités. Cécile, mon enfant, je ne saurais trop te recommander de ne pas te laisser influencer par ton oncle. Sans être mauvaise, notre situation est cependant embrouillée, et s'il se présentait une occasion d'en sortir brillamment, il serait stupide de la négliger.

MADAME BRIGNOL, *s'avançant.*

Des illusions! Tu t'es toujours fait des illusions. Je ne voudrais pas que Cécile se préparât des déboires, elle n'a déjà que trop de dispositions à l'insouciance.

BRIGNOL.

Elle a raison. C'est la meilleure défense contre la mauvaise fortune, et je ferais de la belle besogne si nous étions à nous lamenter tous les trois.

CÉCILE.

Mais, à propos de quoi?

BRIGNOL

Il n'y a encore rien de décidé, nous en causerons un de ces jours.

MADAME BRIGNOL. *allant à lui.*

C'est aujourd'hui qu'il faut parler de tout cela. Je ne veux pas que Cécile se trouve engagée demain dans une situation au moins équivoque.

CÉCILE.

Moi, dans une situation équivoque! Quelle est cette énigme, père, je t'en prie?

MADAME BRIGNOL, *à son mari, lentement.*

As-tu d'autres motifs que des présomptions et que ta confiance naturelle? As-tu de vraies raisons pour croire que monsieur Vernot est prêt à te demander la main de notre fille? Il vient ici tous les jours, on l'invite à dîner, nous allons au spectacle ensemble; c'est un garçon de trente ans, ta fille en a vingt, et je trouve que les observations que t'a faites Valpierre à ce sujet, méritent que tu t'y arrêtes.

BRIGNOL.

Entre gens qui comprennent l'existence, il y a des choses qui sont convenues sans qu'il soit nécessaire de faire des phrases.

MADAME BRIGNOL.

Un mariage n'est pas une question de sous-entendus, et l'on n'a jamais demandé la main d'une jeune fille autrement qu'avec des mots.

BRIGNOL.

Je réponds de Maurice.

MADAME BRIGNOL.

Je crains...

CÉCILE. *se levant.*

Voilà une discussion tout à fait inutile : ce monsieur paraît fort gentil, mais je t'assure que je ne le considère pas du tout comme un fiancé S'il demandait ma main, je verrais ce que j'aurais à répondre.

BRIGNOL.

Parfaitement. *(Prenant sa femme et sa fille, chacune par une main.)* Mes enfants, mes chères enfants, au nom du ciel, ne vous forgez pas des idées noires à propos de rien. Rapportez-vous-en à moi. Tout va très bien et notre position s'améliore de jour en jour.

MADAME BRIGNOL.

Tu te l'imagines parce que tu as touché par hasard quelques sous ; ça a toujours été la même chose... Nous vivons depuis dix ans comme si tu attendais un million le lendemain matin.

BRIGNOL.

C'est le seul moyen de le gagner.

MADAME BRIGNOL.

Si je ne m'inquiétais pas de l'avenir plus que toi...

BRIGNOL.

Le jour où l'on s'inquiète de l'avenir, on est perdu. Tu n'obtiendras jamais de moi que je m'inquiète de l'avenir. J'ai des préoccupations plus positives, heureusement. Quant à ce mariage, ma fille, j'en réponds, et tu peux y compter !

CÉCILE.

Comment ! y compter ?

BRIGNOL.

C'est une manière de parler : je veux dire qu'il se fera.

CÉCILE.

Qu'il se fasse ou non, je m'en moque absolument, sois-en bien convaincu... Certes ! monsieur Vernot est aimable, il est très riche, et moi, je n'ai pas de dot ; mais j'aimerais mieux rester fille et vivre dans la misère que de gagner mon mari comme un gros lot à une loterie, tu sais !

BRIGNOL. *s'asseyant.*

Mon Dieu ! voilà les exagérations que je craignais.

CÉCILE.

Mais j'aimerais mieux être actrice ! Si ce monsieur est si difficile, qu'il s'en aille.

BRIGNOL.

Mais il n'est pas difficile, il est très gentil. Il n'est pas question de tout cela, et les choses vont aussi bien que possible. Je ne vous demande que de ne pas les gâter par des raisonnements absurdes. Je suis aussi soucieux que toi de ta dignité.

LA BONNE, *annonçant.*

Monsieur Carriard...

BRIGNOL.

Maintenant, mes enfants, laissez-moi à mes affaires. *(A la bonne.)* Qu'il entre. *(Elles sortent à gauche.)*

(Entre Carriard.)

SCÈNE VIII

CARRIARD, BRIGNOL.

CARRIARD.

Dites donc, je viens de signer...

BRIGNOL.

Ah !

CARRIARD.

J'ai l'usine.

BRIGNOL.

Bon.

CARRIARD, *lui frappant sur l'épaule.*

Et pour vous : quatre mille francs et le loge-
ment. Le travail consiste en des tournées d'inspection qui ne vous coûteront pas très grand mal.

BRIGNOL.

D'inspection? dans la Nièvre?

CARRIARD.

Il suffit que vous soyez levé à neuf heures du
matin.

BRIGNOL.

Je me suis levé à sept heures toute ma vie.
J'ai horreur de la paresse. Mais, ce que je me
demande, c'est si, à mon âge, il est raisonnable
de commencer une nouvelle carrière. Le hasard
ne m'a jamais poussé du côté de l'industrie, et je
l'ai souvent regretté. Ma foi, oui, je crois que
l'industrie est à renouveler de fond en comble.

CARRIARD.

Il n'est pas question de renouveler l'industrie
pour le moment ; il s'agit d'aller vous installer

là-bas le plus tôt possible. J'ai besoin de quelqu'un de sûr.

BRIGNOL.

Qu'appelez-vous le plus tôt possible?

CARRIARD.

Mais, une huitaine tout au plus.

BRIGNOL.

Partir dans huit jours! Abandonner mes affaires? Réfléchissez, Carriard...

CARRIARD.

Ah ça! Brignol, refuseriez-vous une pareille aubaine? La vie assurée, un travail facile!...

BRIGNOL.

Voilà justement, mon ami, ce que je reproche à la position que vous m'offrez. Elle constitue un travail facile, trop facile, si vous voulez mon avis. Ce qu'il me faut à moi, au contraire, c'est un travail vaste, compliqué, mais rien de précis, rien de fixé à l'avance. Il ne faut pas que je sache ce que j'ai à faire.

CARRIARD.

Parlons sérieusement, n'est-ce pas, Brignol? Je ne suppose pas que vous ayez l'intention, sous prétexte que vous mariez votre fille, de rester dans l'oisiveté?

BRIGNOL.

J'en ai horreur!

CARRIARD.

Et, d'un autre côté, nous sommes trop liés maintenant pour vivre complètement ensemble. Fixons donc la date du mariage dès ce soir. Puis vous partirez avec moi, je vous présenterai au personnel...

BRIGNOL.

Hum ! Dans la Nièvre ?

CARRIARD.

Vous hésitez ? Dites donc, Brignol, vous n'admettez pas un seul instant, j'aime à croire, que votre fille puisse me refuser ?

BRIGNOL.

Mais je ne vois pas, je ne pense pas...

CARRIARD.

J'ai la certitude absolue qu'elle n'éprouve pas de répugnance à mon égard.

BRIGNOL.

Elle n'a que vingt ans.

CARRIARD.

Je vous préviens que je considère ce mariage comme fait. J'ai votre parole, je n'admets pas que vous la retiriez.

BRIGNOL.

Il reste pourtant à consulter Cécile ; cela la regarde uniquement.

CARRIARD.

Cela vous regarde aussi.

BRIGNOL.

Je vous ai déjà dit que je ne me résoudrai jamais à employer mon autorité...

CARRIARD.

Je n'y tiens pas non plus, et j'espère qu'il n'en sera pas besoin.

BRIGNOL, *un silence.*

Êtes-vous vraiment certain de plaire à ma fille, Carriard ?

CARRIARD.

Brignol, hé! assez de plaisanterie! Vous me feriez croire que vous ne vous rendez pas un compte exact de votre situation. Vous comprenez ce que je veux dire, hein? Et il n'y a que moi qui puisse vous tirer de là... Parlez donc à votre fille... Je reviens dans une heure chercher la réponse.

(Entre Maurice.)

MAURICE.

Mon cher monsieur Brignol, je sors de... *(Apercevant Carriard.)* Ah! pardon... Monsieur.

CARRIARD.

Monsieur... *(A part.)* Le neveu du commandant... Ah! ça, est-ce que...? A tout à l'heure, Brignol!

BRIGNOL.

A tout à l'heure.

CARRIARD, *sortant, à part.*

Oh! oh! ça serait un peu fort, et il me le paierait!

SCÈNE IX.

BRIGNOL, MAURICE.

BRIGNOL.

Vous avez vu votre oncle, cher ami?

MAURICE.

Oui, je sors de chez lui. Il ne veut rien admettre; mais j'ai trouvé une combinaison.

BRIGNOL.

Tant mieux, ma foi! Vous ne pouvez pas vous

imaginer à quel point je souhaiterais que ce
différend fût terminé.

MAURICE.

Voilà. Je suis allé retirer trente mille francs et
je vous les apporte. Vous les donnerez à mon
oncle et nous n'en parlerons plus. C'est ce qu'il y
a de plus simple... Quant au commandant, il ne
se doutera de rien.

BRIGNOL.

Je crois, mon cher ami, que vous avez trouvé
la véritable solution.

MAURICE.

Voici l'argent... mon oncle me suit.

BRIGNOL.

Il va arriver ici, furieux, et... *(Riant.)* C'est fort
drôle !

MAURICE.

Je reste chez vous pour savoir les nouvelles.
(Il sort par la gauche.)

BRIGNOL.

On sonne. C'est lui... A tout à l'heure.
(Il met les billets dans le coffre-fort.)

SCÈNE X

BRIGNOL, La Bonne, Le Commandant.

LA BONNE.

Monsieur le commandant Brunet.

BRIGNOL, *d'un ton d'homme d'affaires très sérieux.*

Faites entrer ?... Commandant, je vous atten-

dais... *(Montrant une chaise.)* Donnez-vous la peine
de vous asseoir.

LE COMMANDANT.

Je pense, monsieur, que vous êtes en mesure.
Je ne vous accorderai pas une minute de plus.

BRIGNOL, *il se met à son bureau, le commandant étant de l'autre côté.
Il classe des papiers et murmure :*

Euh ! euh ! euh !... commandant Brunet, bon.
(Négligemment.) Vous allez toujours au cercle ?

LE COMMANDANT.

Oui, monsieur.

BRIGNOL, *tout en écrivant.*

Et comment vous traite le jeu ?

LE COMMANDANT.

Très mal, monsieur. J'attends.

BRIGNOL.

Je suis à vous... Très mal ? Cela ne me surprend pas, si vous employez votre système.

LE COMMANDANT, *très sec.*

C'est le meilleur système, monsieur. *(Se levant.)*
Mais il n'est pas question de cela.

BRIGNOL, *lui tendant un papier.*

Veuillez signer. Vous allez toucher votre argent.

LE COMMANDANT.

Tout de suite ?

BRIGNOL.

Tout de suite... *(Avec bonhomie.)* Et si je vous
parle du système de d'Alembert, mon cher commandant, croyez bien que ce n'est pas par vaine
curiosité. Je m'intéresse beaucoup à vous... Oui,
vous m'inspirez une réelle sympathie. *(Pendant*

cette tirade, il va au coffre-fort, en tire les billets et les manie.)
Si vous m'aviez laissé faire, je vous eusse peu
à peu constitué une petite rente que vous auriez
été bien aise de retrouver dans quelques années.
Vous préférez risquer vos dernières ressources
dans le hasard d'une combinaison absurde, cela
vous regarde. J'ai fait mon devoir d'ami, qui était
de retarder ce malheur le plus possible. Vous avez
exigé votre argent, assez impérieusement du reste :
le voici. J'espère que vous ne vous repentirez pas
un jour de l'avoir retiré de mes mains.

LE COMMANDANT, *étonné*.

Brignol, je...

BRIGNOL.

Mon expérience des affaires, mon cher commandant, et l'estime que je vous porte, m'auto-
risaient à vous dire cela ; mais c'est fini et je n'y
reviendrai plus.

LE COMMANDANT.

Au fond, Brignol, je sens que vous avez raison.
Mais...

BRIGNOL.

Sept... huit... quatorze, quinze... *(Il répète quinze.)*
Mais, pourquoi risquer tout votre petit avoir ; cela
me paraît imprudent... N'aventurez que la moitié, quinze mille. Eh ! eh ! commandant, voilà
une idée. Vous avez largement assez de quinze
mille francs pour commencer et il vous en restera
toujours quinze mille comme ressource suprême,
hein ?

LE COMMANDANT, *baissant la tête.*

Non, je suis décidé ! Voyez-vous, avec quinze
mille francs, on ne peut rien faire...

BRIGNOL.

Comme il vous plaira. Voici les trente mille.

LE COMMANDANT, *serrant les billets.*

Brignol, je vais recommencer à jouer ce soir.
J'ai une confiance énorme.

BRIGNOL.

Bonne chance!

LE COMMANDANT.

Merci, Brignol. *(Il fait quelques pas et se retourne.)*
Et puis, quand je n'aurai plus le sou, j'irai vivre
chez mon neveu, à la campagne. Il est riche,
lui... Mais, au fait, vous le connaissez, mon neveu,
maintenant. On m'a dit qu'on vous avait vu au
théâtre avec lui?

BRIGNOL.

Un charmant garçon.

LE COMMANDANT.

Il ne m'en a pas parlé.

BRIGNOL, *avec importance.*

J'avais beaucoup connu son père.

LE COMMANDANT.

Où donc?

BRIGNOL.

A Poitiers.

LE COMMANDANT, *intrigué.*

Mais, pardon... il me semble que le jour où
je suis venu chez vous avec lui, vous ne vous
étiez jamais vus?

BRIGNOL.

J'avais eu de si bonnes relations avec monsieur
Vernot le père, que...

LE COMMANDANT.

Oui, oui.

BRIGNOL.

Depuis, j'avais rencontré votre neveu çà et là,
dernièrement, le hasard nous a placés au spectacle à côté l'un de l'autre.

6

LE COMMANDANT, *méfiant.*

Je comprends, je comprends. Vous l'avez vu
aujourd'hui.

BRIGNOL.

Votre neveu?

LE COMMANDANT.

Allons! Brignol... je ne suis pas un enfant!...
Vous avez vu mon neveu aujourd'hui... Je parie
même qu'il est encore ici... Parbleu! il est ici!...
Brignol, voulez-vous être assez aimable pour lui
dire que j'ai besoin de lui parler immédiatement?

BRIGNOL, *à part.*

Au fait, quel mal y a-t-il? *(Haut.)* Je crois, en
effet, qu'il cause avec ces dames... Je vais vous
le chercher, mon cher commandant.

(Il sort.)

SCÈNE XI

LE COMMANDANT *seul, puis* MAURICE.

LE COMMANDANT.

Parbleu! j'en suis sûr... C'est évident... Ça
crève les yeux...

(Entre Maurice.)

MAURICE, *riant.*

Eh bien! mon oncle?...

LE COMMANDANT, *après un silence.*

C'est toi qui lui as prêté de l'argent, naturellement?

MAURICE.

Mais non.

LE COMMANDANT.

Ecoute-moi: je ne suis pas aussi naïf que tu

crois. En voyant que Brignol venait de m'escroquer trente mille francs...

MAURICE.

Oh !

LE COMMANDANT.

Le mot est de toi... En voyant, dis-je, que
Brignol venait de m'escroquer trente mille francs,
j'ai eu l'idée de prendre des renseignements sur
lui, — j'aurais même dû les prendre avant ; —
ils sont déplorables, et jamais Brignol n'aurait
trouvé cette somme, si tu ne la lui avais pas
avancée, avoue-le-moi.

MAURICE.

Et quand cela serait ? Puisque c'est pour vous,
elle ne sort pas de la famille.

LE COMMANDANT.

Alors ?

MAURICE.

Oui, mais n'ayez pas de scrupule, mon oncle.
Je me suis arrangé avec Brignol, qui finira par
me la rendre.

LE COMMANDANT.

Tu es devenu amoureux de la fille de cet animal, c'est évident. Quelle bêtise !... Elle est très
jolie, sa fille, d'ailleurs.

MAURICE.

Oui.

LE COMMANDANT.

Mais, diable ! as-tu réfléchi seulement à la
manière dont cela pouvait tourner ?... Brignol est
Brignol, mon ami. Déplorable histoire ! Il est bien
clair que tu ne peux pas songer à épouser la fille
de Brignol.

MAURICE, hésitant.

Il n'est pas question...

LE COMMANDANT.

D'un autre côté, la famille Brignol n'est pas aussi déconsidérée que Brignol lui-même. Il y a Valpierre, un magistrat très honorable. J'aime à croire, Maurice, que tu ne songes pas à séduire une jeune fille qui... Une jeune fille est toujours une jeune fille... Fichtre, ça serait une chose très grave.

MAURICE.

Je suis convaincu, d'ailleurs, qu'elle ne se laisserait pas séduire si aisément.

LE COMMANDANT.

Mais enfin, du moment que tu n'as pas l'intention de l'épouser...

MAURICE, vaguement.

Je ne crois pas... Non, je ne crois pas que j'aie l'intention de l'épouser...

LE COMMANDANT.

Alors, tu as l'intention de la séduire?... Oh !

MAURICE.

Moi? Pas du tout... Je ne vous ai pas dit ça.

LE COMMANDANT.

Et qu'est-ce que tu as donc l'intention de faire?

MAURICE.

Je ne sais pas.

LE COMMANDANT.

Mais il n'y a pas de milieu ! Tu sais bien, que diable ! si tu veux la séduire ou si tu veux l'épouser?

MAURICE.

Pas du tout. Je sais que je l'aime, ça j'en suis sûr.

LE COMMANDANT.

C'est fantastique?... Voyons, Maurice, tu n'as pas raison de faire des mystères avec moi. Je comprends tout, moi. Tu me dirais : « Mon oncle, j'aime la fille de Brignol assez pour en faire ma femme : j'en serai quitte pour tenir le père à distance »; ma foi, je te répondrais : « Fais ce que tu veux. » Tu me dirais aussi : « J'enlève demain cette petite fille », je te blâmerais, mais je l'admettrais encore à la rigueur. Ce ne serait pas la première fois qu'on enlèverait une jeune fille. Mais ce que je trouve bouffon, c'est de ne pas savoir laquelle de ces deux choses tu veux faire.

MAURICE.

Je ne peux pas vous répondre autrement. Je ne le sais pas.

LE COMMANDANT.

Et, dans ces conditions-là, tu continues à la voir tous les jours.

MAURICE.

J'attends qu'il me vienne une idée.

LE COMMANDANT.

Quelle irrésolution ! Quand je pense que je suis comme ça aussi !

MAURICE.

Donnez-moi un conseil, mon oncle ?

LE COMMANDANT.

Tu me demandes un conseil, à moi ? *(D'un air découragé.)* Comment, malheureux, tu sais que je n'ai jamais fait que des bêtises, que j'ai gâché ma carrière, que j'ai gaspillé ma fortune au jeu, que je me suis toujours conduit de la façon la plus stupide, et tu viens me demander un conseil,

dans une circonstance de cette gravité! Tu n'es
pas raisonnable.

MAURICE.

Dans ce cas, il ne me reste plus qu'à continuer.
Nous allons, ce soir, au spectacle ensemble. Nous
accompagnez-vous?

LE COMMANDANT.

Jamais. Je ne tiens pas du tout à fréquenter
Brignol. Ce n'est pas parce qu'il t'a emprunté de
l'argent pour me le rendre que je considère qu'il
s'est bien comporté à mon égard ; j'aurais pu te
l'emprunter aussi bien, moi.

(Entre Brignol.)

BRIGNOL.

Nous faites-vous l'amitié de rester avec nous,
mon cher commandant?

LE COMMANDANT, *sèchement.*

Je vous remercie... C'est tout à fait impossible.

BRIGNOL.

Ce sera pour une autre fois, j'espère.

LE COMMANDANT.

Viens-tu, Maurice?

MAURICE.

Je vous suis... *(A Brignol.)* A ce soir.

BRIGNOL.

A ce soir, mon cher ami... Au revoir, commandant.

SCÈNE XII

BRIGNOL, seul. puis CÉCILE.

BRIGNOL, *se frottant les mains.*

Allons ! allons ! Tout cela va admirablement...
il ne reste plus qu'à arranger l'affaire de Carriard et qu'à lui faire comprendre... Au fond,
c'est un bon garçon.

(Entre Cécile.)

CÉCILE.

Maman demande si nous allons ce soir à l'Opéra-
Comique, oui ou non ?

BRIGNOL.

Si nous allons à l'Opéra-Comique !... Mais je
crois bien que nous y allons... Va t'habiller, ma
chérie... et pendant que nous sommes seuls
ensemble un instant, laisse-moi bien te recommander une chose. Ne vois pas la vie en noir, ne
perds pas ta bonne humeur. Nous sommes à la
veille d'événements importants, et je connais une
petite fille qui sera demain la plus heureuse des
femmes.

CÉCILE.

Oh ! oh !

BRIGNOL.

La plus heureuse des femmes, je le répète. Il
n'y a plus qu'un obstacle qui puisse s'opposer à
ton mariage... ta volonté.

CÉCILE.

Ce ne sera pas un obstacle insurmontable.

BRIGNOL.

Tu aimes Maurice ! J'en suis sûr... Ma chérie,

je suis bien heureux... Au fait, pendant que j'y pense. Quelle est ton opinion sur Carriard ?

CÉCILE, *riant.*

Mon opinion sur monsieur Carriard ? Mais je n'en ai aucune.

BRIGNOL.

Parfaitement, c'est ce qu'il faut...

SCÈNE XIII

CÉCILE, BRIGNOL, CARRIARD.

LA BONNE, *annonçant.*

Monsieur Carriard.

CARRIARD, *il salue Cécile, et bas à Brignol qui va vers lui.*

Avez-vous pris le petit renseignement ?

BRIGNOL, *même jeu.*

Je n'ai pas eu le temps.

CARRIARD, *haut.*

Au fait, c'est inutile... puisque mademoiselle Cécile est là, je vais profiter de l'occasion pour lui parler moi-même... Mademoiselle...

BRIGNOL, *bas.*

Voyons, mon ami, cela ne se fait pas. *(Haut.)* Cécile, je t'en prie, laisse-moi avec Carriard ; j'ai deux mots à lui dire.

CARRIARD, *s'avançant vers Cécile qui fait mine de se retirer.*

Il s'agit d'une chose à la fois très importante et très simple. Cinq minutes suffiront... J'ai eu l'honneur, mademoiselle, de demander votre main à mon ami Brignol. Personnellement, ma démarche lui agrée et il m'a promis d'être mon interprète auprès de vous.

BRIGNOL, *à demi-voix.*

Tout cela est d'une incorrection...

CARRIARD, *sans l'écouter.*

Mon seul mérite, mademoiselle Cécile, est d'être l'ami de votre père, dont cette union est un des désirs les plus chers.

BRIGNOL.

Je vous ai toujours dit, Carriard, que ma fille serait libre.

CARRIARD, *toujours à Cécile.*

Nous avons caressé ce projet depuis longtemps, et nous en causions encore tout à l'heure.

CÉCILE, *regardant son père et à Carriard.*

Monsieur...

BRIGNOL.

L'embarras de cette enfant est fort naturel, mon cher ami ; il vaudrait mieux...

CARRIARD.

Je ne suis pas assez sot pour réclamer de mademoiselle Cécile une réponse immédiate. Je voulais seulement lui dire devant vous, mon cher ami, que vous approuvez ce mariage de toutes vos forces.

BRIGNOL.

Certainement, mon cher ami, certainement...

CARRIARD.

J'espère que vous ne verrez aucun inconvénient à lui répéter *(A Brignol.)* Parlez, mon cher

ami. *(Bas, et d'un ton rude.)* Il s'agit de s'entendre ;
vous moquez-vous de moi, oui ou non ?

BRIGNOL., *lui serrant la main.*

Mon cher ami, vous connaissez mes sentiments
à votre égard. Il me reste à consulter ma femme.

CARRIARD.

Je vous prie, mon cher ami, de le faire dans le
plus bref délai .. *(A Cécile.)* J'ai le plus profond
respect et beaucoup d'attachement pour madame
Brignol, mais je me permets, mademoiselle, d'insister sur ce point, que j'ai le consentement formel de monsieur votre père.

BRIGNOL., *passant près de sa fille, et bas.*

Dis n'importe quoi, quelque chose de vague,
pour qu'il nous laisse tranquilles. Nous arrange-
rons cela.

CÉCILE.

Monsieur, je ne voudrais pas qu'il y eût le
moindre malentendu entre nous. Je suis très
flattée de votre démarche.

BRIGNOL.

Bien.

CÉCILE.

Mais je suis incapable d'hypocrisie.

BRIGNOL.

Parfaitement.

CÉCILE.

Et je crois que ce mariage ne sera jamais
possible.

BRIGNOL.

Eh !

CARRIARD, *regardant Brignol et menaçant.*

Ah ! ah !

BRIGNOL.

Ma fille veut dire, mon cher ami, que peut-
être... actuellement, étant données les circonstances... mais bientôt, j'espère...

CÉCILE.

Pardon ! Je répète à monsieur Carriard que je
suis très touchée de la démarche qu'il a bien voulu
faire, mais je ne songe pas à me marier.

CARRIARD.

C'est un refus définitif ?

BRIGNOL.

Pas du tout, cher ami.

CARRIARD.

Je m'adresse à mademoiselle.

CÉCILE.

Définitif, soit, monsieur. Je ne vous en suis
pas moins reconnaissante...

CARRIARD, à Brignol.

Dites donc, vous m'avez joué là une comédie !...

BRIGNOL, même jeu.

Est-ce ma faute ?

CARRIARD.

Allons donc, vous êtes un farceur !

BRIGNOL.

Carriard, mon ami, vous vous oubliez.

CÉCILE.

Pardon, monsieur, je ne puis pas admettre que
vous parliez devant moi sur ce ton et je me retire.

CARRIARD.

Je vous assure, mademoiselle, que vous avez

tout intérêt à m'écouter... *(A Brignol.)* Mon cher,
vous n'êtes pas malin et je m'attendais à ce tour-
là. Le jeune Vernot serait un gendre bien supérieur à moi, je n'en disconviens pas, et j'approuve
les efforts que vous avez faits pour l'attirer chez
vous. Seulement, et c'est sur ce point, mademoiselle, que j'attire votre attention, il faut que
vous soyez fou pour croire que monsieur Vernot
va épouser la fille d'un homme qui a commis vis-
à-vis de son oncle une véritable...

BRIGNOL.

Qu'est-ce que c'est que ces paroles-là?

CARRIARD.

Le commandant a raconté l'histoire partout.
Il va vous traîner devant les tribunaux.

BRIGNOL.

Mes occupations ne me permettent pas d'écouter plus longtemps de pareilles sottises... Cependant, je veux bien vous apprendre, si cela peut
vous être agréable, que je ne dois plus rien au
commandant.

CARRIARD.

Ce n'est pas vrai.

BRIGNOL.

Ce n'est pas vrai ? Je vous trouve superbe!...
Voici son reçu.

CARRIARD.

Ah! ah! Eh bien! puisque vous trouvez de
l'argent si facilement, vous allez me rendre les
sommes que vous me devez, ou nous rirons bien.
Vernot vous a prêté de quoi rembourser le commandant, il vous prêtera aussi bien de quoi me
rembourser, moi... Mademoiselle, j'ai l'honneur
de vous saluer.

(Il sort.)

SCÈNE XIV

BRIGNOL, CÉCILE.

BRIGNOL.

Voilà un homme sur le compte duquel je me suis absolument trompé !

CÉCILE.

Qu'est-ce qu'il y a de vrai dans ce qu'il a dit ? Tu peux bien m'avouer la vérité, voyons. Je ne suis plus une enfant... Est-il exact que monsieur Vernot nous ait rendu un service ?

BRIGNOL.

Là n'est pas la question. Ce que j'admire, c'est la façon inouïe dont on peut arriver à interpréter les choses. Un témoin eût assisté à la scène de tout à l'heure, qu'il m'aurait pris pour un vulgaire filou, ma parole d'honneur ! Enfin ! on est exposé à bien d'autres ennuis dans les affaires... *(Tirant sa montre.)* Maintenant, va t'habiller, ma chérie. Tu n'oublies pas que nous allons au théâtre... Ma foi ! j'ai besoin de cette petite distraction.

CÉCILE.

Comment ! au théâtre...? Tu ne supposes pas que je vais aller au théâtre avec ce monsieur?...

BRIGNOL.

Quel monsieur? Maurice?... J'espère, Cécile, que tu ne te laisses pas influencer par les sottises de ce... Je te jure que si j'ai pu être léger en diverses circonstances, jamais je n'ai commis un acte véritablement malhonnête !

CÉCILE.

Oh! père... est-ce que j'en doute? Et puis cela ne me regarderait pas. Mais il vaut mieux qu'on ne me voie plus avec monsieur Vernot, je t'assure que cela vaut mieux...

BRIGNOL.

Mais pourquoi, pourquoi?

CÉCILE.

Pourquoi? Parce que je ne veux pas qu'il me prenne pour une petite fille très maligne, et même pis!

BRIGNOL.

Allons donc!

CÉCILE, à elle-même.

Est-ce que j'ai réfléchi seulement qu'il était riche? Ai-je fait le plus petit calcul? Et lui, il devait être convaincu que j'étais au courant de tout!... Qu'est-ce qu'il a pensé de moi? Et alors, il ne s'est pas gêné!... C'est charmant!...

BRIGNOL.

Il ne s'est pas gêné avec toi? Qu'est-ce que ça veut dire?

CÉCILE.

Ça veut dire qu'il y a une heure... il m'a fait une déclaration tout bonnement... Il m'a dit qu'il m'aimait...

BRIGNOL.

Une déclaration!

CÉCILE.

Là... Tiens! là! et jamais il n'a songé une minute à m'épouser... Je le comprends, maintenant... jamais, entends-tu? C'est clair comme le jour!... jamais.

BRIGNOL.

Sais-tu que si c'était vrai, je ne le souffrirais pas?...

CÉCILE.

Oh !

BRIGNOL.

Sais-tu qu'il aurait affaire à moi !

CÉCILE.

Ce n'est pas la peine de...

BRIGNOL.

Ah ! c'est que l'argent que je lui dois me serait bien égal !... Ma petite Cécile, ma petite Cécile, ne me fais pas de reproches, je t'en supplie...

CÉCILE.

Est-ce que je t'en voudrais jamais de quoi que ce soit, mon pauvre père ! D'ailleurs, j'ai toujours eu le pressentiment que je resterais vieille fille.

(Elle sort.)

BRIGNOL.

Il me viendra une idée !

ACTE III

Même décor.

SCÈNE PREMIÈRE

MADAME BRIGNOL, CÉCILE.

MADAME BRIGNOL.

Tu as raconté tout cela à ton père ?

CÉCILE.

Oui... Tu savais, n'est-ce pas, que monsieur Vernot nous avait prêté de l'argent ?

MADAME BRIGNOL.

Ton père ne me l'avait pas dit positivement... il ne me dit pas grand'chose, mais je m'en doutais.

CÉCILE.

Quand je pense que ce jeune homme a pu se figurer...

MADAME BRIGNOL.

Il ne faut pas non plus t'exagérer cette vilaine histoire, mon enfant. Dans une situation aussi incertaine, aussi fragile que la nôtre, on est exposé à toute heure à de véritables catastrophes. Je considère comme un miracle qu'il ne s'en soit pas produit depuis vingt ans que cela dure.

CÉCILE.

Enfin !...

MADAME BRIGNOL, *un temps.*

Tu ne l'aimes pas, au moins ?

CÉCILE.

Là, n'est pas la question.

MADAME BRIGNOL.

Ma pauvre petite !...

CÉCILE.

Ah ! je t'assure que je ne me résigne pas à
cette... humiliation sans difficulté.

MADAME BRIGNOL, *un temps.*

Veux-tu que je demande à ta tante de t'emmener avec elle à la campagne, pendant trois ou
quatre mois, jusqu'à l'automne ?

CÉCILE.

Oui... oh ! oui, certes ! Voilà une bonne idée.

MADAME BRIGNOL.

Je l'attends justement tout à l'heure.

CÉCILE.

Ah ! l'excellente idée ! D'ici là...

MADAME BRIGNOL.

D'ici là, il faudra bien que ton père trouve une...
combinaison, comme il dit ; et s'il ne la trouve
pas, moi, je m'en charge.

CÉCILE.

Pourvu qu'il consente...

MADAME BRIGNOL.

Ton père ? Il consentira, n'aie donc pas d'in-
quiétude de ce côté-là.

CÉCILE, *souriant.*

Trois mois sans voir de papier timbré! Je reviendrai pleine de force pour combattre nos créanciers de l'hiver prochain.

MADAME BRIGNOL.

J'en aurais bon besoin aussi.

SCÈNE II

LES MÊMES, BRIGNOL.

BRIGNOL, *entrant, des papiers à la main.*

Bonjour, mes enfants!... *(A Cécile.)* Tu as dit à ta mère?...

CÉCILE.

Oui.

BRIGNOL, *à sa femme.*

Ah! Tu sais?

MADAME BRIGNOL.

Oui.

BRIGNOL.

Parfait, parfait!... Ce Carriard! un envieux!... Mais, j'ai réfléchi, depuis hier...

CÉCILE.

Moi aussi.

BRIGNOL.

Pas autant que moi. Mon avis est que nous aurions le plus grand tort de tenir compte des insinuations de ce drôle... C'est d'ailleurs une chose inouïe comme on arrive parfois à faire fausse route. Un exemple : Je me suis amusé, ce matin, à établir le compte de toutes nos dettes. Combien t'imagines-tu que nous devons?

MADAME BRIGNOL

Eh!

BRIGNOL.

Dis un chiffre...

MADAME BRIGNOL.

Puisque...

BRIGNOL, *additionnant sur un calepin qu'il sort de sa poche.*

Soixante-huit mille trois cent cinquante. J'ai découvert que nous devions à peine soixante-huit mille trois cent cinquante francs. J'ai beau chercher dans ma mémoire, j'ai beau fouiller mes notes, je ne trouve pas un centime de plus.

CÉCILE.

C'est gentil.

BRIGNOL.

Encore, je mentionne là des dettes très anciennes, dont les titulaires ont probablement disparu et que je ne pourrais pas payer, même si je le voulais. Ainsi, avec une somme relativement faible, je désintéresserais l'ensemble de mes créanciers.

MADAME BRIGNOL.

Il ne reste qu'à la gagner.

BRIGNOL.

Je suis très content d'avoir fait ce compte, car je croyais devoir beaucoup plus... Eh bien! je pose en principe que, dans ces conditions-là, une situation ne peut manquer de s'arranger d'une manière ou d'une autre.

MADAME BRIGNOL.

Tu crois?

BRIGNOL, *à sa femme.*

Ton frère, qui a toujours mené une existence régulière, est convaincu que je suis un homme perdu... *(Prenant un papier.)* Tiens! je l'oubliais... *(Il inscrit un chiffre.)* Laissons-le dire, mes enfants, et prenons patience.

MADAME BRIGNOL.

Veux-tu me faire l'amitié de m'écouter, au lieu de te livrer à des calculs bien inutiles pour l'instant ?

BRIGNOL.

Eh! qu'y a-t-il donc ?

MADAME BRIGNOL.

Il y a que je vais faire partir Cécile avec son oncle et sa tante, dès demain, à la campagne.

BRIGNOL.

A la campagne! Pourquoi ?

MADAME BRIGNOL.

Parce qu'il ne faut plus, tu entends ? il ne faut plus que cette enfant se trouve ici avec monsieur Vernot.

BRIGNOL.

Voyons... Ne précipitons rien... Je ne peux pas croire, non! je ne croirai jamais que monsieur Vernot, que Maurice, s'il n'avait pas l'intention de demander ta main, t'ait fait une pareille insulte!... Oh!

CÉCILE.

Ah! ah !

MADAME BRIGNOL.

Aie donc le courage de t'avouer franchement les choses et de ne pas te forger des illusions, comme toujours. Il ne s'agit pas d'une affaire. Cette fois-ci, il s'agit de ta fille.

CÉCILE, *allant à lui.*

Va, père! laisse-moi partir tranquillement, et ne causons plus de tout cela. *(Souriant.)* Tu conviendras que ces discussions sont humiliantes pour moi... Et puis, j'ai le pressentiment que si je me mariais avec lui, maintenant, je ne serais pas heureuse... Oui... c'est une superstition.

BRIGNOL, *faisant des gestes énergiques et, à lui-même, en s'éloignant.*

N'importe, je saurai tout à l'heure... et si... nous verrons! *(Revenant à Cécile.)* Et tu partirais?

CÉCILE.

Demain.

BRIGNOL.

Demain... nous verrons, nous verrons!

SCÈNE III

Les Mêmes, MADAME VALPIERRE.

MADAME BRIGNOL, *s'avançant.*

Je vous attendais avec impatience, ma chère amie... C'est une idée qui m'est venue... Pouvez-vous vous charger de Cécile, pendant les vacances?

MADAME VALPIERRE.

Comment donc? Mais avec le plus grand plaisir... J'y pensais même ces jours-ci. Nous t'emmenons, ma chérie...

CÉCILE.

Vrai?

MADAME VALPIERRE.

Et nous retarderons notre départ, s'il le faut.

MADAME BRIGNOL.

C'est inutile; le plus tôt sera le mieux, au contraire.

BRIGNOL.

Je vous remercie, ma chère amie...

MADAME VALPIERRE.

Nous le faisons dans son intérêt...

CÉCILE.

Tu permets, père, que je t'emporte quelques livres? La bibliothèque de mon oncle doit être trop austère pour moi...

BRIGNOL, à madame Valpierre.

Est-ce que je verrai Valpierre, avant son départ?

MADAME VALPIERRE.

Si vous voulez.

BRIGNOL.

J'y tiens. Je n'admets pas qu'il subsiste entre nous l'ombre d'un malentendu. Il ne s'en va pas fâché contre moi, j'espère? *(Madame Valpierre ne répond pas.)* Il n'y a aucune raison, n'est-ce pas?

MADAME VALPIERRE.

Mon mari m'a recommandé, en venant ici, d'éviter de causer affaires avec vous.

BRIGNOL.

Je serais désolé qu'il s'en allât avec une arrière-pensée... *(Madame Valpierre fait le geste de quelqu'un qui ne veut pas engager de conversation.)* Je lui donnerai, s'il le faut, des preuves qu'il s'est mépris radicalement sur mes intentions dans plusieurs circonstances... *(Même jeu de madame Valpierre.)* Je suis capable de plus d'énergie que vous ne pensez et je suis fermement résolu, d'ailleurs, dès que j'aurai réglé diverses affaires, à ne plus habiter Paris. *(Même jeu.)* Sachez que si cela était nécessaire, j'irais même à l'étranger pour m'y faire une position. Je ne suis pas embarrassé! *(Il se promène sur la scène.)* Ma parole d'honneur, on dirait que vous et Valpierre ne cherchez qu'à me décourager.

MADAME VALPIERRE.

Je ne vous dis rien.

BRIGNOL.

Vous ne me quittez, ni l'un ni l'autre, comme on doit quitter ses parents. Valpierre est furieux contre moi pour des enfantillages; je ne puis pas aller me jeter à ses pieds... Que voulez-vous? il y a certaines choses dans la vie que je ne me résoudrai jamais à prendre au tragique. C'est un sens qui me manque.

MADAME VALPIERRE.

Je n'ai pas de conseils à vous donner.

BRIGNOL.

J'irai, moi, chez Valpierre, et il faudra que nous nous serrions la main. *(La bonne entre et annonce monsieur Vernot. A sa femme.)* Ah! voici Vernot. Je t'assure que je vais savoir... *(Les dames se retirent. Seul.)* Décidément, il ne faut compter que sur soi.

SCÈNE IV

BRIGNOL, MAURICE.

MAURICE.

Mon cher monsieur Brignol, je viens vous chercher pour cette place dont je vous ai parlé ces jours-ci. Elle est libre justement et vous conviendrait tout à fait.

BRIGNOL.

Oui, oui...

MAURICE.

Sortons-nous? Je vais vous présenter tout de suite.

BRIGNOL, *un temps.*

Mon cher ami, je dois vous dire cela à vous qui avez été toujours fort aimable avec moi et qui m'avez obligé à plusieurs reprises... *(Geste de Maurice.)* Je ne l'ai pas oublié... Eh bien! mon ami, je suis sur le point de prendre une détermination des plus énergiques.

MAURICE.

Eh! que vous est-il arrivé?

BRIGNOL.

Rien de particulier... Mais, voulez-vous mon opinion? Je sens qu'à Paris je ne me tirerai jamais d'affaire.

MAURICE.

Oh!

BRIGNOL.

J'en causais tout à l'heure avec ma belle-sœur, et je suis à peu près décidé à quitter non seulement Paris, mais la France...

MAURICE.

Ah! ça...

BRIGNOL.

Il y a à l'étranger bien plus de ressources que chez nous... L'initiative y est plus facile, et j'ai une foule d'idées que je ne peux pas appliquer ici et que j'appliquerai là-bas...

MAURICE.

Là-bas... où?

BRIGNOL.

Je ne suis pas encore fixé.

MAURICE, à part.

Que diable s'est-il passé? *(Haut.)* Permettez-moi de vous dire, mon cher monsieur Brignol, que tout cela me paraît bien précipité.

BRIGNOL.

Toutes les résolutions que j'ai prises dans ma vie, je les ai prises comme ça. Avant de partir, je vous ferai un reçu en règle des sommes que vous m'avez prêtées... Eh! mon ami, on ne sait ni qui vit ni qui meurt.

MAURICE.

Bah!

BRIGNOL, *regardant Maurice.*

Et, en attendant, afin de n'être pas gêné dans les démarches que je serai obligé de faire, je vais expédier tout mon monde à la campagne, chez Valpierre.

MAURICE.

A Poitiers?

BRIGNOL.

A Poitiers, oui...

MAURICE.

Madame Brignol et...

BRIGNOL.

Et ma fille... La campagne leur fera le plus grand bien... *(Embarras de Maurice et silence.)* Elles vont partir demain.

MAURICE.

Demain!

BRIGNOL.

Matin... avec mon beau-frère... Et vous, mon cher ami, avez-vous des projets pour cet été?

MAURICE, *machinalement.*

Non... je ne vois pas...

BRIGNOL.

Le commandant est bien portant?

MAURICE.

Je le suppose... Et la petite migraine qui a empêché mademoiselle Cécile d'aller au théâtre hier soir est passée, j'espère?

BRIGNOL.

Absolument, je vous remercie. (*La bonne entre et remet à Brignol un papier timbré.*) Voyons... « *Nous, Perrot, huissier-audiencier, à la requête du sieur Carriard...* » Ah! ah! C'est de Carriard! En vingt-quatre heures! Il n'a pas perdu de temps!... (*Haussant les épaules.*) Quel imbécile!

MAURICE.

Monsieur Carriard vous envoie du papier timbré?

BRIGNOL.

Ça n'a aucune importance (*Maurice met la main à son portefeuille.*) Allons donc, mon ami! Je vous remercie cette fois-ci, mais je n'y consentirai sous aucun prétexte. Il y a des limites à tout, mon ami, à tout... J'arrangerai cela moi-même...

LE COMMANDANT, *entrant.*

Mon cher Brignol!...

BRIGNOL.

Mon cher commandant.

LE COMMANDANT, *à Maurice.*

J'ai besoin de te parler, je viens de chez toi.

MAURICE.

Je suis à vous, mon oncle (*Prenant son chapeau.*)

Est-ce que je puis présenter mes devoirs à madame Brignol et à mademoiselle Cécile?

BRIGNOL.

Ces dames étaient absentes. Je vais voir si elles sont rentrées... Allons, c'est fini...

(Il sort.)

MAURICE, *à part.*

Qu'est-ce qui a pu se passer?

SCÈNE V

LE COMMANDANT, MAURICE.

LE COMMANDANT.

J'ai supposé que tu étais chez Brignol... naturellement.

MAURICE.

Vous avez donc quelque chose de pressé à me raconter?

LE COMMANDANT.

Oui... *(Piteusement.)* J'ai envie de m'en aller.

MAURICE.

Où ça?

LE COMMANDANT.

Loin... très loin.

MAURICE.

Vous avez perdu, cette nuit?

LE COMMANDANT.

Trois mille francs.

MAURICE.

Fichtre! Et le système

LE COMMANDANT.

Je n'ai pas joué le système, j'ai joué au hasard.
Et j'ai bien vu, mon ami, que dès que je serai
autour d'une table de baccara, je jouerai toujours
au hasard. Je suis rentré chez moi à cinq heures
du matin ; j'ai très mal dormi et j'ai fait les
réflexions les plus tristes.

MAURICE.

Alors?

LE COMMANDANT.

Alors, je n'ai qu'un parti à prendre. Voilà
cinq ans que je n'ai pas quitté Paris, et je suis
fermement décidé à me retirer pendant toute la
saison, dans un coin, au bord de la mer, où je
me reposerai et où, surtout, je n'aurai pas occasion de toucher une carte.

MAURICE, riant.

Que diriez-vous de Trouville?

LE COMMANDANT.

Ne te moque pas de moi. Et même, entre nous,
si tu étais raisonnable, tu m'accompagnerais.
Nous partirions par le train de cinq heures.

MAURICE, distraitement.

Vous accompagner...

LE COMMANDANT, lui frappant sur l'épaule.

Ton affaire ici n'est pas bonne, mon cher ami...
Arrête-toi, tu ne vois pas où tu vas et tu ne peux
faire que des sottises.

MAURICE.

Hum !

LE COMMANDANT.

Des sottises, et les plus grandes. Voyons, Maurice, tu sais bien que tu serais fou d'épouser la
fille de Brignol, à ton âge et dans de pareilles

conditions. Ne sois donc pas naïf comme cela!
D'ailleurs, je ne te cache pas que j'entraverai ce
mariage autant qu'il me sera possible, et jusqu'au
dernier moment je te répéterai que tu as tort.

MAURICE.

Il s'est passé quelque chose ici, depuis hier,
j'en suis certain.

LE COMMANDANT.

Ah! mon pauvre ami, si tu veux savoir ce qui
se passe ou ce qui ne se passe pas chez Brignol!...
J'admets, et je suis le premier à t'en blâmer,
que tu te sois conduit très légèrement avec cette
jeune fille... Mais enfin, tu as sauvé son père
d'une situation horriblement critique, c'est jusqu'à un certain point une excuse et une compensation.

MAURICE.

Elle s'en va.

LE COMMANDANT.

Elle s'en va?

MAURICE.

Chez son oncle, à la campagne. Et Brignol ne
parle que d'aller à l'étranger. Comprenez-vous
cela?

LE COMMANDANT.

Ah! sapristi! si j'essaie jamais de comprendre
un mot à ce que fait Brignol!... Eh bien! puisqu'elle s'en va, va-t'en aussi... (*Le poussant vers la
porte.*) Allons-nous-en! J'ai un fiacre en bas...

MAURICE.

Pourquoi diable s'en va-t-elle?

LE COMMANDANT.

Tu ne le trouveras pas, sois tranquille.

MAURICE.

Il faudrait, au moins, que je prévinsse Brignol.

LE COMMANDANT.

Tu lui écriras de Bretagne, à Brignol !... Tu ne peux donc plus voyager sans sa permission? C'est inouï. *(Il le saisit par le bras.)* Allons-nous-en ! Allons-nous-en !

(Il l'entraine et ils sortent tous les deux; Maurice, en secouant la tête.)

SCÈNE VI

CÉCILE, *seule.*

(Elle a attendu qu'ils fussent partis. Alors, elle s'avance vers la bibliothèque et continue à faire le paquet de livres qu'elle avait commencé à une des scènes précédentes.)

Je voudrais être à demain.

SCÈNE VII

MAURICE, CÉCILE.

MAURICE *rentre brusquement sans voir Cécile d'abord et dit :*

Je vais laisser un mot à Brignol, c'est ce qu'il y a de plus simple. *(Il aperçoit Cécile qui, en le voyant, se retire.)* Eh! mademoiselle Cécile, comme vous partez vite !

CÉCILE.

Mais pas du tout. Je venais chercher ces quelques livres...

MAURICE.

Monsieur votre père m'a dit que vous quittiez Paris bientôt?

CÉCILE.

En effet. Je m'en vais demain... Ma tante veut bien me garder quelque temps avec elle...

MAURICE.

Vous paraissez très heureuse de ce départ?

CÉCILE.

Très heureuse... Au revoir, donc, monsieur...

MAURICE.

Mais nous sommes donc fâchés, mademoiselle?

CÉCILE.

Fâchés! Où prenez-vous que nous soyons fâchés?... Voici la belle saison... je pars. Je suppose que vous partez également. Je vous fais mes adieux, rien n'est plus naturel...

MAURICE.

D'abord, je ne pars pas.

CÉCILE.

Cela ne fait rien... monsieur.

MAURICE.

Voyons, mademoiselle, j'ai bien le droit, il me semble, d'être légèrement surpris de ce brusque changement de manières à mon égard. Je mérite au moins que vous me donniez une raison.

CÉCILE.

Ah! oui, j'oubliais... *(Prenant des livres sur la petite table.)* J'ai appris hier, tout à fait par hasard, que vous aviez rendu un grand service à mon père. *(Mouvement de Maurice.)* Je ne vous en ai pas remercié encore, mais je profite bien volontiers de cette occasion pour le faire..

MAURICE.

Je ne vous demande pas cela du tout... par exemple ! J'ai rendu à monsieur Brignol ce service bien mince !...

CÉCILE.

Pardon. Je vous en suis très reconnaissante.

MAURICE, *riant.*

Il n'y a vraiment pas de quoi... Et je n'ai pas la prétention d'avoir sauvé la vie à votre père en lui prêtant quelques... N'en parlons plus, je vous en prie...

CÉCILE.

Mais pourquoi?... L'argent, pour la plupart des hommes, est une chose tellement précieuse, tellement sacrée, qu'ils peuvent se croire tout permis envers ceux à qui ils ont daigné en prêter quelques miettes... Ils peuvent même le leur réclamer d'une façon arrogante et brutale...

MAURICE.

Oh !

CÉCILE.

Tenez, moi, j'ai vu mon père traité comme le dernier des êtres, devant moi, par un individu à qui il doit des sommes insignifiantes !...

MAURICE.

J'espère que vous ne me comparez pas?...

CÉCILE.

Non, certes, je ne vous compare pas à ce monsieur Carriard... Vous êtes certainement mieux élevé. Mais il y a une chose que je n'oublierai jamais et je vous le dis, puisque vous me demandez une explication : c'est que vous avez abusé de la situation où mon père était vis-à-vis de vous pour vous conduire comme vous l'avez fait !

MAURICE.

Moi?...

CÉCILE.

Oh ! je comprends très bien que vous n'ayez pas songé à épouser, dans votre position, la fille d'un homme sans fortune, devenu même votre débiteur... Je connais assez la vie pour savoir que ces mariages ne se font guère. Mais ce que je ne vous pardonne pas, c'est de m'avoir cru capable, sous prétexte que vous êtes riche, de...

MAURICE.

Je vous jure, Cécile...

CÉCILE.

Hier, là, presque à cette place où nous sommes, vous m'avez dit que vous m'aimiez... Qui sait ? Si nous avions été seuls, vous m'auriez peut-être fixé un rendez-vous ! Et si vous avez osé me parler ainsi, si vous avez pensé cela de moi, c'est parce que mon père était votre obligé. Vous vous êtes dit : « Voilà une petite fille qui a assez de l'existence qu'elle mène au milieu d'ennuis de toutes sortes. Elle est sans avenir, sans dot, elle n'a aucune chance de se marier. Elle va être enchantée de ce que je vais lui offrir... » C'est en cela, monsieur, que vous vous êtes trompé. Je ne crois pas, en effet, avoir un avenir très brillant, mais je saurai m'y résigner. J'ignore si mon père a commis des fautes et je ne veux pas le savoir... Je sais seulement que c'est un homme bon, généreux, et qu'il m'aime de toutes ses forces. Je ne le quitterai jamais, et en croyant que j'en étais capable, vous avez eu une pensée qui n'est ni loyale, ni jolie... Remarquez que si je vous dis tout cela, c'est afin qu'il n'y ait pas de malentendu entre nous et que vous vous borniez dorénavant à traiter vos affaires avec mon père sans cher-

8

cher à me revoir... Vous permettez que je me
retire, n'est-ce pas?

MAURICE.

Je n'ai qu'un mot à vous répondre, mademoiselle. Vous vous êtes trompée sur mes intentions
de la façon la plus inouïe...

CÉCILE.

Je vous remercie de ce semblant d'excuses.

MAURICE.

Eh bien! non, je ne veux pas vous faire de
mensonges... Non, Cécile, je n'ai pas été loyal
avec vous. Je vous aime, et aujourd'hui peut-
être j'allais vous laisser partir, j'allais partir
moi-même et ne plus vous voir! Étais-je fou?
Est-il possible que j'aie jamais eu d'autre pensée, de plus cher désir que d'être votre mari?...
Ah! je suis un pauvre niais qui n'a pas vu
où était son bonheur, où était sa vie!... Votre
amour, Cécile, je ne le mérite pas, c'est à
peine si je mérite votre pardon... Pardonnez-moi,
Cécile... pardonnez-moi doucement, sans me faire
de reproches, sans me rien dire, en me tendant
la main, simplement.

*(Cécile lui tend la main, il la baise. Cécile va chercher
le paquet de livres laissé sur la table.)*

LE COMMANDANT.

Ah! ça! voilà une heure!... Pardon, mademoiselle...

CÉCILE, *s'inclinant.*

Monsieur...

MAURICE, *à Cécile.*

Mon oncle arrive à souhait... Nous allons
attendre votre père ici.

CÉCILE, à Maurice.

A bientôt!

(Elle sort.)

SCÈNE VIII

Le Commandant, MAURICE.

LE COMMANDANT.

Partons-nous en Bretagne, oui ou non ? Je suis fatigué, moi, et je m'étais assoupi dans la voiture.

MAURICE.

Nous ne partons pas.

LE COMMANDANT.

Bon! Alors, comme je me suis couché à cinq heures du matin, tu ne trouveras pas mauvais que j'aille faire un petit somme.

MAURICE.

Mon oncle, écoutez-moi une minute, je vous en prie. Asseyez-vous... Je viens de rencontrer Cécile, ici...

LE COMMANDANT.

Eh bien ?

MAURICE.

Nous avons causé quelques instants et je... je l'épouse. Ce n'est pas la peine que je prenne des précautions pour vous annoncer cette nouvelle.

LE COMMANDANT.

Tu l'épouses ? C'est bien... Tu as l'âge de te marier et de savoir ce que tu fais.

MAURICE.

Vraiment, est-ce que vous désapprouvez ?

LE COMMANDANT.

Ce que je désapprouvais surtout, c'était ton irrésolution ; mais du moment que tu es décidé à quelque chose, je te félicite.

MAURICE.

C'est la plus charmante fille que j'aie vue de ma vie.

LE COMMANDANT.

Tu aurais dû me dire cela tout de suite, je serais allé me recoucher.

MAURICE.

Il aurait fallu vous lever tout de même, mon oncle.

LE COMMANDANT.

Pourquoi ?

MAURICE.

Mais, pour venir faire la demande. Vous êtes mon parent le plus proche.

LE COMMANDANT.

Demander moi-même à Brignol la main de sa fille ? Jamais !... *(Il se lève.)* Tu n'obtiendras jamais cela de moi, après la conduite de Brignol à mon égard...

MAURICE, *se levant.*

Mon oncle...

LE COMMANDANT.

Il est inutile d'insister. Jamais, te dis-je !

MAURICE.

Mon oncle, vous avez été mon tuteur. Vous êtes mon seul parent ; c'est à vous d'intervenir dans cette circonstance. *(Lui prenant le bras.)* Vous allez donc me rendre le service d'attendre ici monsieur Brignol qui va rentrer bientôt, et vous lui demanderez la main de sa fille pour votre neveu. Je vous donne un quart d'heure, je vous ai assez consulté, pour qu'à votre tour...

LE COMMANDANT.

Si Brignol n'est pas ici dans un quart d'heure, je m'en vais.

MAURICE.

Il y sera.

LE COMMANDANT.

A propos, qu'est-ce que tu vas en faire de ce beau-père-là ?

MAURICE.

J'y songe depuis quinze jours. Je le caserai dans ma propriété de Poitiers.

LE COMMANDANT.

Fichtre !

MAURICE.

Nous n'y allons presque jamais, ni vous ni moi. Elle ne nous sert à rien. J'en achèterai une autre où il y aura une chasse pour vous.

LE COMMANDANT.

Parfait, parfait! Sois ici dans vingt minutes, ton affaire sera terminée. Prends le fiacre et remporte la valise chez moi. Cela te fera passer le temps.

(Sort Maurice.)

SCÈNE IX

LE COMMANDANT, *seul.*

Dix-sept coups de suite ! J'ai perdu dix-sept coups de suite. Ça n'était pas arrivé au cercle depuis trois ans... C'est phénoménal ! Décidément, je suis numéroté !

(Il s'assoupit progressivement et s'endort, la tête appuyée sur son coude droit.)

SCÈNE X

Le Commandant, BRIGNOL.

BRIGNOL., *il entre, des journaux à la main, va les placer sur son bureau et aperçoit quelqu'un qui dort.*

Un client ! Tiens, il dort... Mais c'est le commandant !

LE COMMANDANT, *se réveillant.*

Ah ! Brignol ! *(Il se lève.)* Monsieur...

BRIGNOL.

Ne vous gênez pas, mon cher commandant, vous êtes chez vous. Qu'est-ce qui me vaut le plaisir de votre visite ?

LE COMMANDANT.

Deux mots à vous dire.

BRIGNOL.

Reposez-vous, mon cher commandant, je vous écoute.

LE COMMANDANT, *après un silence.*

Ah ! vous pouvez vous vanter de m'avoir porté une jolie guigne, vous !

BRIGNOL.

En quoi est-ce de ma faute, si vous perdez toujours ?

LE COMMANDANT

Mais ce n'est pas de cela qu'il s'agit... Je devais partir à cinq heures avec mon neveu, en Bretagne, c'était convenu.

BRIGNOL.

Vous partez ?

LE COMMANDANT.

Au lieu d'aller en Bretagne, nous sommes revenus chez vous. Et, savez-vous ce que je viens y faire, chez vous?... *(Geste de Brignol.)* Je viens vous demander la main de votre fille pour lui.

BRIGNOL, *s'avançant vers le commandant, les deux mains tendues.*

Mon cher commandant, vous êtes l'homme que j'estime le plus, et je suis on ne peut plus heureux de cette union avec votre famille. C'était mon rêve, je ne vous le dissimule pas.

(Entre Maurice.)

SCÈNE XI

Les Mêmes, MAURICE.

BRIGNOL, à *Maurice.*

Approchez, mon cher enfant.... *(Lui tendant les mains.)* Vous êtes un brave garçon et je vous aime bien.

MAURICE.

Mon cher monsieur Brignol...

BRIGNOL.

Je vais vous chercher votre femme.

(Il sort.)

SCÈNE XII

MAURICE, Le Commandant.

LE COMMANDANT.

Il commence à me devenir très sympathique, Brignol.

MAURICE.

Quand il n'aura plus de créanciers, ce sera un beau-père délicieux.

SCÈNE XIII

Les Mêmes; *puis d'abord* MADAME BRIGNOL, et CÉCILE, *puis* MADAME VALPIERRE et BRIGNOL.

MADAME BRIGNOL, *à Maurice.*

Monsieur, je suis heureuse de vous donner ma fille.

BRIGNOL, *à madame Valpierre, à part.*

Eh bien? vous le voyez... tout s'arrange.

ROSINE

COMÉDIE EN QUATRE ACTES

*Représentée pour la première fois au Théâtre du Gymnase,
le 2 juin 1897.*

PERSONNAGES

MM.

DESCLOS, 58 ans . . . . Boisselot.
PAGELET, 58 ans. . . . . Lérand.
HÉLION, 40 ans. . . . . Numès.
GEORGES DESCLOS, 29 ans . . . . Maury.
BOLARD, 29 ans. . . . . Peutat.
LOISEL . . . . Bordier.
Un Domestique. . . . . Deligne.

Mᵐᵉˢ

LUCIE BUTAUD, 31 ans. . . . . Grassot.
ROSE, 25 ans . . . . Valdey.
MADAME GRANGER, 50 ans . . . . Samary.
MADAME HÉLION, 35 ans . . . . Avril.
LOUISON, 36 ans . . . . Cécile Caron.
Une Femme de Chambre . . . . Reine.

———

Dans une petite ville du centre de la France, de nos jours.

———

ROSINE

ACTE PREMIER

Chez Pagelet, notaire.
Vaste et beau salon de province. Vieux meubles, bahuts
le tout disposé sans austérité.

SCÈNE PREMIÈRE

PAGELET, GEORGES, puis Un Domestique,
un instant, LOUISON.

PAGELET.

Comment va votre père ?

GEORGES.

Beaucoup mieux, quoiqu'il ne cesse de se
plaindre.

PAGELET.

Il vient dîner avec nous ?

GEORGES.

Il me suit.

PAGELET.

Avec votre tante, naturellement... Bon ! monsieur et madame Hélion viennent aussi.

GEORGES.

Je me suis même permis d'inviter quelqu'un de votre part.

PAGELET.

Qui?

GEORGES.

Un de mes amis, arrivé de Paris hier soir : Bolard. C'est d'ailleurs un de nos compatriotes.

PAGELET.

Le fils de l'ancien avoué?

GEORGES.

Oui.

PAGELET.

Vous avez fort bien fait. Notre petit dîner du samedi sera très animé.

(Il se frotte les mains.)

GEORGES.

Vous êtes vraiment un homme heureux, mon cher maître.

PAGELET.

Parce que je me frotte les mains.

GEORGES.

Pas seulement pour ça.

PAGELET.

J'ai eu mes soucis comme tout le monde, mon cher ami. Savez-vous que ma femme a été malade sans répit pendant six ans, et que je l'ai fort pleurée, quand elle est morte?

GEORGES.

Certes!

PAGELET.

Enfin, tout est bien qui finit... Je veux dire qu'on arrive à se consoler de tout. Vous n'êtes pas heureux, vous? Qu'est-ce qui vous manque?

GEORGES.

Oh ! presque rien... l'argent.

PAGELET.

Vous en gagnerez, que diable ! Vous avez un bon métier. Vous êtes ici dans une ville de près de vingt mille habitants, où votre famille est estimée, où vous avez des relations...

GEORGES.

Devinez ce que j'ai gagné depuis un an, dans votre ville de vingt mille habitants, en exerçant ma profession? Un peu moins de huit cents francs, sur lesquels on me doit environ la moitié. Et tout ça, pour soigner des maladies qui ne sont même pas intéressantes... C'est vrai, ils n'ont que des maladies ridicules, dans ce pays-ci.

PAGELET.

Oh ! nous autres, en province, nous nous contentons des premières maladies venues ; nous ne sommes pas difficiles.

GEORGES.

Moquez-vous de moi ! Il n'en est pas moins sûr qu'il y a ici une quinzaine de médecins, et du travail pour quatre... Ah ! si c'était à refaire !

PAGELET.

Vous regrettez d'être docteur?

GEORGES.

Oh ! oui, certes !... Les professions régulières sont devenues impraticables. Les seuls de ma génération qui se soient tirés d'affaire, sont ceux qui ont abandonné leurs études. Ils se sont faits hommes politiques, comédiens, boursiers ou n'importe quoi.

PAGELET.

Est-ce que quelqu'un vous a empêché de vous faire boursier? Non, n'est-ce pas? Alors de quoi vous plaignez-vous?

GEORGES.

Je ne me plains pas, je regrette. Et puis, il est trop tard.

PAGELET.

Il y a encore ce point de vue. — Vous permettez?... *(Il appuie sur un timbre. — Paraît le domestique.)* Reste-t-il quelqu'un à l'étude?

LE DOMESTIQUE.

Un client.

PAGELET.

Faites-le entrer dans mon cabinet, je descends.

LE DOMESTIQUE.

Mademoiselle Louison, la cousine de madame Perrin, est dans l'antichambre.

PAGELET.

Ah! oui, c'est bien... Introduisez-la tout de suite.

(Le domestique va ouvrir la porte. Entre Louison. Costume d'ouvrière ou de bonne, sans chapeau.)

LOUISON.

Mes respects, monsieur Pagelet... Bonjour, monsieur Georges.

GEORGES.

Bonjour, Louison.

PAGELET.

Madame Perrin a reçu mon mot?

LOUISON.

Elle est en bas, dans la rue. Elle m'a priée de

vous demander si elle ne vous dérangerait pas en ce moment?

PAGELET.

Mais pas du tout. Je lui ai écrit de venir justement le plus tôt possible.

LOUISON.

Alors, elle peut monter?

PAGELET.

Tout de suite.

LOUISON, *s'en allant.*

Au revoir, messieurs.

GEORGES.

Est-ce que madame Perrin a quelque nouvel ennui avec les parents de son mari?

PAGELET.

Au contraire. J'espère qu'il va y avoir une réconciliation générale.

GEORGES.

Ah! tant mieux!

PAGELET.

Mais, au fait, vous connaissez toute la famille, vous?

GEORGES.

Je l'ai connue autrefois. Mon père avait une propriété dans leur pays à Maurichard. J'y allais en vacances tous les étés; mais je n'y suis pas retourné depuis longtemps. J'ai vu Rose grande comme ça.

PAGELET.

Vous étiez amoureux d'elle.

GEORGES.

A onze ans.

PAGELET.

Et maintenant, vous ne l'êtes plus?

GEORGES.

Elle est trop grande.

PAGELET.

Et puis, elle est très honnête, ce qui, à la rigueur, est encore un obstacle.

GEORGES.

Elle est très honnête, c'est vrai.

PAGELET.

Je l'ai vue dans plusieurs circonstances, où elle s'est conduite avec une loyauté, une délicatesse parfaite, et elle a eu du mérite, car elle s'est trouvée, à la mort de son père, dans une situation des plus embrouillées : des dettes, des menaces de toutes parts. Le père de Rose s'était ruiné à Paris, dans le commerce; puis il était revenu à Maurichard, son pays natal, où il lui restait une terre. Il essaya de la cultiver et ne réussit pas non plus.

GEORGES.

Ah ! la culture !...

PAGELET.

Il y a des familles qui s'écroulent tout d'un coup. Les morts, la ruine, tout arrive à la fois. Les survivants sont dispersés et il ne reste du désastre que quelques chiffons de papier dans les cartons d'un notaire... Ce fut encore une chance pour Rose de rencontrer Jean Perrin.

GEORGES.

Les parents s'opposèrent au mariage, il me semble?

PAGELET.

La fiancée avait reçu de l'éducation. Elle était beaucoup plus élégante qu'une paysanne; elle n'avait pas un centime de dot. Ce sont des choses que les paysans trouvent presque immorales. Les époux se brouillèrent avec la famille, quittèrent Maurichard et vinrent habiter ici. J'ai placé Perrin chez notre ami Hélion... Diable! j'oublie mon client, moi!

GEORGES.

Allez le voir. Je vais causer avec Rose en vous attendant.

PAGELET.

C'est cela, oui... Je suis gentil de vous laisser avec elle?

GEORGES.

Oh!

(La porte s'ouvre. Entre Rose, toilette claire, gants, chapeau. Élégance simple.)

PAGELET.

Asseyez-vous, ma chère enfant. Je suis à vous dans une minute. Le docteur vous tiendra compagnie.

(Il sort.)

SCÈNE II

GEORGES, ROSE.

ROSE, *lui tendant la main.*

Vous allez bien, monsieur Georges?

GEORGES.

Je vais très bien... Et vous?... Il y a des semaines que je ne vous ai pas rencontrée.

9

ROSE.

Il y a huit jours.

GEORGES.

Pourquoi ne venez-vous jamais nous voir?

ROSE.

Je ne veux pas vous déranger.

GEORGES.

On vous aime beaucoup, chez nous... Et moi aussi, je vous aime beaucoup.

(Il lui prend la main.)

ROSE, *souriant et retirant sa main.*

Ah! vous allez recommencer... comme l'autre fois?

GEORGES.

Je parlais de vous, tout à l'heure; je parlais du temps où nous jouions ensemble avec les gamins de Maurichard... On vous appelait Rosine, à ce moment-là.

ROSE.

C'est vrai, mon père m'appelait toujours Rosine.

GEORGES.

Et votre mari, comment vous appelle-t-il?

ROSE, *riant.*

Rose.

GEORGES.

Rosine est plus joli.

ROSE.

Tout cela est bien loin.

GEORGES, *essayant encore de lui prendre la main.*

Rapprochons-le.

ROSE.

Je vous ai déjà répondu là-dessus, monsieur Georges, et très franchement.

GEORGES.

Jamais, alors ?

ROSE.

Mais, certainement, jamais !

GEORGES.

Vous, vous me ferez faire quelque bêtise !

ROSE.

Laquelle ? Vous vous marierez peut-être ?

GEORGES.

Non, mais je m'en irai d'ici.

ROSE.

Et vos malades ?

GEORGES.

Ils guériront. Mais je ne veux pas continuer à vous voir, à vous aimer de plus en plus et à constater que je vous suis profondément indifférent.

ROSE.

J'ai beaucoup d'amitié pour vous, et depuis longtemps... depuis ma première enfance.

GEORGES.

Vous n'avez pas la moindre amitié pour moi, voilà la vérité. C'est absurde, mais c'est comme ça.

ROSE.

Vous vous trompez.

GEORGES, *essayant de lui prendre la main.*

Voyons, Rosine, dites-moi un mot, regardez-moi seulement d'une certaine façon... ayez dans l'œil un petit sourire... *(Rose secoue la tête.)* Je ne veux plus vous voir, décidément. *(Après une pause.)* Quand venez-vous à la maison? *(Rose sourit. Rentre Pagelet.)* Je vous laisse! *(A mi-voix.)* Vous viendrez? Vous me le promettez?

PAGELET, *à Georges.*

Vous allez chercher votre ami, n'est-ce pas?

GEORGES.

Oui.

PAGELET.

Je compte sur lui.

(Georges sort.)

SCÈNE III

ROSE, PAGELET, *puis* HÉLION.

ROSE.

Vous m'avez écrit, monsieur Pagelet?

PAGELET.

Voici... J'ai reçu une lettre de Lucie Butaud, la sœur de Perrin. Elle m'a annoncé sa visite pour aujourd'hui. Elle doit vouloir me consulter sur quelque vente ou achat de terres.

ROSE.

Il s'agit peut-être d'affaires de famille. Vous savez que sa mère est très souffrante?

PAGELET.

Non, je ne le savais pas.

ROSE.

Jean est même auprès d'elle depuis huit jours.

PAGELET.

Comment, Perrin est à Maurichard?

ROSE

Depuis dimanche dernier. C'est une lettre de sa sœur qui l'a fait partir.

PAGELET.

Mais alors, ils sont réconciliés?

ROSE.

Oui.

PAGELET.

Voilà qui est parfait! Et vous?

ROSE.

Lucie s'est remise avec son frère, mais elle et sa mère me détestent toujours.

PAGELET.

Qui sait?

ROSE.

Je le sens.

PAGELET.

Si Perrin a consenti à retourner là-bas, après ce qui s'est passé, c'est qu'il est sûr d'arranger les choses.

ROSE.

Ce sera difficile.

PAGELET.

Bah ! depuis trois ans !... Tout le monde ici
vous croit mariée avec Perrin. Il faut profiter de
l'occasion et en finir. Ce serait un grand bonheur
pour vous. C'est pourquoi je vous ai écrit de
venir à l'étude.

ROSE.

Certes, oui, un grand bonheur. Mais j'y tiens
surtout pour faire cesser enfin les mensonges où
cela nous entraîne tous les jours. Si Jean m'avait
écoutée, il aurait dit la vérité, purement et simplement, aux rares personnes que nous connaissons.

PAGELET.

Lorsque vous êtes arrivés ici, il m'a consulté à
ce sujet. Je lui ai demandé s'il était fermement
résolu à régulariser sa situation dans le plus
bref délai, fût-ce au moyen d'actes respectueux,
puisqu'il a plus de vingt-cinq ans aujourd'hui et
qu'il peut se passer du consentement de sa mère.
Il m'a répondu oui... Alors, comme cela ne devenait qu'une question de temps, je lui ai conseillé
moi-même de ne rien dire, et je crois encore que
cela vaut mieux pour vous. Il est inutile de faire
bavarder les gens.

ROSE.

Monsieur Georges ne sait rien?

PAGELET.

Ni son père non plus, ni madame Granger. Ils
n'ont plus aucune relation à Maurichard.

ROSE.

D'ailleurs, je refuse toujours, quand ils m'in-
vitent soit à dîner, soit même à venir les voir. Ils

ne pourraient pas dire que j'ai cherché à m'introduire dans leur maison.

PAGELET.

En tout cas, cela n'aurait aucune importance
avec eux, et je me chargerais de leur donner une
explication tout à votre honneur.

ROSE.

Oh ! ce n'est pas que je souffre le moins du
monde d'être dans une situation irrégulière. Je
l'ai acceptée ainsi. Nous sommes heureux, Jean
et moi. Quand je réfléchis à ce qui aurait pu
m'arriver à la mort de mon père, toute seule à
dix-huit ans, je trouve que mon sort est encore
enviable.

PAGELET.

Le fait est, ma pauvre enfant...

ROSE.

Je n'ai donc pas à me plaindre. Jean finira par
m'épouser; il l'aurait déjà fait si je l'avais voulu.
Je n'ai pas insisté pour ne pas rendre la brouille
avec sa famille irrévocable. Mais je vous avoue
cependant qu'il m'aurait été très désagréable d'être
prise en flagrant délit de mensonge sur cette
question-là.

PAGELET.

Je le comprends, mais votre réconciliation avec
Lucie Butaud va tout modifier. Il ne s'agit que
de manœuvrer adroitement. Revenez dans trois
quarts d'heure à peu près. Madame Butaud sera
là, je lui aurai parlé. Vous vous montrerez très
affectueuse et très douce avec elle, quitte à lui
jouer une petite comédie. Et dans les délais nécessaires, vous vous marierez... C'est convenu ?

ROSE.

Merci, monsieur Pagelet.

(On frappe à la porte.)

PAGELET.

Entrez !... *(Entre Hélion.)* Hélion !... madame Hélion n'est pas avec vous ?

HÉLION.

Je la croyais ici... Elle ne tardera pas. *(Reconnaissant Rose.)* Madame Perrin, tous mes compliments...

ROSE, *s'inclinant.*

Monsieur...

HÉLION.

Est-ce que votre mari va bientôt rentrer? Je lui ai donné un petit congé, mais comme c'est un de mes bons employés, je tiens beaucoup à lui.

ROSE.

Il sera rentré dans deux ou trois jours, je suppose.

HÉLION.

Bon, bon ! Qu'il fasse ses affaires !... Un de mes bons employés, répétez-le-lui de ma part, et, en outre, un heureux homme, de posséder une des femmes les plus aimables et les plus distinguées que je connaisse.

(Rose s'incline et sort.)

SCÈNE IV

PAGELET, HÉLION.

HÉLION.

Vous ai-je déjà donné mon opinion sur madame Perrin?

PAGELET.

Jamais.

HÉLION.

Elle est charmante.

PAGELET.

Mais oui.

HÉLION.

Une figure résolue et fine. Je ne m'en étais jamais si bien aperçu.

PAGELET.

Dites donc... Elle est un peu mieux que... Rappelez-moi le nom de cette dame chez qui vous m'avez mené souper un soir, à Paris, une grande rousse, très gaie...

HÉLION.

Ah! oui, Léa.

PAGELET.

Léa... quoi? elle avait un autre nom, il me semble?

HÉLION.

Tiroir... Léa Tiroir.

PAGELET.

C'est toujours chez elle que vous descendez, quand vous allez voir vos clients, à Paris?

HÉLION.

Pardon ! j'ai une chambre à l'hôtel... pour les convenances.

PAGELET.

Et une chez Léa pour... le contraire !... Vous feriez bien tout de même de vous méfier un peu.

HÉLION.

Oh ! mais je prends beaucoup de précautions, sans en avoir l'air... Sauf vous, qui êtes un vieil ami, nul, ici, n'est au courant de ces petites escapades. Ma femme elle-même les ignore.

PAGELET.

C'est l'essentiel.

HÉLION.

D'ailleurs, elle ne s'occupe pas de ces choses-là, et elle a horreur de Paris. Quant à moi, je ne reste guère absent que cinq ou six jours, de temps en temps. Dans ces conditions-là, ce n'est pas de l'adultère, c'est de la villégiature.

PAGELET.

Tout bonnement ! Vous êtes parfait !

SCÈNE V

LES MÊMES, DESCLOS, MADAME GRANGER.

PAGELET.

Je vous attendais, mes amis... (A Desclos qui boite un peu.) Et votre jambe? Georges vient de me dire que ça allait un peu mieux.

DESCLOS.

Je me suis péniblement traîné jusqu'ici.

PAGELET.

Diable !

DESCLOS.

Des douleurs, des douleurs continuelles !... En ce moment, c'est au genou... Aïe !

PAGELET.

Ce n'est pas gai.

MADAME GRANGER.

Mon frère exagère.

DESCLOS.

J'exagère !... C'est exquis !

MADAME GRANGER, *se rapprochant.*

Tu souffres vraiment?

DESCLOS.

Non, non... j'exagère.

MADAME GRANGER.

Comme tu voudras.

DESCLOS.

J'éprouve des douleurs intolérables, voilà tout! Figurez-vous, Pagelet, que vous avez au genou un chien furieux qui vous dévore la chair et qui vous ronge les os. Tel est mon cas... Une bêtise, comme vous voyez... Mais ne parlons plus de ces niaiseries.

MADAME GRANGER.

Pourquoi ne te soignes-tu pas? Georges t'a indiqué un traitement.

DESCLOS.

Il m'a indiqué un traitement parce que, en sa qualité de médecin, il est obligé d'indiquer un traitement pour toutes les maladies. Je l'ai même suivi, son traitement.

PAGELET.

Et?...

DESCLOS.

Je souffre un peu plus, voilà tout. Georges a eu une très bonne idée de faire sa médecine !

(Il hausse les épaules.)

MADAME GRANGER, *haussant également les épaules.*

Ça vaut mieux que de n'avoir jamais rien fait, comme toi.

DESCLOS.

Tu as raison, mon enfant, je n'ai jamais rien fait. Je n'ai travaillé que trente années... Ah! ah !

MADAME GRANGER.

A quoi?... Tu t'imagines peut-être que tu travailles parce que tu lis les journaux et que tu ricanes à propos de tout ?

DESCLOS, *haussant les épaules.*

Continue !

MADAME GRANGER.

Pardon, j'oubliais !... Tu as fait quelque chose dans ta vie... Tu t'es présenté à la députation et tu n'as pas été nommé.

DESCLOS.

J'en suis fier!

MADAME GRANGER.

Depuis cette époque...

DESCLOS.

Tu permets que je t'interrompe?... Nous avons

cette conversation-là tous les samedis, et toujours devant maître Pagelet... Pourquoi as-tu choisi le samedi? Je l'ignore! Est-ce que tu es trop occupée pendant la semaine? Mystère! Mais il y a un fait certain, c'est que tous les huit jours, à cette heure-ci, à peu près, j'apprends de ta bouche que tu es ma sœur; que je suis veuf et que tu es veuve aussi; que tu ne t'es pas remariée dans l'intérêt de mon fils et dans le mien; que tu tiens ma maison avec économie et que, sans ta pension viagère que tu veux bien mettre à ma disposition, nous vivrions très difficilement...

MADAME GRANGER.

Parce que tu as mangé...

DESCLOS, achevant la phrase.

Mon patrimoine, quand j'étais jeune. Je sais cela, ma chère enfant. Pagelet le sait aussi, puisqu'il est notre notaire, et nous ne sommes pas gens à l'oublier d'une semaine à l'autre.

(Madame Granger hausse les épaules.)

SCÈNE VI

Les Mêmes, MADAME HÉLION, puis GEORGES,
puis BOLARD.

PAGELET.

Tous mes respects, madame.

MADAME HÉLION.

Vous avez une mine superbe, monsieur Desclos. (Serrant la main de madame Granger.) Rien de nou-

veau, ma chère amie?... Au fait, c'est moi qui ai
du nouveau à vous apprendre... Voulez-vous
marier votre neveu ?

MADAME GRANGER.

Ce serait une grande chance pour lui.

MADAME HÉLION.

Je le crois. *(A Desclos.)* Qu'en pensez-vous ?

DESCLOS.

J'ai le regret, madame, de n'être pas de votre
avis, ni de celui de ma sœur.

MADAME GRANGER.

Naturellement !

DESCLOS.

Je ne connais pas d'être moins fait pour le
mariage de mon fils.

MADAME HÉLION.

Allons donc !... Et pourquoi ?

DESCLOS.

Il a un caractère trop difficile.

MADAME GRANGER.

Lui ! Tout le monde s'accorde au contraire...

DESCLOS.

Tout le monde peut ne pas voir des choses que
moi, je vois. Qu'en dites-vous, Pagelet ?

PAGELET.

Je suis pour le mariage, vous le savez, comme
notaire, et ensuite comme provincial.

MADAME HÉLION.

Moi aussi, je suis une provinciale entêtée, et je suis allée trois fois à Paris en cinq ans. Il n'y a plus guère que quelques femmes qui aiment encore la province. Ces messieurs la considèrent comme une vaste prison. Ce qui m'étonne, c'est que le docteur, votre neveu, qui a fait ses études à Paris, ait daigné s'établir ici.

MADAME GRANGER.

Il a eu raison.

MADAME HÉLION, *se tournant vers son mari.*

Voyez mon mari : tous les mois environ, je l'aperçois avec sa valise à la main. Il me dit : « Je pars... » et il m'embrasse. Je dois ajouter qu'il ne manque jamais de revenir huit ou dix jours après.

HÉLION.

J'ai de nombreux clients à Paris, vous ne l'ignorez pas, ma chère. Les machines agricoles de notre maison...

MADAME HÉLION.

Je ne vous reproche rien, mon ami. Il y a longtemps que je ne m'occupe plus des clients à qui vous vendez des machines agricoles à des époques si régulières. Vous m'avez donné jadis leurs noms, mais je ne me les rappelle plus... vous non plus, peut-être...

HÉLION.

Permettez !

MADAME HÉLION.

A part ce léger détail, vous êtes un très bon mari... (*A Georges qui est entré sur cette phrase.*) Et le docteur aussi fera un très bon mari.

GEORGES.

Moi, madame... Je ne pense pas.

MADAME HÉLION.

Vous vous vantez.

HÉLION.

Mariez-vous donc, mon cher.

PAGELET.

C'est une affaire qui me regarde. *(A Georges.)* Nous en causerons ce soir ou demain.

GEORGES.

Et avec qui ce mariage, si je ne suis pas indiscret.

MADAME HÉLION.

Mademoiselle Claire Méret.

PAGELET.

Très bien ! très bien !

DESCLOS.

Peuh !

MADAME HÉLION, *à Georges.*

Jolie dot... Vous plaisez beaucoup à ses parents.

GEORGES.

J'en suis flatté. Ils sont très gentils.

PAGELET.

Elle aussi est très gentille.

GEORGES.

Moins.

MADAME HÉLION.

Mademoiselle Claire vous déplaît? Pourtant...

GEORGES.

Elle ne me déplait, ni me plait.

PAGELET.

L'expérience démontre qu'il n'y a pas de meilleure condition pour un mariage heureux.

GEORGES.

Merci bien !

PAGELET.

D'abord, un docteur doit être marié, surtout en province. Vous serez marié dans deux mois.

GEORGES.

Et dire que c'est possible !

PAGELET.

C'est certain. Mon cher, il faut toujours en arriver là, ou bien se mettre à courir les aventures. Vous me chargez de vos intérêts ?

GEORGES.

Eh ! que diable !

PAGELET.

Vous ne trouverez pas mieux dans toute la ville.

GEORGES.

Attendez un peu, sapristi !

PAGELET.

Nous vous marierons, vous ne vous en apercevrez même pas. *(Entre un domestique.)*

LE DOMESTIQUE.

C'est madame Perrin.

PAGELET, *regardant sa montre.*

Dites-lui que... sa belle-sœur n'est pas encore

10

arrivée, qu'elle veuille bien l'attendre un peu et que je suis à elle tout de suite.

MADAME GRANGER.

Comment, Rose est ici ?... Je vais aller lui dire bonjour.

DESCLOS.

Parbleu ! Dites-lui aussi bonjour de ma part... Et pourquoi ne l'inviterais-tu pas à dîner, avec son mari ?

MADAME GRANGER.

Je ne demande pas mieux.

(Elle sort.)

DESCLOS.

Je la reverrai avec le plus grand plaisir...C'est une femme que j'ai toujours jugée très intelligente... n'est-ce pas, Hélion ?

HÉLION.

Il me semble.

MADAME HÉLION.

Vous la connaissez donc ?

HÉLION.

Mais c'est la femme d'un de mes meilleurs employés, de Perrin...

DESCLOS.

Un gentil garçon, mais qui a eu l'idée saugrenue de louer ses terres, au lieu de les travailler lui-même, et qui est venu s'établir à la ville, comme beaucoup de paysans le font aujourd'hui. Il eût été un cultivateur passable, il n'est qu'un mauvais employé.

HÉLION.

Mais non, au contraire !

DESCLOS.

Je sais ce que je dis. Pendant ce temps-là, la

terre perd de sa valeur tous les jours. Tout cela finira très mal.

LE DOMESTIQUE, *rentrant.*

Monsieur Bolard.

PAGELET.

Ah! faites entrer.

BOLARD, *serrant la main de Pagelet.*

Mon cher maître, je suis bien content de vous revoir.

PAGELET.

Et moi aussi, mon cher monsieur Bolard. J'ai été un ami de votre père.

BOLARD,

Je me le rappelle.

HÉLION, *à Bolard.*

Ça va bien, depuis ce matin?

BOLARD, *à madame Hélion.*

Madame...

GEORGES.

Père, je te présente monsieur Bolard, mon camarade du quartier, dont je t'ai parlé si souvent.

DESCLOS.

En effet!... Monsieur, enchanté!

MADAME HÉLION, *à son mari.*

Et quand allez-vous à Paris?

HÉLION.

Je repartirai avec Bolard, probablement.

MADAME HÉLION, *riant.*

M'emmenez-vous, par exception?

HÉLION.

Je n'aurais pas manqué de vous le proposer.

MADAME HÉLION,

Observez que vous me dites la même chose tous les mois.

PAGELET, à *Bolard.*

Et il y a longtemps que vous n'étiez venu chez nous?

BOLARD.

Il y a bien dix ans.

PAGELET.

Avez-vous visité les travaux de notre prochaine exposition régionale?

BOLARD.

J'en sors à l'instant.

PAGELET.

Ce sera très bien, n'est-ce pas?

BOLARD.

Ce sera parfait.

PAGELET.

Restez-vous quelques jours ici?

BOLARD.

Huit jours à peine.

PAGELET.

J'espère que j'aurai le plaisir de vous revoir... Et c'est un procès qui vous amène dans notre ville?

BOLARD.

Un procès? Comment cela!

PAGELET.

Je vous croyais avocat.

GEORGES.

Bolard a renoncé au barreau. Il me semblait vous l'avoir dit tout à l'heure.

PAGELET.

Ah! pardon.

BOLARD.

Que voulez-vous, mon cher maître, il faut bien vivre ! Je ne gagnais pas un sou...

PAGELET.

Oh ! je ne vous blâme pas.

BOLARD.

J'ai essayé aussi du journalisme, mais j'y ai renoncé également. Je ne m'enrichissais pas plus vite qu'au barreau. J'écrivais des articles politiques à cent cinquante francs par mois. Il est très difficile de parler sérieusement politique dans ces conditions-là.

PAGELET.

Oui, ça devrait rapporter davantage.

BOLARD.

Alors, je me suis lancé dans la publicité, et je m'en félicite tous les jours.

DESCLOS.

Vous ne regrettez pas de ne plus écrire?

BOLARD.

Ma foi, non ! C'est si peu de chose aujourd'hui, un journaliste, à côté d'un courtier de publicité !

GEORGES.

Ah ! tu as eu de la chance, toi !

DESCLOS.

Alors vous faites des annonces?

BOLARD.

Oui.

PAGELET.

Des réclames?

BOLARD.

Vous l'avez dit.

GEORGES.

Ça vaut peut-être mieux que de faire de la médecine.

BOLARD.

Ça n'empêche pas.

PAGELET.

C'est donc de vous, ces grandes machines, à la quatrième page des journaux?

BOLARD.

A la quatrième page aussi. Et vous allez bientôt voir, dans tous les journaux de Paris, d'admirables articles consacrés aux industriels de la région, et à Hélion, en particulier...

PAGELET.

Comment, Hélion, vous faites de la réclame?

HÉLION.

« Les machines agricoles Hélion sont, à juste titre, célèbres dans toute l'Europe. »

PAGELET.

Mes compliments?

BOLARD.

La grande industrie de province, pas plus que la grande industrie parisienne, ne peut plus se passer de la publicité. C'est une chose que vos compatriotes, mon cher monsieur Pagelet, ont de la peine à comprendre. Ah! la province aurait besoin d'être un peu secouée. Nous allons essayer, à l'occasion de votre exposition régionale.

PAGELET.

Ils sont durs, ici, n'est-ce pas?

BOLARD.

Ils sont d'une méfiance qui n'est que de la routine. Au seul mot de publicité, ils vous regardent avec de gros yeux malins, et ils commencent par être convaincus qu'on veut les mettre dedans. Et il y a bien des fois où ça n'est pas vrai.

PAGELET.

Quand Hélion va à Paris, vous devez le mener dans de drôles d'endroits?

BOLARD, *riant.*

Il est très sérieux.

PAGELET.

Je m'en doute.

(Entre le domestique.)

LE DOMESTIQUE.

Madame Butaud.

PAGELET.

Ah ! je suis à elle... Madame, je vous prie de m'excuser... Je redeviens notaire pour quelques instants.

MADAME HÉLION.

Si vous avez besoin de votre salon, ne vous gênez pas ; nous allons faire un tour dans le jardin, en attendant le dîner.

PAGELET.

Vous montrerez ma serre à ce jeune parisien.

GEORGES, *à Desclos qui se lève.*

Ton genou te fait mal?

DESCLOS.

Ça n'a aucune importance !

GEORGES.

Ce ne sera qu'une crise légère.

DESCLOS.

Une crise légère! Tu es exquis! Je peux à peine marcher.

PAGELET.

Faites entrer madame Butaud.

(Sortent les autres par le fond, pendant que Lucie entre par la gauche.)

SCÈNE VII

PAGELET, LUCIE.

LUCIE, *en costume de paysanne riche qui va à la ville.*

Votre servante, maître Pagelet.

PAGELET, *lui serrant la main.*

La santé est bonne?

LUCIE.

Elle n'est point mauvaise.

PAGELET, *lui tendant une chaise.*

Asseyez-vous, madame Butaud.

LUCIE, *assise.*

Je suis venue vous consulter pour la vente d'un pré.

PAGELET.

Tout à votre service... Eh! j'oublie de vous demander des nouvelles de votre mari et de votre mère.

LUCIE.

La mère va mieux. C'est le grand pré qui est contre le pont. On voudrait, avec l'acheteur, ne pas faire l'acte pour éviter les frais et se contenter d'un simple sous-seing... On en a commencé un...

(Elle tire un papier de sa poche.)

PAGELET.

Voyons... Pourquoi ne l'avez-vous pas montré au notaire de Maurichard?

LUCIE.

Je n'ai pas confiance en lui. Je n'ai confiance qu'en vous, maître Pagelet. Le pré est indivis entre mon frère et moi. Alors, j'ai écrit à Jean. A ce moment-là, justement, la mère était un peu malade. Il a profité de l'occasion et on s'est embrassé. On ne peut pas toujours rester brouillé avec son frère, n'est-ce pas?

PAGELET, *s'approchant.*

Il y a une autre personne avec laquelle vous ne pouvez pas non plus, rester brouillée éternellement.

LUCIE.

Vous voulez parler de cette femme?

PAGELET.

C'est une très honnête femme, madame Butaud. Pourquoi votre mère ne donne-t-elle pas son consentement, voyons?... Remarquez, qu'aujourd'hui, votre frère peut s'en passer.

LUCIE.

On dit chez nous qu'un mariage contracté contre la volonté de sa mère finit toujours mal, Jean le sait.

PAGELET.

Jamais Perrin ne trouvera une femme plus dévouée et plus intelligente.

LUCIE.

Oh ! elle ne saurait point seulement cultiver la terre !

PAGELET.

C'est inutile, puisqu'aujourd'hui, votre frère est dans le commerce.

LUCIE.

Il n'y restera peut-être pas toujours ! Jean est fils de paysan, petit-fils et arrière-petit-fils. Il n'est point fait pour rester commis dans les écritures, comme un parisien. Il est fait pour cultiver la terre, ainsi que nous, et pour avoir une femme qui la cultive avec lui.

PAGELET.

Je connais les idées de Perrin.

LUCIE.

Moi aussi.

PAGELET.

Il aime Rose.

LUCIE.

Il ne l'aime point de cœur. Jamais il ne l'a aimée de cœur. Il a été ébloui parce qu'elle parlait bien, qu'elle avait la taille plus fine que nous et des mains blanches ; mais ce n'est point de l'amour.

PAGELET.

Vous vous trompez.

LUCIE.

Et puis, les hommes pensent une chose un jour, et le lendemain, ils pensent une autre chose.

PAGELET.

Et moi, je vous affirme que cette situation, si elle se prolonge, finira par compliquer toutes vos affaires de famille.

LUCIE.

On s'arrangera.

PAGELET.

Comment?

LUCIE.

On s'arrangera.

PAGELET.

Vous avez donc causé de cela avec votre frère?

LUCIE.

On ne cause que de ça, depuis qu'il est à la maison.

PAGELET.

Et qu'est-ce qu'il dit?

LUCIE.

Il ne dit rien.

PAGELET.

Quand revient-il?

LUCIE.

Il n'est point encore fixé. Ce n'est pas nous qui le chasserons.

PAGELET.

Votre mère est rétablie, pourtant.

LUCIE.

A peu près.

PAGELET, *après un silence.*

Rose est ici, à l'étude. Vous ne voulez pas la voir?

LUCIE.

J'allais chez elle.

PAGELET, *étonné.*

Vous alliez chez elle?

LUCIE.

J'ai à lui parler.

PAGELET.

Vous avez quelque chose à lui dire?

LUCIE.

Oui.

PAGELET.

Ah!... quoi?

LUCIE.

Elle vous le répétera, maître Pagelet.

PAGELET.

Voulez-vous que je la fasse prévenir que vous êtes-là?

LUCIE.

Je veux bien, ça m'évitera une course.

PAGELET, *allant à la porte et parlant au domestique.*

Priez madame Perrin de monter... *(A part.)* Voilà certainement quelque méchante histoire qui lui arrive.

LUCIE.

Et pour ce qui est de la vente du pré, maître Pagelet?

PAGELET.

Je vais examiner votre sous-seing et faire les corrections indispensables.

LUCIE.

Merci, maître Pagelet.

(Entre Rose.)

SCÈNE VIII

LES MÊMES, ROSE.

(Rose fait quelques pas vers Lucie. Lucie s'avance aussi vers elle, lentement. Arrivées l'une près de l'autre, elles s'embrassent du bout des lèvres.)

ROSE.

Bonjour, Lucie, votre mère va bien?

LUCIE.

Point trop mal.

(Silence.)

PAGELET, à Lucie.

Vous n'avez plus besoin de moi?

LUCIE.

Non, merci.

PAGELET, à Rose, bas.

Soyez très calme! (Rose baisse la tête.) Au revoir, madame Butaud.

LUCIE.

Je reprendrai le sous-seing tout à l'heure.

PAGELET, à part, en sortant.

Quelque méchante histoire, c'est évident!

SCÈNE IX

LUCIE, ROSE.

LUCIE.

Si je ne vous avais point rencontrée ici, Rose, je serais allée chez vous.

ROSE.

Ah!

LUCIE.

Il ne serait point mauvais que nous ayions une conversation ensemble,

ROSE.

Je vous écoute.

LUCIE, regardant Rose et après un silence.

Ah! vous êtes bien vêtue, Rose!... Vous êtes habillée comme une dame de la ville.

ROSE, *souriant.*

Vous trouvez?

LUCIE.

On voit que vous ne manquez de rien. Vous avez des fleurs à votre corsage.

ROSE.

C'est un bouquet de fleurs des champs. En désirez-vous?

LUCIE.

Oh! nous autres, à la campagne, nous n'aimons pas beaucoup les fleurs.

ROSE.

Alors, vous disiez, Lucie?

LUCIE, *s'asseyant avec lenteur.*

Je n'ai pas besoin de vous rappeler, Rose, que votre père gagnait quatre cents francs par an à tenir les écritures de la mairie, à Maurichard.

ROSE.

En effet.

LUCIE.

Il s'était ruiné à Paris. Ce n'était peut-être pas de sa faute, mais ce n'était pas de la nôtre non plus.

ROSE.

Certainement!

LUCIE.

A sa mort, il ne vous a point laissé un sou. Vous étiez seule. Mais, comme vous aviez rendu Jean amoureux de vous, avec votre figure et vos façons, vous vous êtes mise avec lui, ce qui a fait un grand chagrin à la mère. Elle a assez pleuré, la pauvre femme!

ROSE.

Jean lui a demandé son consentement à notre mariage, pendant un an. Elle a toujours refusé.

LUCIE.

C'était son droit. Une autre peut-être, à votre place, n'aurait point écouté un garçon dans ces conditions-là. Vous, vous l'avez fait. C'était votre droit aussi. Chacun pour soi! Enfin, c'est passé! Jean a donc quitté la ferme! Il est devenu un monsieur, au lieu de travailler la terre, lui qui n'est qu'un paysan comme était son père, et comme nous sommes. Il s'est établi avec vous à la ville, il est entré dans un bureau pour écrire des lettres toute la journée. Tout ça, à cause de vous.

ROSE.

Je ne comprends pas où vous voulez en venir?

LUCIE, *se levant.*

Je veux en venir à vous dire que jamais, entendez-vous? jamais, maintenant, la mère ne consentira à ce que Jean vous épouse. Il ne faut point vous faire d'illusion là-dessus.

ROSE.

Vous oubliez, ma chère Lucie, qu'à l'époque où nous avons quitté Maurichard, Jean n'avait pas vingt-cinq ans. Aujourd'hui, il en a près de vingt-huit, et il peut, si vous l'y forcez, se passer du consentement de sa mère. Il l'aurait déjà fait sans moi!

LUCIE.

Oh !

ROSE.

C'est moi qui lui ai conseillé d'attendre, car j'espérais toujours les réconcilier; et je serais votre belle-sœur depuis longtemps, si je n'avais pas craint de faire à la mère de Jean un gros chagrin.

LUCIE.

Le chagrin était fait.

ROSE.

C'est à Jean que vous devriez dire cela et non à moi. Bref, votre mère refuse encore ?

LUCIE.

Oui.

ROSE.

Définitivement ?

LUCIE.

Oui.

ROSE.

Ah !... Et je devine à la manière dont vous me parlez, que j'aurais tort d'insister.

LUCIE.

Ça ne servirait à rien.

ROSE.

Alors, au retour de Jean, nous verrons !

LUCIE, *après un silence et la regardant.*

Jean ne reviendra pas.

ROSE, *faisant un mouvement brusque.*

Qu'est-ce que vous dites ?... Jean...

LUCIE.

Je vous répète : il ne reviendra pas ! Vous comprenez, à présent ?

ROSE.

Je comprends que vous avez combiné quelque trahison, votre mère et vous !

LUCIE.

Jean ne vous aime plus !... Dame ! il paraît que la beauté ne suffit point à garder un homme, et qu'on se lasse des belles filles aussi bien que des vilaines.

ROSE.

Je n'ai que faire de vos phrases et de vos injures. Ce que Jean a à me dire, il me le dira lui-même. *(Elle fait deux ou trois pas vers la porte.)* Je vais partir pour Maurichard, ce soir.

LUCIE.

Alors, je vais vous annoncer encore quelque chose, qui vous prouvera que je viens de sa part.

ROSE.

Quoi?

LUCIE.

Il se marie.

ROSE, *passant ses mains sur son front.*

Lui! *(Levant la tête.)* Ce n'est pas vrai!

LUCIE.

Il épouse Madelon Ledru, de chez nous, qui lui apporte en dot la ferme de Chevilly, qui est une belle ferme.

ROSE.

Quelle misérable vous faites, tout de même! Mais non, il ne se marie pas, j'en suis sûre!... C'est toi qui es envieuse, c'est toi qui es jalouse, c'est toi qui as inventé cette infamie!

LUCIE.

Jean est décidé, tu entends? Il aime Madelon et rien de ce qu'on pourra lui dire ne le fera quitter le pays. Vous voyez que ce n'est point la peine de lui faire des scènes, ni de causer du scandale dans la commune par votre présence.

ROSE.

Lui! Il se marie!... Lui!... Ah! le malheureux! Ah! le fou! Il était donc capable d'une action aussi basse? Est-ce possible? Mais non! Tout seul, il n'y aurait pas songé de sa vie. Votre mère et vous, vous l'avez trompé comme un enfant. Qui sait quelles choses ignobles vous avez inventées sur moi, toutes les deux?

11

LUCIE.

On n'a eu besoin de rien inventer du tout.
C'est Jean qui a fini par voir que sa conduite le
menait à la perdition, parce que si le bon Dieu
avait voulu que vous soyez sa femme, il vous
aurait envoyé des enfants. Si vous aviez eu un
enfant seulement, la mère aurait consenti.

ROSE, *avec mépris*.

Je vois que vous êtes toujours superstitieuse.

LUCIE.

Toujours! Tout le monde l'est, chez nous.

ROSE, *s'approchant d'elle*.

Avez-vous été assez hypocrite et assez lâche,
quand vous avez écrit à Jean que sa mère était
malade! J'aurais dû deviner la vérité rien qu'en
me rappelant vos yeux et vos lèvres!

LUCIE.

Tous les moyens sont bons, quand on déteste
les gens. Je vous détestais. Vous avez attiré mon
frère, qui est le seul homme de la famille; vous
l'aviez arraché de la ferme. On ne se fait point
aimer de ceux à qui on cause de pareils malheurs.
Mais aujourd'hui, le mal est réparé. Nous avons
pris notre revanche et je ne vous en veux plus!
On peut donc causer. *(Elle s'assied.)* Nous ne sommes
point de méchantes gens, Rose, malgré ce que
vous pensez. Jean vous quitte, c'est nous qui
l'avons décidé, ça, c'est vrai! Mais nous n'avons
point l'intention de vous abandonner sans argent dans une ville. Je vous ai apporté une
somme pour vous aider à vous tirer d'affaire. Il
n'y a pas beaucoup de gens à la campagne qui se
conduiraient comme nous!

ROSE.

Est-ce que vous supposez que je vais prendre votre argent?

LUCIE.

Vous refusez?

ROSE.

Oh! certes!... Gardez-le; vous le donnerez à Madelon: ce sera mon cadeau de noces.

LUCIE.

C'est bon, on a fait son devoir! Et pourquoi refusez-vous, sans indiscrétion?

ROSE.

Il est inutile que je vous le dise, vous ne comprendriez pas.

LUCIE.

Il paraît que l'argent ne vous manque point. Tant mieux!... On est disposé aussi à vous laisser les meubles...

ROSE.

Quels meubles?

LUCIE.

Ceux de chez vous. Ils nous appartiennent, mais on vous les laisse.

ROSE.

Je n'en veux pas plus que de votre argent! Faites-les reprendre. Je ne conserverai que ceux qui viennent de mon père.

LUCIE, *ironiquement.*

Il n'a guère laissé que ça!

ROSE.

Aussi, j'y tiens! Quant au reste, prenez, vendez, emportez tout, paysanne!

LUCIE.

Paysanne! Oui, oui, je sais que vous nous méprisez. Vous n'êtes pas une paysanne, vous, et ce n'est pas cela que vous voulez être!... Eh bien! Rose, plus tard, lorsque vous serez devenue une dame, que vous porterez des toilettes et des bijoux, vous vous rappellerez que c'est tout de même un paysan qui vous aura eue le premier!

ROSE, *revenant vers elle, et d'un air très grace, après une pause.*

Lucie, vous avez eu tort de me trahir et vous avez tort de m'insulter maintenant!... Prenez garde!...

LUCIE.

Je ne vous crains point! Comment vous vengeriez-vous?

ROSE.

Je ne me vengerai pas, Lucie, mais l'infamie que vous avez commise, votre mère et vous, vous portera malheur!

LUCIE, *se retournant.*

Qu'est-ce que vous dites?

ROSE.

Je dis que je porte malheur aux gens qui me font du mal, et que je vous porterai malheur, à vous!

LUCIE, *tressaillant.*

Ce n'est pas possible! Et en quoi pourriez-vous nous nuire!... (*Silence de Rose.*) Vous ne pouvez point nous nuire!... Vous ne répondez pas?... Vous allez essayer de nous jeter un sort, peut-être?

ROSE.

Je ne prononcerai plus votre nom dès que vous aurez passé cette porte; mais je suis tranquille, je serai vengée.

LUCIE, *à part.*

C'est qu'elle en est capable, de nous jeter un sort! *(Haut.)* Voyons, Rose, il est inutile de se brouiller complètement. Prenez l'argent qu'on vous offre. On vous en donnera encore, quand vous n'en aurez plus. *(Elle tire une vieille bourse de sa poche.)* Prenez-le! On s'engagera par écrit. — Tenez, vous n'êtes qu'une méchante et dangereuse créature, une femme sans cœur, et si jamais il nous arrive malheur... *(Elle la menace de la main, puis tout à coup, changeant de ton.)* Vous devriez prendre l'argent... *(Rose repousse la bourse avec la main et la jette par terre. Lucie revient encore une fois vers elle, radoucie.)* Désirez-vous lui parler, à Jean? Vous verrez que ce n'est point moi...

ROSE.

Je ne veux plus ni lui parler, ni le voir... Il reviendrait ici me demander pardon, que je m'en irais sans lui répondre et sans tourner la tête. Maintenant, allez-vous-en! car je vous jure que cette parole est la dernière que je vous adresse de ma vie!

(Lucie veut s'avancer vers elle. Elle lui tourne le dos.)

LUCIE, *à part.*

Rose!... *(Ramassant brusquement la bourse.)* Eh bien! c'est bon! *(A part.)* Elle va nous jeter ça sur les écoltes, pour sûr!

(Elle disparaît en faisant claquer la porte.)

ROSE, *seule.*

Quelle âme de sauvage!

(Elle s'assied brusquement sur une chaise et porte son mouchoir à ses yeux. Entre Pagelet.)

SCÈNE X

PAGELET, ROSE.

PAGELET, *allant vers elle.*

Ma pauvre enfant! ma pauvre enfant!... Qu'est-ce qui vous arrive?... Ah! je ne le devine que trop...

ROSE.

Jean me quitte.

PAGELET.

Quel gredin! J'en ai eu le pressentiment tout à l'heure... à certains mots que cette femme a prononcés... Mais le drôle peut se vanter de m'avoir trompé. Quand je pense qu'il n'y a pas quinze jours, je causais avec lui de certaines formalités à remplir pour votre mariage!... Morbleu! Je suis furieux!... Mais tout cela n'est pas fini...

ROSE, *s'essuyant les yeux et se levant.*

Si, maître Pagelet, c'est fini. Jean, sa sœur, toute cette famille, tout le passé n'existent plus pour moi. Ma vie est à recommencer... je la recommencerai... Il faut du courage...

PAGELET.

En tout cas, dussé-je aller moi-même à Maurichard, je pense que je leur tirerai pour vous une bonne somme que...

ROSE.

Je vous en prie, ne faites aucune démarche de ce genre. Je ne veux pas de leur argent : je l'ai dit à Lucie.

PAGELET.

Voilà de la fierté bien perdue avec ces êtres-là!

ROSE.

Ce n'est pas pour les humilier ou pour les braver que je refuse, c'est par orgueil. *(Souriant.)* Oui, j'ai découvert tout d'un coup que j'étais très orgueilleuse : je ne me connaissais pas ce vice.

PAGELET.

Mais qu'allez-vous faire ? Sapristi ! Il faut vivre.

ROSE.

Je vais travailler. Je veux être une ouvrière. Justement, je suis plutôt adroite, je sais faire de la dentelle. Louison m'aidera. Je pense que nous gagnerons notre vie toutes les deux.

PAGELET.

Et je m'engage à vous procurer des pratiques. Voyons, voyons! il me vient une autre idée. Si j'essayais de vous trouver, chez une de mes clientes, quelque place de dame de compagnie, par exemple!...

ROSE, *l'interrompant.*

Oh! non, maître Pagelet, je vous remercie... Je suis, je crois, une bonne ouvrière... je serais une très mauvaise demoiselle de compagnie. Je préfère me remuer, m'agiter, courir après le travail, le faire quand j'en aurai, en chercher quand je n'en aurai plus. Ce que je craindrais par-dessus tout, aujourd'hui, ce serait de dépendre de quelqu'un, d'être forcée à une espèce d'obéissance. Vous me comprenez, n'est-ce pas, monsieur Pagelet? J'aime mieux avoir une vie plus difficile et plus hasardeuse, et rester un peu indépendante. Il me semble que j'oublierai plus vite.

PAGELET.

Comme il vous plaira, mon enfant. Vous pouvez compter sur moi, dans tous les cas. J'ai la conviction que l'avenir vous réserve une bonne revanche.

ROSE.

Oh! je ne veux plus faire de projets... L'avenir, pour moi, c'est ce soir. Ce soir, ce sera demain.

PAGELET.

Il y a encore un côté de la question, assez délicat... surtout dans notre petite ville... Que faut-il dire à ceux qui vous connaissent... à madame Granger... à monsieur Desclos... à Hélion?

ROSE.

La vérité, je vous en conjure... Le plus léger mensonge, là-dessus, me serait odieux... J'ai conscience que je n'ai rien à me reprocher, je n'éprouve, de ma situation, aucune honte... (*Lui tendant la main d'un geste brave.*) Au revoir, monsieur Pagelet!

PAGELET, *ému.*

Au revoir, ma pauvre enfant, au revoir.

(*Il lui prend les deux mains et la reconduit.*)

ACTE II

Une terrasse dans la maison de Desclos.
Escalier au fond, descendant dans la rue. Porte à gauche,
donnant dans la maison.

SCÈNE PREMIÈRE

PAGELET, GEORGES, MADAME GRANGER.

MADAME GRANGER.

Que me dites-vous là, Pagelet?

PAGELET.

La vérité pure.

MADAME GRANGER.

Rose n'était pas mariée avec Perrin?

PAGELET.

Non.

MADAME GRANGER.

Je vous assure que je suis stupéfaite... Ah!
j'étais loin de m'attendre...

PAGELET.

J'aurais peut-être dû vous mettre au courant.
Ce n'est pas la faute de Rose, si je ne l'ai pas fait.
Elle voulait tout vous dire et ce mensonge lui
répugnait beaucoup, je vous assure. C'est Perrin

qui le lui imposait et, moi-même, j'étais de son avis, car j'avais la conviction que le mariage allait se faire bientôt. Je ne soupçonnais rien. Il est aussi difficile de savoir ce que pensent les paysans que ce que pensent les animaux.

MADAME GRANGER.

Il n'y a aucun espoir de raccommodement?

PAGELET.

Aucun.

MADAME GRANGER.

La seule raison de la rupture?...

PAGELET.

Est le mariage de Perrin. Oh! je vous le garantis, Rose n'a absolument rien à se reprocher... pas la moindre imprudence, pas la plus légère faute. Je réponds d'elle.

MADAME GRANGER.

Perrin est véritablement un malhonnête homme!

PAGELET.

Un paysan est capable de tout, pour un morceau de terre.

GEORGES.

Ce Perrin!... Il est retourné à Maurichard?...

PAGELET.

Et je ne pense pas qu'il ait envie de revenir ici.

GEORGES.

Il va se marier?

PAGELET.

Il sera marié dans un mois.

GEORGES.

Vous en êtes sûr?

PAGELET.

Sa sœur me l'a annoncé. La séparation est définitive, complète. Vous voyez d'ici la situation.

MADAME GRANGER.

Et Rose reste sans ressources?

PAGELET.

Sans autres ressources que le travail qu'elle
pourra trouver. Aussi ai-je pensé à vous.

MADAME GRANGER.

Certes, je l'aiderai. Quels que soient ses torts,
elle les expie aujourd'hui, et cruellement. Priez-
la de venir me voir le plus tôt possible.

PAGELET.

J'ai passé chez elle tout à l'heure, car j'étais
sûr de votre réponse, et je lui ai dit d'avance que
vous l'attendiez. Elle me suit.

MADAME GRANGER.

Vous avez fort bien fait... Je vais m'entendre
avec elle. J'ai précisément beaucoup d'ouvrage
en retard à la maison... Ensuite, je la présenterai
à madame Hélion, que j'attends justement aujour-
d'hui pour notre loterie... Madame Hélion a une
maison très importante; elle lui sera d'un grand
secours...

(Elle sort.)

SCÈNE II

PAGELET, GEORGES.

PAGELET.

Voilà qui est parfait... Maintenant, nous allons
parler un peu de nos affaires à nous.

GEORGES.

De quelles affaires, mon Dieu?

PAGELET.

Je vais vous mettre au courant plus exactement que je n'ai pu le faire hier de la situation
de la famille Méret... Le mariage ne tient plus
qu'à votre consentement.

GEORGES.

Ah! oui... Mais nous avons le temps... Rien
ne presse... D'abord, je connais à peine mademoiselle Méret.

PAGELET.

Elle est fort aimable.

GEORGES.

Elle m'a paru insignifiante, au contraire.

PAGELET.

Parce que vous ne l'avez jamais regardée avec
l'idée de l'épouser. La prochaine fois, vous la
trouverez charmante.

GEORGES.

Ça m'étonnerait.

PAGELET.

C'est une fille qui deviendra très jolie, quand
elle sera mariée.

GEORGES.

Je verrai à ce moment-là.

PAGELET.

Mais vous n'êtes pas dans votre bon sens. Hier,
vous acceptiez. Qu'est-ce qui vous prend? Savez-
vous seulement ce que vous voulez?

GEORGES, avec un geste de découragement.

Mais non, évidemment, je ne sais pas ce que

je veux faire, j'en conviens. Je ne sais qu'une chose, c'est que je n'ai pas le sou, que je mène une vie insupportable et sans issue, et qu'il n'y a ici pour moi d'avenir d'aucune sorte!

PAGELET.

Quelle est cette lubie? Votre avenir, au contraire, est assuré.

GEORGES.

Ah! ah! il est joli. L'existence la plus morne et la plus insipide! Un métier sans intérêt! Et pour comble d'amusement, vous m'offrez une jeune fille d'une nullité... Il ne me manquerait plus que ça!

PAGELET.

J'espère que vous ne parlez pas sérieusement?

GEORGES.

On ne peut pas être plus sérieux.

PAGELET.

Alors, vous êtes fou!

GEORGES.

Il n'y a pas moyen de raisonner avec les gens de votre âge.

PAGELET.

Vraiment?

GEORGES.

Et nous ne nous entendrons jamais, parce que vous partez, pour juger notre conduite, nos sentiments et nos goûts, du principe le plus faux.

PAGELET.

Et lequel?

GEORGES.

Vous n'admettez pas, et vous ne voulez jamais admettre que les jeunes gens, aujourd'hui, ren-

contrent dans la vie, certaines difficultés particu-
lières à notre temps, que vous n'avez pas eues.
Vous avez suivi votre carrière sans ambitions
ni détours. Maintenant, vous avez toutes vos
idées rangées dans votre tête, comme les bibelots
dans la vitrine d'un collectionneur, et vous poussez
des cris si on veut en changer une de place. Allez,
allez, mon cher maître, les conditions de la vie
actuelle, pour un garçon de mon âge et de ma
situation, sont effroyables, voilà tout. L'argent est
presque impossible à acquérir. Il est raflé d'avance
par quelques gens heureux et par quelques fri-
pons. On est obligé de le gagner comme à une
loterie ou de le voler comme dans un bois, il n'y
a pas de milieu.

PAGELET.

Ai-je volé ma petite fortune? Est-ce que je l'ai
gagnée au jeu? Je l'ai acquise sou à sou.

GEORGES.

Vous viviez à une époque où on le pouvait
encore.

PAGELET.

Nous avions autant d'injustices et de mauvaises
chances à supporter que vous.

GEORGES.

Seulement, vous ne le remarquiez pas. Cela
suffit à établir entre nous une différence formi-
dable.

PAGELET, le regardant.

Vous, vous me paraissez dans l'état d'esprit où
l'on fait d'énormes sottises.

GEORGES.

J'aime mieux faire d'énormes sottises que de
périr d'ennui.

PAGELET.

Vous ne serez pas très heureux, avec ces idées-là !

GEORGES.

Je le serai à ma façon. Ce qui est le bonheur pour vous, ne l'est peut-être pas pour moi, et les mots sont comme des sacs : ils prennent la forme de ce qu'on met dedans.

SCÈNE III

Les Mêmes, MADAME GRANGER, puis DESCLOS.

MADAME GRANGER.

Eh bien ! qu'avez-vous décidé ?

GEORGES.

Je ne tiens pas à me marier. C'est très sérieux, je t'assure.

MADAME GRANGER.

Si mademoiselle Claire te déplaît, je t'en chercherai une autre.

GEORGES.

Une autre me déplairait tout autant.

MADAME GRANGER.

Voilà qui est insensé !... Comment, à ton âge ?...

GEORGES.

On ne se marie pas parce qu'on a l'âge. Tu confonds avec le service militaire... Et je ne vois aucune raison de me marier en ce moment-ci !

MADAME GRANGER.

Mais il y en a cent, de raisons ! Il y en a

mille, dont la première et la plus importante est que ta position l'exige absolument.

DESCLOS, *qui est entré depuis un instant.*

Georges agit comme il lui plaît, et il a parfaitement raison. *(A Georges.)* Cependant, mon ami, puisque nous voici tous les trois ensemble, je tiens à te dire une chose ou plutôt à te la rappeler : nos ressources sont devenues, par un concours de circonstances qu'il serait puéril de te raconter pour la vingtième fois, très exiguës.

MADAME GRANGER.

Pourquoi ce discours ? Georges...

DESCLOS, *l'interrompant.*

Pour ma part, à moi, je ne possède plus qu'une petite ferme qui est hypothéquée aux deux tiers de sa valeur, et dont les revenus diminuent tous les ans, ainsi qu'il convient, quand on a des revenus. A ma mort...

MADAME GRANGER.

Voilà que tu parles de ta mort, maintenant !

DESCLOS.

Pourquoi n'en parlerai-je pas ? Rien n'est plus naturel... Qu'est-ce que la mort ? Une simple formalité.

GEORGES, *à part.*

Dieu, que c'est agaçant !

DESCLOS.

A ma mort donc, Georges se trouvera en présence d'une dette égale, à peu près, à la valeur de l'héritage. Il ne faut donc pas qu'il compte...

GEORGES.

La situation est beaucoup plus simple, heureusement. Si jamais elle devenait menaçante, je trouverais une combinaison.

DESCLOS.

Alors, tout va bien.

GEORGES.

Il faut que je m'en aille, maintenant. J'ai rendez-vous avec Bolard... *(A madame Granger.)* Je me laisserai marier plus tard, je te le promets.

(Il sort.)

SCÈNE IV

PAGELET, DESCLOS, MADAME GRANGER.

MADAME GRANGER.

Est-ce que Georges aurait une liaison?

PAGELET.

Oh!

DESCLOS.

Peuh !

MADAME GRANGER.

Je ne vois pas d'autre raison pour... Mais une liaison avec qui?

DESCLOS.

Je croirais assez volontiers que c'est la femme du percepteur.

MADAME GRANGER, *indignée.*

Madame Morisset!... Veux-tu bien ne pas dire de pareilles monstruosités !... Madame Morisset est une femme très vertueuse. *(A Desclos qui hausse les épaules.)* Pourquoi hausses-tu les épaules?

12

DESCLOS.

Pour rien.

MADAME GRANGER, à *Pagelet* à *mi-voix.*

Rose?... Elle n'aurait pas l'audace...

PAGELET.

Mais non, mais non, ma chère amie! N'en croyez rien. Je vous garantis!...

DESCLOS.

Madame Perrin!... Tu as pensé à madame Perrin?... Comme c'est bien province!... Mais, ma pauvre amie, laisse-moi te dire une chose: Rose est une femme beaucoup plus honnête que la plupart des dames que tu fréquentes, et que madame Morisset en particulier.

MADAME GRANGER.

Vraiment? Rose est une femme plus honnête que madame Morisset?

DESCLOS.

Parfaitement.

MADAME GRANGER.

Tu en es sûr?

DESCLOS.

Tout à fait... Et j'aimerais mieux être son mari, que celui de cette dame, à tous les points de vue, d'ailleurs.

MADAME GRANGER.

Eh bien! je vais t'apprendre une nouvelle qui changera peut-être tes idées...

DESCLOS.

Laquelle?

MADAME GRANGER.

Rose n'était pas la femme de Perrin, comme

nous l'avions toujours cru ; elle n'était que sa maîtresse... Ah !

DESCLOS.

C'est possible.

MADAME GRANGER.

Tu t'en doutais peut-être ?

DESCLOS.

Vaguement. Et ce détail ne modifie en rien mon opinion sur elle...

MADAME GRANGER.

Ce détail !

DESCLOS.

Je répète : ce détail... S'ils ne se sont pas mariés, c'est qu'ils avaient des raisons. Je suis convaincu que Perrin l'épousera un jour ou l'autre.

MADAME GRANGER.

Ah ! tu es décidément un profond observateur ! Perrin vient de l'abandonner, et ce n'est pas elle qu'il épouse, c'est une fille de Maurichard.

DESCLOS, à *Pagelet.*

C'est vrai ?

PAGELET.

Oui.

DESCLOS.

Quel gredin !

MADAME GRANGER.

Pour lui, je suis de ton avis, et j'ai été la première à accueillir Rose, puisqu'elle est ici en ce moment.

DESCLOS.

J'espère que tu as été très aimable avec elle.

MADAME GRANGER.

Oui, certes !

DESCLOS.

Je ne saurais trop insister là-dessus. Je veux que Rose soit traitée chez nous de la façon la plus cordiale.

MADAME GRANGER.

N'aie donc pas peur... Mais tu comprendras cependant que j'éprouve aujourd'hui une légère méfiance et que je tienne à la surveiller un peu. Tu devrais interroger ton fils.

DESCLOS.

Ça ne me regarde pas. Tu oublies que Georges, ayant vingt-neuf ans, est libre de ses actes, et doit savoir ce qu'il veut faire, ou bien il ne le saura jamais, ce qui peut encore arriver.

MADAME GRANGER.

Alors, tu te désintéresses de son mariage?

DESCLOS.

Je ne m'en désintéresse pas, mais je ne veux pas m'en mêler. D'ailleurs, marié ou non, je ne crois pas à l'avenir de ce garçon.

MADAME GRANGER, *indignée.*

Tu ne crois pas à l'avenir de ton fils?

DESCLOS.

Du tout. Il a une certaine intelligence, je n'en disconviens pas, et même quelque savoir, mais aucune idée, aucune expérience de la vie! Or, l'expérience de la vie, tout est là!

MADAME GRANGER.

Tu dis des bêtises!

DESCLOS.

J'adore tes expressions. J'ai réfléchi pendant

trente années, et c'est moi qui dis des bêtises!
C'est exquis!

MADAME GRANGER.

Que Georges se marie, et dans trois ans, il
aura une clientèle superbe... Il est déjà le médecin des Hélion, qui sont millionnaires.

DESCLOS.

Ils sont millionnaires, mais ils ne sont jamais
malades.

MADAME GRANGER.

S'il fallait désespérer parce qu'un garçon de
vingt-neuf ans n'a pas fait sa fortune?

DESCLOS.

A vingt-neuf ans, j'étais convaincu que j'aurais un jour cent mille livres de rentes! Ah!
ah!... Nous étions là quelques camarades d'école...
Si on leur avait demandé : « Qui d'entre vous
doit occuper un jour la plus belle position? »
Ils auraient répondu à l'unanimité : « C'est Desclos! » Eh bien, qu'est-il arrivé? Ah! ah! c'est
fort drôle!... Il est arrivé qu'ils sont presque tous
devenus riches, et que je vis en province avec
trois mille francs par an!

MADAME GRANGER.

Ce n'est pas une raison parce que tu es aigri...

DESCLOS.

Aigri, moi!... Pas du tout! Je trouve, au contraire, cela excessivement comique, d'un comique
supérieur... Il y en a un dont on parle pour le
ministère des finances... Il s'appelle Troulier...
C'est admirable!

SCÈNE V

LES MÊMES, HÉLION, puis MADAME HÉLION.

HÉLION.

Madame...

MADAME GRANGER.

Madame Hélion va venir, je présume?

HÉLION.

Nous arrivons ensemble... *(Madame Granger et Desclos vont au fond de la scène, à la rencontre de madame Hélion. A Pagelet sur le devant de la scène.)* Vous ne savez pas la nouvelle que j'ai apprise ce matin, par un mot de Perrin, mon employé?

PAGELET.

Eh! oui, je le sais.

HÉLION.

Curieux, n'est-ce pas?

PAGELET.

Très curieux.

HÉLION.

Qui aurait soupçonné?...

PAGELET.

En avez-vous parlé à madame Hélion?

HÉLION.

Mais oui. Ai-je eu tort?

PAGELET.

Pas du tout.

HÉLION.

Et puis, bizarre coïncidence: Léa se marie.

PAGELET.

Léa, votre ?...

HÉLION.

Oui. J'ai trouvé une lettre d'elle, poste restante. Elle épouse une espèce de châtelain des environs de Bordeaux.

PAGELET.

Mes compliments.

HÉLION.

Vous me croirez, ça ne m'a pas étonné. Elle avait la manie du mariage poussée au plus haut degré. Elle serait devenue malade si elle n'avait pas fini par épouser quelqu'un.

PAGELET.

La dernière fois qu'elle fera la noce, ce sera à la mairie. Alors, vous voilà rangé ?

HÉLION.

Provisoirement.

MADAME HÉLION, *à madame Granger s'avançant.*

Comment donc! Mais je vais m'occuper de cette malheureuse... Je ne demande pas mieux.

MADAME GRANGER.

Vous ne l'avez jamais aperçue ?

MADAME HÉLION.

Sa figure m'échappe. Et c'est pour se marier que son amant l'a abandonnée ?

MADAME GRANGER.

Oui.

MADAME HÉLION.

Elle est sans argent, sans ressources? Ah! c'est affreux!... Et elle se conduisait bien ?

MADAME GRANGER.

J'en suis sûre.

MADAME HÉLION.

La pauvre fille !... A-t-elle des enfants ?

MADAME GRANGER.

Des enfants ?... Non.

MADAME HÉLION.

C'est regrettable !

DESCLOS.

Pourquoi ?

MADAME HÉLION.

Parce que, au cas où elle en aurait eu, notre œuvre qui est consacrée à l'enfance, lui aurait donné un secours.

MADAME GRANGER.

En effet.

DESCLOS, à mi-voix, à madame Granger.

Si elle avait pu prévoir...

MADAME GRANGER, même jeu.

Tu vas me faire le plaisir de te taire, n'est-ce pas ?

MADAME HÉLION.

Et quand me la présentez-vous ?

MADAME GRANGER.

Tout de suite, si vous le désirez.

MADAME HÉLION.

Mais oui.

MADAME GRANGER, allant à la porte.

Priez Rose de descendre.

MADAME HÉLION.

Sait-elle travailler ?

MADAME GRANGER.

Parfaitement.

MADAME HÉLION.

Alors, nous l'emploierons toujours à quelque chose.

SCÈNE VI

Les Mêmes, ROSE.

(Madame Hélion, madame Granger et Pagelet sont à ce moment-là au milieu de la scène; Hélion et Desclos, au fond. Rose entre et s'arrête un instant sur le seuil de la porte.)

MADAME GRANGER.

Approchez, mon enfant.

(Elle va la prendre par la main.)

MADAME HÉLION, *bas à Pagelet, avec un geste d'étonnement.*

Comment! c'est là votre pauvre fille?

PAGELET, *même jeu.*

Mais oui.

MADAME HÉLION, *même jeu.*

Elle est aussi bien habillée que moi!

PAGELET, *même jeu.*

Oh!

MADAME HÉLION, *à Rose, sur un ton sec.*

Vous connaissez la couture, mademoiselle?

ROSE.

Oui, madame.

MADAME HÉLION.

Tous les genres de couture?

ROSE.

Je le crois.

MADAME HÉLION, *montrant la robe que porte Rose.*

Est-ce vous qui avez fait cette robe ?

ROSE.

Oui, madame.

MADAME HÉLION.

Ah ! vous ne travaillez pas mal !

ROSE.

Vous êtes trop aimable, madame.

HÉLION, *à part.*

Elle est quatre fois plus jolie que Léa.

MADAME HÉLION.

Je veux bien vous prendre en journée chez moi, comme on dit.

ROSE.

Je vous remercie.

MADAME HÉLION.

Deux ou trois jours par semaine, cela vous va-t-il ? *(Geste de Rose.)* J'espère que nous nous entendrons.

ROSE.

C'est probable.

MADAME HÉLION.

Au revoir, alors, mademoiselle.

ROSE, *s'inclinant.*

Madame...

DESCLOS, *qui s'est approché pendant ces deux dernières répliques.*

Bonjour, chère madame...

(Il tend la main à Rose.)

ROSE.

Bonjour, monsieur Desclos.

DESCLOS.

Ma sœur vous a invitée à dîner. C'est pour mercredi. Vous n'oublierez pas.

ROSE.

Mais...

DESCLOS.

Je n'admets pas de refus. Nous vous attendons.
A mercredi.

PAGELET, *bas, à Rose, en la reconduisant.*

Madame Hélion est un peu froide, au premier
abord, mais n'ayez pas peur, c'est une très bonne
femme.

ROSE, *même jeu.*

Elle a une certaine tendance à vous donner du
travail comme on vous ferait l'aumône... Mais,
bah !

(Elle se dirige vers la porte, en souriant.)

SCÈNE VII

Les Mêmes, *moins* ROSE, *à la fin* GEORGES
et BOLARD.

MADAME HÉLION, *à son mari qui a salué Rose.*

Qu'est-ce qui vous prend donc, mon cher ?...
Vous voilà devenu tout d'un coup très respectueux!

MADAME GRANGER, *à Desclos.*

Quand donc ai-je invité Rose, s'il te plaît ?

DESCLOS.

Hier, chez Pagelet... rappelle-toi.

MADAME GRANGER.

En effet... mais je l'ai invitée avec son mari.
Depuis...

DESCLOS.

Depuis, il s'est trouvé qu'elle n'avait pas de
mari. Alors, je l'invite seule.

MADAME GRANGER.

Je me demande si le moment est bien choisi...

DESCLOS.

Le moment est toujours bien choisi pour se
conduire galamment.

MADAME GRANGER, *se tournant vers madame Hélion.*

Vous croyez que mon frère fait cela par géné-
rosité? Pas du tout! *(A Desclos.)* Oui, tu le fais par
bravade, par ostentation, et si tu t'imagines rendre
service à Rose, tu te trompes bien. Tu voudrais
me la faire prendre en grippe, tu n'agirais pas
autrement.

(Desclos va s'asseoir en haussant les épaules.)

MADAME HÉLION.

Laissez donc, ma chère amie... monsieur Desclos plaisante.

DESCLOS.

Mais pas du tout. Je connais Rose depuis longtemps; j'ai connu son père... Je la rencontre et
je l'invite à dîner... Quoi de plus simple?

MADAME HÉLION.

Et alors, monsieur Desclos ce qu'elle a fait n'a
pour vous aucune espèce d'importance?

DESCLOS.

Qu'est-ce qu'elle a fait?

MADAME HÉLION.

Dame ! elle a pris un amant ! Il vous semble donc naturel qu'une jeune fille prenne un amant ?

DESCLOS.

Ça dépend des jeunes filles et des circonstances dans lesquelles elles se trouvent.

MADAME GRANGER, indignée.

Oh !

MADAME HÉLION.

Vous avez un fils, monsieur Desclos... Moi, j'ai deux filles... Vous me permettrez de raisonner autrement. Eh ! vous êtes un philosophe, vous, vous méprisez nos petits préjugés de province et vous vous tenez au courant des derniers progrès de nos mœurs. Mais nous, simples provinciales, nous en sommes restées aux anciennes définitions de l'honneur et de la vertu, et nous faisons encore une certaine différence entre une femme qui a un mari et une femme qui a un amant.

DESCLOS.

Oui, il vaut mieux avoir les deux, comme madame...

MADAME GRANGER.

Te tairas-tu, à la fin !

PAGELET, à madame Hélion.

Je vous assure, madame, que Rose a eu toutes les excuses.

MADAME HÉLION.

Et moi, je crains que vous ne vous fassiez beaucoup d'illusions sur cette petite femme.

PAGELET.

En quoi ?

MADAME HÉLION.

Je ne vous donne que ma première impres-

sion, mais elle a été des plus mauvaises. Une
ouvrière, cette fille-là ?... Allons donc !

PAGELET.

Elle est d'une bonne famille.

MADAME HÉLION.

Elle n'en est que plus blâmable. Et puis,
qu'est-ce que c'est que cette toilette claire, et
même élégante, dans sa position ?

DESCLOS.

Elle n'en a peut-être pas d'autre.

PAGELET.

Je m'en rapporte à Rose pour vous faire changer d'opinion. C'est une très brave fille, très
simple, très franche.

MADAME HÉLION.

Oh ! je veux bien la plaindre, je veux bien l'aider de tout mon pouvoir, si elle sait se conduire et se tenir à son rang ; mais pour l'admirer,
j'attendrai de la connaître davantage.

MADAME GRANGER.

Vous avez raison, madame. Certes, j'ai de la
sympathie pour Rose, mais il y a des limites à
tout. *(A Desclos.)* Je te préviens qu'elle ne dînera
pas avec nous, mercredi.

DESCLOS.

Elle dînera.

MADAME GRANGER.

Non.

DESCLOS.

Si !

MADAME GRANGER.

Cet être-là me fera mourir.

PAGELET.

Voyons, mes amis !... D'ailleurs Rose n'acceptera pas.

DESCLOS.

Je le regretterai.

MADAME HÉLION.

Et, en tout cas, que cela ne vous inquiète pas pour votre protégée... On lui en donnera, du linge à raccommoder ; on lui en donnera tant qu'elle voudra, mais je serais bien étonnée si elle en raccommodait longtemps.

HÉLION, à part.

Moi aussi.

MADAME HÉLION, se retournant.

Au fait, et vous, cher ami, quel est votre avis ?

HÉLION.

Euh ! je n'en ai pas... Mais j'inclinerais à partager celui de Pagelet.

MADAME HÉLION.

Oui, et le docteur, s'il était était ici, partagerait également l'avis de Pagelet. Les messieurs adorent ces situations-là. Ils ont pour elles des trésors d'indulgence. Elles leur sont très commodes.

PAGELET, riant.

Vous m'accorderez que je suis fort désintéressé dans la question.

DESCLOS.

Et moi aussi.

MADAME HÉLION.

Allons, monsieur Desclos, sans rancune ! (Elle lui tend la main. — A madame Granger.) Et nous, ma chère amie, occupons-nous de notre loterie. (Se tournant vers Desclos, riant.) Vous nous prendrez des billets ?

DESCLOS.

Toujours au bénéfice de l'enfance?

MADAME HÉLION.

Toujours. Nous faisons la charité à l'ancienne mode. Vous ne croyez peut-être pas à la charité?

DESCLOS.

Si! si!... C'est un joli sujet de conversation.

(La bonne entre et donne le journal à Desclos.)

MADAME HÉLION.

Où sont les lots?

MADAME GRANGER.

Dans le salon.

MADAME HÉLION.

Pagelet, vous êtes trésorier de notre œuvre. Vous ne pouvez pas nous quitter.

DESCLOS, *tout à coup.*

Ah! ah! ah?

HÉLION.

Qu'y a-t-il?

DESCLOS, *montrant le journal.*

Ah! ah! ah! C'est bien ce que je pensais... Troulier vient d'être nommé ministre des Finances.

HÉLION.

Qui est Troulier?

DESCLOS.

Troulier est un homme avec qui j'ai dîné plus de cinquante fois, au quartier Latin, à un franc dix, pain à discrétion. Troulier, la plupart du temps, n'avait pas de quoi payer son dîner. Il me doit encore six francs. Le voilà ministre des Finances.

HÉLION.

Il était donc député?

DESCLOS.

Vous l'ignoriez, naturellement. Il n'y a que moi qui le sache! Il était député d'un département du Midi, un département facile. Il vaut mieux en rire!.. Troulier!... Je vais savourer la lecture de cet organe...

(Il sort avec Pagelet et madame Granger.)

MADAME HÉLION, à Hélion qui se dispose à les suivre.

Un mot, mon ami.

HÉLION.

Quoi, ma chère?

MADAME HÉLION.

Vous conviendrez que je ne vous demande pas beaucoup de détails sur ce que vous faites à Paris?...

HÉLION.

A quel propos?

MADAME HÉLION.

Je ne vous y accompagne jamais et je vous laisse bien tranquille.

HÉLION, *riant.*

On dirait que j'abuse...

MADAME HÉLION.

Ne riez pas. J'ai été plus curieuse, autrefois, et j'ai su ce que je désirais savoir, pas davantage. Je ne vous adresse pas de reproche. La vie commune nous est, en somme, supportable, chacun avec le caractère que nous avons. Aujourd'hui, je ne tiens plus qu'à une chose, — mais j'y tiens énormément, je vous prie de vous le rappeler, — c'est que vous conserviez la tenue nécessaire dans la ville que j'habite, et j'espère que votre nom ne sera jamais mêlé ici, à aucune histoire... à aucune histoire de femme, par exemple.

13

HÉLION.

Je ne comprends pas du tout, chère amie...

MADAME HÉLION.

Vous comprenez suffisamment.

HÉLION.

Je parie que... parce que j'ai salué tout à l'heure cette personne... Oh !...

MADAME HÉLION.

Je connais vos sourires et vos saluts, cher ami, et je vous prie de ne pas oublier ce que je viens de vous dire. *(Georges et Bolard sortent du cabinet de Georges. Madame Hélion les apercevant.)* Bonjour, mon cher docteur... Bonjour, monsieur Bolard !

BOLARD.

Madame... cher ami...

MADAME HÉLION.

Je ne vous laisse pas mon mari, messieurs, parce que tous les dimanches, je lui impose une petite corvée. Nous faisons des visites ensemble.

HÉLION.

Vous badinez, ma chère... *(A Bolard, en sortant.)* Avez-vous vu nos conseillers municipaux ?

BOLARD.

Je les quitte. Tout va bien. Je leur ai expliqué un plan de réclame collective. Ils y ont adhéré, sauf deux, qui n'ont pas voulu causer d'affaires avec moi, parce que c'est dimanche... Ah ! ah !

HÉLION

A ce soir, n'est-ce pas ?...

(Sortent Hélion et madame Hélion.)

SCÈNE VIII

GEORGES, BOLARD.

GEORGES.

Alors, tu es content?

BOLARD.

Assez, et toi?... Nous avons à peine eu le temps de causer, depuis mon arrivée. Comment vont tes affaires?

GEORGES.

Mes affaires?... C'est bien simple. Elles vont aussi mal que possible.

BOLARD.

Ah bah!... Je te croyais le garçon le plus satisfait de la terre.

GEORGES.

Je mène ici une existence lamentable, voilà!

BOLARD.

Pourquoi ne te maries-tu pas?

GEORGES.

Mon cher, l'idée d'épouser la première fille venue, pour des raisons de clientèle et comme on change d'appartement, me révolte!

BOLARD.

Tout cela n'est pas gai.

GEORGES.

Je t'en réponds.

BOLARD.

Tu n'as jamais songé à aller à Paris?

GEORGES.

Si, j'y ai songé autrefois; mais en allant exercer la médecine à Paris, aujourd'hui, dans les conditions où je me trouve, je ne gagnerais pas mon dîner seulement une fois par semaine.

BOLARD.

Ça, c'est vrai.

GEORGES.

Aussi, je ne te cache pas que j'envisage l'avenir avec un certain dégoût.

BOLARD.

Ma parole, tu me fais de la peine. Si je peux t'être utile à quelque chose, compte sur moi.

GEORGES.

Merci!

BOLARD.

Tu es le seul de mes camarades d'école pour qui j'aie conservé de l'affection, et je serais très heureux de te rendre service. *(Réfléchissant.)* Qu'est-ce que tu gagnes, ici?

GEORGES.

Ah! ah! n'en parlons pas!... Autant dire rien.

BOLARD.

Je vais te faire une proposition... Au premier abord, elle a l'air un peu folle, mais réfléchis bien... J'ai besoin d'un secrétaire... Veux-tu l'être?... Je t'offre trois cents francs par mois, pour commencer. Tu gagneras le double dans un an. C'est exactement la proposition que Brassac m'a faite un jour... J'ai tout lâché et je ne m'en repens pas. C'est pile ou face, mais il y a des moments où il faut jouer d'un coup tout ce qu'on a.

GEORGES, *se levant.*

Je ne dis pas non.

BOLARD.

Eh ! c'est très grave, je le sais. Tu consulterais
un homme comme Pagelet, il te dirait que c'est
une bêtise, une folie ! Mais j'ai remarqué qu'il y
a des gens qui trouvent le moyen d'être heureux
toute leur vie rien qu'en faisant des bêtises avec
décision.

GEORGES.

Écoute, je suis assez tenté parce que tu m'offres.
Mais je ne peux pas te donner une réponse immédiatement ; ça dépendra... D'abord, il me faudrait
de l'argent pour les premiers frais !

BOLARD.

Tu as des amis ici, que diable !... Tiens ! je suis
sûr que Hélion, par exemple ne demanderait pas
mieux que de t'avancer le nécessaire...

GEORGES.

Probablement.

BOLARD.

Veux-tu que je lui en touche deux mots ?

GEORGES.

Je veux bien.

BOLARD.

Eh ! morbleu ! tu auras ton heure de chance,
plus tôt peut-être que tu ne crois. Paris est une
ville de hasard : tout y prend la forme du jeu.
Seulement, je vais te donner un conseil : ne t'em-
barrasse de femme sous aucun prétexte. Figure-
toi que tu vas jouer. Or, au jeu, il ne faut pas
de femmes : elles interrompent la veine... Je te dis
ça, mon vieux, parce qu'il me semble depuis
quelques jours que tu as la mine et les gestes
saccadés d'un homme dont les amours sont
contrariées.

GEORGES.

Je t'assure que tu te trompes.

BOLARD.

Tant mieux !

(Paraît Rose.)

GEORGES, l'apercevant.

Ah !

BOLARD.

Bon ! je te laisse... ne te dérange pas... *(Bas.)* C'est une cliente ?... Elle est gentille, et puis elle n'a pas l'air malade.

(Il sort.)

SCÈNE IX

GEORGES, ROSE.

GEORGES, allant à Rose.

Vous, Rosine ?... Ce qu'on vient de m'apprendre m'a bouleversé ! Que faites-vous ? Qu'allez-vous devenir ?

ROSE.

Je vais travailler. Je crois que c'est ce que j'ai de mieux à faire.

GEORGES.

Ce que je vous ai dit hier, quand je vous ai rencontrée à l'étude, a dû vous paraître grossier, vous froisser... Mais je ne savais rien...

ROSE.

A ce moment-là, je ne prévoyais pas plus que vous ce qui allait m'arriver. Ah ! je ne pensais pas que rien pût troubler ma vie. Je la croyais arrangée pour longtemps, sans souffrance et sans aventure. Une heure après, tout était fini : elle était cassée comme du verre.

GEORGES.

Ma pauvre, ma pauvre Rosine !...

ROSE.

Enfin, je n'ai pas perdu courage, c'est heureux. Une nuit à peine a passé là-dessus, et je
sens l'espoir revenir. *(Souriant.)* Cela me donne
même un peu de fierté. Aussi, je ne veux pas
qu'on me plaigne. *(Lui tendant la main.)* Au revoir.

GEORGES.

Restez... Restez encore un instant... J'ai tant
de choses à vous dire ! J'ai pour vous une affection si profonde et si ancienne déjà... une affection faite de tant de petits souvenirs, qui m'appa-
raissent aujourd'hui tous à la fois !... Je vous ai
quittée pendant des années... eh bien ! j'ai toujours éprouvé le besoin d'entendre parler de vous.
Et je me rappelle la fin de certaines lettres que
mon père m'écrivait à Paris... « Rose va bien.
Elle t'envoie de ses nouvelles. »

ROSE.

C'était vrai.

GEORGES.

Et voilà qu'aujourd'hui, le hasard nous remet
bien près l'un de l'autre. Ne vous éloignez pas,
Rosine. C'est un ami qui vous prend la main,
un grand ami, le seul que vous ayez maintenant.
Il faut avoir confiance en moi et me conter toutes
vos tristesses. A qui les direz-vous, si ce n'est à
moi ? Et qui les comprendra mieux que moi ?
Malgré ma famille, mes relations, malgré le métier que j'exerce, ne suis-je pas aussi isolé que
vous, dans cette ville ? Aussi pauvre et aussi
inquiet de l'avenir que vous ? Aucune des misérables ambitions que tout le monde a ici, ne
m'intéresse. Je sens que nous sommes, tous les

deux, au milieu d'ennemis. Et tout à l'heure, quand je vous ai vue sortir par cette petite porte, les yeux un peu voilés et la figure un peu pâle, j'ai compris que nous avions la même destinée. Vous êtes toute seule, Rosine, toute seule, comme moi... C'est aujourd'hui ce triste jour du dimanche dont j'ai horreur, et que je trouve encore plus triste que les autres jours, avec ses cloches et ses bruits de fête. . Vous, vous allez rentrer chez vous, en prenant une figure vaillante, pour ne pas laisser deviner votre peine à tous ces gens qui vous regardent; moi, je vais aller m'enfermer dans mes livres, et je songerai à vous... *(S'approchant d'elle en lui prenant la main.)* Rosine !

ROSE, *se dégageant brusquement et riant d'un rire nerveux.*

Ah ! voilà que nous devenons un peu fous tous les deux, je crois ! Nous sommes de vrais enfants qui nous attendrissons parce que les cloches sonnent. Pour me maintenir dans la position où je suis, j'ai besoin de tout mon sang-froid et je n'ai pas le temps de pleurer, ni de rêver. Tout ce qui m'est arrivé avant l'heure où nous sommes, je veux l'oublier, et entre hier et aujourd'hui, il y a un abîme : C'est la nuit que j'ai passée et les réflexions que j'ai faites. *(Elle lui tend la main.)* Au revoir !

GEORGES.

Vous ne voulez pas que je sois votre ami, Rosine?

ROSE, *secouant la tête.*

Non.

GEORGES.

Vous ne voulez pas que j'aille parfois causer avec vous, quelques instants? Vous serrer la main? prendre de vos nouvelles, quand je serai près de votre maison?

ROSE.

Non, je ne le veux pas. Il ne faudra jamais venir me voir. Soyons francs vis-à-vis l'un de l'autre, monsieur Georges. Nous ne pouvons pas être amis, maintenant; nous sommes plus séparés que nous ne l'avons jamais été. Si je laissais, par faiblesse ou par ignorance de la vie, s'établir entre nous d'autres relations que celles qui doivent exister à présent, ce serait un malheur plus grand que tous ceux qui m'ont frappé jusqu'ici.

GEORGES.

Je ne vous demande rien qu'un peu d'amitié et de confiance, Rosine.

ROSE.

Un homme m'a déjà dit ce que vous me dites en ce moment. Comme vous, il ne me demandait qu'un peu d'amitié... J'étais jeune, je l'ai cru. Quand on ne veut pas devenir une fille des rues, on ne croit pas ces choses-là deux fois.

GEORGES.

Vous savez bien que je suis sincère.

ROSE.

Il l'était aussi.

GEORGES.

Je vous jure, Rosine...

ROSE.

Il m'a fait le même serment, et un jour, je suis devenue sa maîtresse. Je ne veux pas être la vôtre. Je ne suis pas capable, connaissant votre famille et reçue chez vous continuellement, de mentir et de me cacher, de prendre une figure hypocrite et de baisser les yeux au moindre mot. Oh! non, j'en ai assez, de l'hypocrisie et du mensonge, et j'en suis dégoûtée pour toujours!

GEORGES.

Et quelle bassesse y aurait-il à ce que vous fussiez mon amie, ma vraie amie ? Comme vous, je travaille pour vivre et bientôt, peut-être, mon existence sera aussi dure que la vôtre.

ROSE.

Je ne ferai que la rendre plus compliquée et plus lourde. Aujourd'hui, vous pensez à moi parce que vous êtes désœuvré et triste. Qu'il vous vienne demain un désir, une ambition quelconque, et vous m'aurez vite oubliée.

GEORGES.

Si vous étiez à moi, Rosine, jamais plus je ne me séparerais de vous. En ce moment, toute ma famille s'acharne à me marier ; mais l'idée de vivre avec une autre femme que vous, m'est odieuse... Oui, je vous aime avec tendresse, avec passion !

ROSE.

Et moi, je ne veux aimer personne ! Je ne veux pas me créer des chimères... C'est fini !

GEORGES.

Jamais je ne renoncerai à vous, jamais ! Je vous en supplie, écoutez-moi !... Vous êtes trop jeune pour ne pas aimer !

ROSE.

Mais vous ne comprenez donc pas que si je faisais cette folie, je serais perdue ! Je ne pourrais même plus avoir l'illusion que je suis courageuse ! Je perdrais la seule force qui me reste pour me protéger ! Et alors, que deviendrais-je plus tard, lorsque vous serez parti, comme l'autre ? Une fille ou une mendiante ? Merci !

GEORGES.

Ce que vous deviendriez plus tard, Rosine? Vous deviendriez ma femme!

ROSE.

Taisez-vous! laissez-moi!... Je serais plus insensée que vous si je croyais, seulement pendant une seconde, une chose pareille!... Non, non! Allons-nous-en chacun de notre côté. Dans quelques heures, vous ne penserez plus à ce que vous venez de me dire... Quant à moi, je resterai seule, toute seule! Voilà deux fois que ma vie s'écroule tout d'un coup. Désormais, je ne veux plus la confier à personne qu'à moi-même.

(Elle descend par l'escalier du fond.)

GEORGES.

Oui, oui, il faut que je m'en aille d'ici! J'attraperais une maladie de nerfs, si je restais un mois de plus dans cette ville!

(Il fait un geste violent.)

ACTE III

Un petit salon attenant à une vérandah, chez Hélion.

SCÈNE PREMIÈRE

ROSE, LOUISON, La Bonne.

LA BONNE.

Madame vous fera appeler... Attendez ici... vous pouvez vous asseoir, si vous voulez.

LOUISON, à Rose.

Si elle croit que nous avons besoin de sa permission pour nous asseoir !

LA BONNE, à Louison.

C'est-y vous qu'on vous appelle Louison ?

LOUISON.

Oui, c'est moi.

LA BONNE.

Ah ! c'est drôle !

(Elle sort.)

LOUISON.

Elle est idiote, cette fille !

ROSE.

Louison, tu es de très mauvaise humeur, depuis quelque temps.

LOUISON.

C'est vrai.

ROSE.

Tu te plains de tout le monde. Tu ne voudrais pourtant pas que madame Hélion t'invitât à dîner?

LOUISON.

Je n'accepterais pas. *(Se tournant vers elle.)* Vous êtes donc gaie, vous?

ROSE.

Très gaie.

LOUISON.

Eh bien!... Alors!

ROSE.

Je t'assure... Il y a même des moments où je m'amuse beaucoup. Ce matin, je suis allée chez monsieur Morisset, le percepteur... Il a essayé de me prendre la taille...

LOUISON, *indignée.*

Ce singe!

ROSE.

Heureusement, sa femme est entrée...

LOUISON.

Et qu'est-ce qu'elle a dit?

ROSE.

Elle m'a rabattu dix sous sur mon ouvrage.

LOUISON.

Ah! ah! Ici, par exemple, on est assez généreux.

ROSE.

Oui, elle n'est pas trop mesquine.

LOUISON, *après un instant de silence.*

Et alors, comme ça, Rose, vous allez rester une ouvrière toute votre vie.

ROSE.

C'est probable.

LOUISON.

Non.

ROSE.

Qu'y aurait-il d'extraordinaire ?

LOUISON.

Vous n'êtes pas née pour être une ouvrière ; votre père était un bourgeois, et quand on n'est pas née pour être une ouvrière, on ne devient pas une vraie ouvrière. Vous n'avez pas le caractère qu'il faut.

ROSE.

Tu te trompes justement. Il me semble que je n'ai jamais été plus libre ni plus riche. Je ne me rappelle pas une époque de ma vie où j'ai eu moins d'inquiétudes. Je n'ai jamais vu aussi clair devant moi... Qu'est-ce qui nous manque ?

LOUISON.

Oh ! à moi, il ne me manque pas grand'chose, mais c'est à vous...

ROSE.

Je suis très satisfaite de l'état où je suis. J'ai bien entendu quelquefois chuchoter sur mon passage ; nous avons bien quelques voisins qui nous regardent de travers...

LOUISON.

Y en a-t-il, des imbéciles !

ROSE.

Mais toutes ces petites tracasseries me sont bien indifférentes.

LOUISON, *secouant la tête.*

Je crois, ma pauvre Rose, que vous vous faites beaucoup d'illusions sur les gens d'ici.

ROSE.

En quoi?

LOUISON.

Allez, vous ne vous habituerez pas facilement à travailler pour les autres.

ROSE.

Est-ce qu'on ne travaille pas toujours pour quelqu'un?

LOUISON.

Je veux dire à être à la merci de tout le monde.

ROSE.

Mais je ne suis à la merci de personne et rien ne peut me forcer à faire ce que je ne veux pas.

LOUISON.

Vous ne savez pas ce que c'est que d'être ouvrière!... Ah! vous êtes courageuse, vous avez de la tête et de la volonté... Mais jamais, — entendez-vous? — jamais on ne verra une femme toute seule se suffire par son travail. Le monde n'est pas arrangé pour ça.

ROSE.

Toi, pourtant, tu t'es trouvée dans une situation plus grave que la mienne, puisqu'il t'a fallu, à treize ans, gagner ton pain.

LOUISON.

Regardez-vous, Rose, et puis, regardez-moi... A

treize ans, j'étais domestique et je portais sur les
épaules, pour aller laver à la rivière, des paquets
de linge que vous ne soulèveriez même pas. Aucun
ouvrage ne me rebute, moi! C'est bien simple...
Je ne peux pas dormir la nuit, quand je ne suis
pas éreintée. Mais vous! Et puis tout ça ne m'empêche pas de vous aider... Moi, d'abord, plus je
suis dégoûtée, plus je travaille!

SCÈNE II

Les Mêmes, HÉLION.

HÉLION.

Ah! madame, tous mes compliments! Votre
santé est bonne?

ROSE.

Je vous remercie, monsieur, très bonne.

HÉLION.

Et toi, Louison, comment ça va-t-il?

LOUISON.

Moi, ça va toujours bien. . *(A part.)* Il me tutoie!

HÉLION, à *Rose*.

Vous attendez ma femme?

ROSE.

Oui, monsieur... Madame Hélion a un ouvrage
assez pressé à me donner, d'après ce qu'elle m'a
fait dire.

(Elle s'éloigne de quelques pas.)

HÉLION.

Attendez-la ici, je ne veux pas vous déranger.

ROSE, *embarrassée.*

Mais, monsieur...

HÉLION.

Je vous en prie....

LOUISON, *à part.*

Il est très poli !

HÉLION, *à Rose, lui montrant un fauteuil.*

Asseyez-vous donc, chère madame. *(A part.)* Une tournure charmante, décidément.

ROSE.

Vous êtes trop aimable, monsieur ; mais puisque madame Hélion est occupée, je préfère revenir.

HÉLION.

Mais non, elle est à vous dans un instant. *(S'approchant de Louison et bas.)* Tiens, voilà vingt francs...

LOUISON, *même jeu.*

Pourquoi faire ?

HÉLION, *riant.*

Va-t'en... va-t'en m'acheter quelque chose... tout de suite...

LOUISON, *riant.*

Quoi ?

HÉLION, *riant.*

Ce que tu voudras... Va, dépêche-toi !

LOUISON, *riant.*

J'aimerais mieux savoir...

HÉLION, *la conduisant au fond.*

Ce que tu voudras, je te dis.

LOUISON, *sortant.*

Je vais lui acheter un parapluie.

SCÈNE III

ROSE, HÉLION.

HÉLION.

Je me permets d'envoyer Louison faire une petite course.

ROSE, *un peu surprise.*

Comment donc, monsieur...

HÉLION.

C'est une excellente fille!... Elle est de Maurichard, comme vous?

ROSE.

Comme moi, oui. monsieur.

HÉLION.

Savez-vous que vous avez tout à fait l'air d'une parisienne?... Ma parole!

ROSE.

Je vous remercie du compliment.

HÉLION, *après un temps.*

D'ailleurs, vous m'avez inspiré de tout temps l'intérêt le plus vif... le plus vif, je le répète... et une grande sympathie. Je suis tout à votre service et je serais désolé que vous ne vous adressiez pas à moi, si jamais vous aviez besoin de quoi que ce fût.

ROSE, *froidement.*

Je n'ai besoin de rien... Je ne vous en garde pas moins de la gratitude.

HÉLION.

Tenez, plus je réfléchis à votre situation, plus je suis convaincu que la conduite révoltante de ce coquin à votre égard, est, au fond, un événement très heureux pour vous. Il ne vous méritait pas. Il y a ainsi, dans l'union de certains hommes et de certaines femmes, de véritables outrages au bon sens ; mais un jour ou l'autre, le hasard se charge de mettre fin à ces scandales. Perrin s'est fait justice lui-même, il est retourné à son étable. Ne parlons plus de cette brute !... Vous voyez que je suis très franc. Parlons de vous... et ici, je vais vous montrer la même franchise. Eh bien ! vous n'êtes pas plus faite pour être ouvrière, allant travailler de maison en maison, sujette aux caprices de tout le monde, que vous n'étiez faite pour épouser Perrin !

ROSE.

Je ne comprends pas du tout.

HÉLION.

Vous devez mener une existence autrement intéressante, autrement brillante que celle-là... *(Avec une autorité sympathique.)* A votre place, je ne resterais pas dans cette ville, où il ne vous arrivera que des désagréments.

ROSE. *le regardant.*

Et j'irais ?

HÉLION, *après une hésitation.*

A Paris.

ROSE, *lentement.*

Je crains, monsieur Hélion, que vous ne vous trompiez sur mes intentions, et peut-être même sur mon caractère.

HÉLION.

Réfléchissez bien. Vous avez encore l'esprit impressionné par le brusque accident qui a dérangé votre vie; mais vous ne tarderez pas à reconnaître que je suis dans le vrai...

ROSE.

Ce qui veut dire?

HÉLION.

Ce qui veut dire... *(Baissant la voix.)* Qu'il m'est venu peu à peu, pour vous, une affection profonde, sincère, solide. Ça m'est comme une offense personnelle de vous voir vous débattre dans une situation absurde et qui ne fera qu'empirer. Allez à Paris, avec Louison, vous y serez aussi libre et aussi indépendante que vous le souhaiterez; votre avenir sera assuré pour toujours... *(S'inclinant avec courtoisie.)* Et je ne vous demanderai que la faveur de vous présenter, de temps en temps, mes hommages...

ROSE.

Vous vous moquez de moi, monsieur Hélion, ce n'est pas gentil.

HÉLION.

Me moquer!... Mais j'ai la plus grande estime pour vous, au contraire.

ROSE, *riant.*

Vous avez de l'estime pour moi... Seulement, vous m'offrez de l'argent pour être votre maîtresse.

HÉLION.

Je songe aux déboires de toutes sortes qui vous

attendent et je veux vous les épargner. Ce n'est pas un marché que je vous propose, et vous ne me donnerez en échange, que ce que vous voudrez bien.

ROSE, *toujours sur un ton de bonne humeur.*

Alors, je vois, monsieur Hélion, qu'il me reste à vous remercier de votre bonne volonté à mon égard, et je regrette de ne pouvoir en profiter, mais véritablement, je vous le répète, je n'ai besoin de rien.

HÉLION.

Voyons, Rose, ne riez pas... je suis très sincère, je vous l'affirme... *(S'approchant d'elle :)* Je vous adore !

ROSE.

Voilà ce que c'est de ne pas m'être indignée tout à l'heure, et d'avoir un peu plaisanté !... Vous êtes convaincu que je suis prête à vous céder... Non, monsieur Hélion, et en parlant sérieusement, cette fois-ci, votre proposition ne me tente pas du tout. Si vous le voulez bien, nous n'y penserons plus, et je ne conserverai même aucun mauvais sentiment contre vous, car vous auriez pu, riche comme vous l'êtes, me parler avec plus de brutalité et plus de dédain. Vous ne l'avez pas fait, et j'aurais presque envie de vous remercier... *(Riant.)* Vous voyez bien que j'ai bon caractère !

HÉLION.

Je vais être très malheureux, moi, sans en avoir l'air !

ROSE.

Bah ?

HÉLION.

Un mot, Rose, un seul mot !... Non ? Mais ce n'est pas de la vertu, cela, c'est de l'inexpérience !

ROSE.

Oh! je ne prétends pas être vertueuse; mais malgré ce que j'ai fait, il me semble que tous les sentiments qu'ont les honnêtes femmes, je les ai encore à peu près, moi aussi.

HÉLION.

On peut être honnête femme et ne pas vouloir se résigner aux privations, à la misère!... Vous aurez beau combiner, lutter, vous débattre, une femme comme vous n'a qu'une ressource, elle n'en a pas deux! Je vous parle énergiquement parce que j'ai la conviction de parler dans votre intérêt. Vous ne pouvez être sauvée que par un homme. Si vous vouliez rester une petite ouvrière, il ne fallait pas avoir la bouche et les cheveux que vous avez; il ne fallait pas avoir votre taille souple, votre regard et vos mains. Je vous aime à un point que vous n'imaginez pas!

ROSE, *avec dignité.*

J'espère que c'est la dernière fois que vous me le dites; autrement, vous m'obligeriez à ne plus me trouver en présence de madame Hélion, et vous me feriez perdre un travail dont j'ai besoin pour vivre.

(Elle s'éloigne.)

HÉLION.

Je tâcherai de vous obéir. *(A part.)* Je la tiens, c'est une question de temps.

(Au moment où Rose se dirige vers la porte, entre madame Hélion.)

SCÈNE IV

Les Mêmes, MADAME HÉLION.

MADAME HÉLION, *Jette un coup d'œil sur son mari et sur Rose.*

Ah ! *(A Rose sur un ton brusque :)* La femme de chambre ne vous a donc pas dit de venir me retrouver ?

ROSE.

Au contraire, madame, elle m'a priée de vous attendre ici.

MADAME HÉLION.

Cela m'étonne... N'importe !... Voici ce dont il s'agit : il nous faudrait divers ouvrages de dentelles pour une loterie de bienfaisance que nous organisons. On prétend que vous savez faire de la dentelle. Est-ce vrai ?

ROSE.

Oui, madame.

MADAME HÉLION.

J'ai donc pensé à vous.

ROSE.

Je vous en remercie.

MADAME HÉLION.

Vous vous dépêcherez, n'est-ce pas ? Nous sommes pressées.

ROSE.

Je ferai de mon mieux.

MADAME HÉLION.

Vous pourrez vous faire aider par votre bonne, qui sait travailler aussi, je suppose ?

ROSE.

Ma bonne?

MADAME HÉLION.

Cette fille qui est toujours avec vous... Au fait, où est-elle?

HÉLION.

Elle est sortie.

ROSE, sèchement.

Ce n'est pas ma bonne, madame, c'est ma cousine. Mes moyens ne me permettent pas d'avoir une bonne.

MADAME HÉLION, avec ironie.

Vous le regrettez, assurément?

ROSE.

Du tout, madame, vous vous trompez.

MADAME HÉLION.

Croyez-vous?

ROSE.

J'en suis sûre.

MADAME HÉLION.

Enfin, ce n'est pas là la question... Il s'agit de dentelles pour le moment; allez trouver ces dames, elles vous donneront des explications mieux que moi. (Lui montrant une porte.) Tenez, par ici! (Rose se dirige vers la porte, avec une légère hésitation. — Madame Hélion continue:) Et dorénavant, mademoiselle, tâchez d'avoir la misère un peu moins tapageuse... c'est un conseil que je vous donne, car on commence à en parler beaucoup.

HÉLION, interrenant.

Ma chère...

ROSE, se retournant brusquement.

Mais je ne suis pas dans la misère le moins du monde.

MADAME HÉLION.

Ah!

ROSE.

Me suis-je plainte à quelqu'un? Je vous ai demandé, à vous, madame, ainsi qu'à d'autres dames de la ville, votre pratique pour des ouvrages de couture. Je ne vois pas ce qu'il peut y avoir de tapageur là dedans. Si vous ne voulez pas me la donner, pour une raison qui m'échappe, ne me la donnez pas... c'est bien votre droit.

(Elle fait mine de se retirer.)

MADAME HÉLION, *sur un ton un peu radouci.*

Est-ce que je vous la refuse?

ROSE.

Non, madame, en effet, mais vous parlez d'une manière qui me forcera à la refuser.

HÉLION, *à part.*

Tout cela est absurde!

MADAME HÉLION, *changeant de ton.*

Allons, mademoiselle, je suis mieux disposée à votre égard, que vous ne le pensez, et vous en aurez bientôt la preuve... *(Sur un geste de Rose.)* Oui, c'est une idée qui me vient... Je vous l'expliquerai tout à l'heure... *(S'approchant d'elle et la conduisant à la porte.)* Une idée tout à votre avantage. Je vous ferai demander dans un instant.

(Rose sort.)

SCÈNE V

HÉLION, MADAME HÉLION.

HÉLION, *négligemment.*

Et quelle est cette idée, ma chère, sans indiscrétion?

MADAME HÉLION, *souriant*.

C'est mon affaire, mon ami... Je vois que vous vous intéressez toujours à cette jeune personne.

HÉLION.

Oh! mon Dieu, je m'y intéresse dans la mesure où... Permettez-moi de vous dire que vous insistez beaucoup, depuis quelque temps, sur ce genre de taquineries.

MADAME HÉLION.

Où prenez-vous de la taquinerie? Vous vous intéressez évidemment à elle, comme tous nos amis, comme monsieur Desclos, comme le docteur, comme Pagelet.

HÉLION.

Je crois, en effet, que c'est une très brave fille.

MADAME HÉLION.

Je ne dis pas non, remarquez. Mais j'ai comme un pressentiment que si elle n'était pas si jolie, ces messieurs, ni vous, ne défendriez sa vertu avec tant de chaleur.

HÉLION.

On ne la soupçonnerait peut-être pas.

MADAME HÉLION.

On la soupçonnerait tout autant, seulement vous prendriez cela en badinant. Les hommes trouvent tout naturel qu'une femme laide soit malheureuse... Quand elle est jolie, au contraire, ils sont indignés, ils deviennent subitement sensibles et pitoyables... Car, pour vous, messieurs, les femmes devraient être rangées dans la société par ordre de beauté...

HÉLION.

Il y aurait beaucoup à vous répondre.

MADAME HÉLION.

Ce sera pour une autre fois... Mais quittons ces généralités... *(Un temps.)* Mademoiselle Rose vous plaît.

HÉLION.

A moi?

MADAME HÉLION.

Ne niez pas, mon cher, j'en suis mille fois sûre... Elle vous plaît énormément.

HÉLION.

Oh!

MADAME HÉLION.

Vous êtes très amoureux d'elle... à votre façon, bien entendu, qui est assez vulgaire...

HÉLION.

Je vous jure, ma chère, que vous vous trompez... Il n'y a rien, rien, absolument...

MADAME HÉLION.

Qu'il n'y ait rien pour le moment, je veux bien le croire... mais si vous insistiez, cette demoiselle finirait tout de même par ne pas vous être trop cruelle... La première fois que je l'ai vue, je vous ai donné mon opinion Ce ne sont pas ses manières, depuis lors, qui m'en feront changer. Et elle n'est pas plus destinée à rester une ouvrière que moi à le devenir. Or, je ne veux pas, — regardez-moi bien, je suis très sérieuse, — je ne veux pas que vous soyez pour quelque chose dans cette transformation... *(Hélion hausse légèrement les épaules.)* Vous trouvez cela du dernier mesquin, je gage, et que j'aurais dû commencer plus tôt. Que voulez-vous, c'est comme cela. Pourquoi ce qui m'était si indifférent avec les autres, me serait-il souverainement désagréable avec celle-ci? Je l'ignore!... C'est peut-être que cette fille appartient à un genre de femmes que j'ai en horreur. Elle a, sous son aspect paisible, un orgueil qui me choque, et en sa façon de se présenter, une sorte de mépris des distances sociales que je trouve intolérable chez une personne de sa condition. Vous n'avez pas remarqué cela? Oui, ce sont des nuances pour l'œil des femmes et qui vous échappent, à vous, comme certains détails de toilette. Bref, elle m'horripile!... Vous ne serez pas son amant, je vous le dis tout net, et je vous préviens que si vous ne renoncez pas à elle, il faudra renoncer à moi. Maintenant, réfléchissez! Si votre passion est assez violente pour vous faire quitter votre femme et vos enfants, je vous le pardonnerai. Mais vous êtes parfaitement incapable de passion... Voulez-vous divorcer? *(Geste de Hélion.)* Non, n'est-ce pas?... Vous éprouvez pour mademoiselle Rose, le même genre de sentiment que pour mademoiselle Léa...

HÉLION, stupéfait.

Hein!

MADAME HÉLION.

Ou mademoiselle Léontine.

HÉLION.

Mais...

MADAME HÉLION.

Vous voyez, je cite mes auteurs... Renoncez donc à celle-ci, mon ami, renoncez-y!... J'ai supporté assez de vos fantaisies, vous pouvez bien faire cela pour moi! Tout rentrera alors dans l'ordre accoutumé et ce sera, entre nous, comme s'il ne s'était rien passé... de plus... *(Madame Granger entr'ouvre la porte.)* Voici madame Granger, n'ayez donc pas l'air si penaud.

SCÈNE VI

Les Mêmes, MADAME GRANGER.

MADAME GRANGER.

On vous réclame, ma bonne amie... Pagelet est là avec ces dames. On n'attend plus que vous pour lire le rapport.

MADAME HÉLION.

Je suis à vous... *(A Hélion qui se retire :)* Sortez-vous, aujourd'hui, mon cher ?

HÉLION.

Probablement ; j'irai faire un tour à la fabrique...

(Il sort.)

SCÈNE VII

MADAME HÉLION, MADAME GRANGER.

MADAME HÉLION.

Dites-moi, chère madame Granger, est-ce que vous verriez un inconvénient quelconque à ce que j'expédie mademoiselle Rose à cinq ou six lieues d'ici ?

MADAME GRANGER.

Aucun inconvénient... Mais à quel propos ?

MADAME HÉLION.

Je vous intrigue ?

MADAME GRANGER.

Un peu... Qu'y a-t-il donc?

MADAME HÉLION.

Oh! pas grand'chose pour le moment, j'espère... Mais c'est une précaution que je prends. Vous ne devinez pas?

MADAME GRANGER.

Je l'avoue, car je ne peux pas croire que Rose...

MADAME HÉLION, *avec intention.*

Elle a trop de talents variés pour moi. Je la remplacerai par une ouvrière plus âgée et qui aura les mains moins blanches...

MADAME GRANGER.

C'est bizarre!... Figurez-vous, ma chère, que j'ai fait, ces temps-ci, des réflexions dans le genre des vôtres... L'obstination de mon neveu à ne pas se marier m'avait inspiré je ne sais quels vagues soupçons.

MADAME HÉLION

Oui, vous pensez à votre neveu, moi, je pense à mon mari. La vérité est que nous allons à l'aventure avec cette fille-là. (*Georges entre sur ces mots.*) Il vaut mieux nous en débarrasser... D'abord, elle m'agace; je n'en veux plus chez moi... (*Apercevant le docteur.*) Bonjour, mon cher docteur... J'allais justement vous écrire. Il s'agit de quelques malades à aller voir pour le compte de notre œuvre... (*A madame Granger.*) Vous m'excuserez auprès de ces dames, mais je serai revenue avant la fin de la séance.

(*Elle sort.*)

SCÈNE VIII

MADAME GRANGER, GEORGES.

GEORGES, *après une pause.*

Et de qui madame Hélion tient-elle à se débarrasser?

MADAME GRANGER.

De... *(Elle s'arrête, puis regardant Georges.)* de Rose...

GEORGES.

Allons donc! Et pour quel motif?

MADAME GRANGER.

Il ne faut pas te dissimuler, mon enfant, que Rose, malgré toute la sympathie que nous pouvons avoir pour elle, se trouve dans une situation des plus fausses...

GEORGES.

Et en quoi, je te prie?...

MADAME GRANGER.

Tu le comprends aussi bien que moi. Rose vivait avec un homme qui passait pour son mari. Du jour au lendemain, nous apprenons que cet homme n'était que son amant. En ce qui me concerne, j'ai autant d'estime pour elle que j'en avais auparavant; tu ne peux vraiment pas me demander d'en avoir davantage!

GEORGES.

Je ne te le demande pas non plus.

MADAME GRANGER.

Il est évident que Rose a besoin, dans sa situation, d'infiniment de tact et de tenue.

GEORGES.

Je ne vois pas qu'elle manque de l'un ni de l'autre.

MADAME GRANGER.

Et des détails qui auraient pu être autrefois sans gravité, suffiraient aujourd'hui, à la compromettre horriblement.

GEORGES.

Quels détails? Est-ce que la conduite de Rose prête aux moindres soupçons? Tu as quelque chose à lui reprocher?

MADAME GRANGER.

Pas moi.

GEORGES.

Qui?... Madame Hélion?

MADAME GRANGER.

Il paraîtrait.

GEORGES.

Madame Hélion est une femme remarquable à certains points de vue, mais elle s'imagine un peu trop aisément qu'elle a le monopole de la vertu, de l'intelligence et de la dignité. Elle se conduit bien, elle ne trompe pas son mari, c'est peut-être exceptionnel, mais que diable, ce n'est pas miraculeux! C'est déjà arrivé plusieurs fois!

MADAME GRANGER.

Voyons, mon enfant...

GEORGES.

C'est inouï, la facilité avec laquelle, dans notre maudite petite ville, on calomnie tout le monde! Et qu'est-ce qu'on commence à dire de Rose? Par exemple, je serais curieux de le savoir!

MADAME GRANGER.

Monsieur Hélion tournerait un peu autour d'elle, que cela ne me surprendrait pas.

GEORGES.

Hélion ?

MADAME GRANGER.

Parfaitement !

GEORGES, *se contenant*.

Oh ! en effet, en effet, ce n'est pas impossible ! Mais parce qu'un être sans vergogne, comme Hélion, — sans vergogne, je le répète... je connais ses histoires, n'est-ce pas ? — s'est peut-être amusé, avec son cynisme d'homme riche, à débiter des galanteries à Rose, est-ce une raison pour la soupçonner, elle ?

MADAME GRANGER.

Mon cher enfant, elle est très pauvre, monsieur Hélion est très riche. Elle l'écouterait un jour que ce serait fâcheux — mais enfin il n'y aurait pas de quoi tomber à la renverse d'étonnement... C'est aussi arrivé plusieurs fois, comme tu le disais tout à l'heure... Tâche donc de ne pas être, dans cette circonstance, plus naïf qu'il ne convient... *(A part, en sortant.)* C'est bien ce que je craignais.

SCÈNE IX

GEORGES, *puis* HÉLION ET BOLARD.

GEORGES, *seul*.

Cet Hélion est capable de... Ah! si Rose acceptait, il m'en resterait de l'écœurement pour toute ma vie.

15

(Entrent Bolard et Hélion, qui a le chapeau sur la tête, prêt à sortir).

HÉLION, *tendant la main à Georges.*

Ah ! voici ce cher docteur !... Bolard vient de me dire... Mais tout à votre disposition... Vous avez une très bonne idée d'aller à Paris.

BOLARD.

Je vais le faire débuter sous ma haute direction.

HÉLION.

Il n'y a qu'à Paris, voyez-vous, mon cher ! Vous y ferez votre chemin et nous vous y aiderons tous... Sans compter que nous voilà maintenant une petite colonie de compatriotes : Bolard, vous et moi... On ne s'embêtera pas !

BOLARD.

Je m'en rapporte à vous.

HÉLION, *présentant des billets de banque à Georges.*

Voici, cher ami.

GEORGES, *ne prenant pas les billets.*

Je vous remercie beaucoup, mais figurez-vous que je viens de trouver une combinaison.

HÉLION.

Prenez donc toujours !... Une installation à Paris est coûteuse, on n'a jamais trop d'argent.

GEORGES.

Vraiment, je n'en ai plus besoin. Je me suis arrangé.

HÉLION.

C'est sérieux ?

GEORGES.

Merci encore.

HÉLION.

Enfin, quand vous voudrez. Je reste à votre service... M'accompagnez-vous jusqu'à la fabrique, Bolard?

BOLARD.

Je vous rejoins.

HÉLION.

Au revoir, docteur... Ma parole, je regrette que vous n'acceptiez pas.

(Il sort.)

SCÈNE X

GEORGES, BOLARD, *puis* MADAME HÉLION ET MADAME GRANGER.

BOLARD.

Je ne comprends plus, tu sais... Pourquoi refuses-tu ce que t'offre Hélion, très gentiment d'ailleurs.

GEORGES.

Hélion ne m'est pas sympathique.

BOLARD.

Raison de plus pour lui emprunter de l'argent... Et comment vas-tu partir?

GEORGES.

Je ne pars plus.

BOLARD.

Tu ne pars plus?

GEORGES.

Non... Je te demande pardon, mon cher ami, et je te remercie encore.

BOLARD.

Que se passe-t-il donc? Voyons, mon vieux, je t'autorise à me faire des confidences.

GEORGES.

Mais...

BOLARD.

Parle donc! Ne fais plus l'enfant avec moi.

GEORGES.

Oh! mon histoire est bien simple et bien bête!

BOLARD.

Dis toujours.

GEORGES

J'aime une femme qui ne m'aime pas.

BOLARD.

Voilà une personne qui a le souci de ton avenir! Et qu'est-ce que Hélion a à voir là dedans?

GEORGES.

Eh! elle lui plaît!... Elle est seule, pauvre; elle travaille pour gagner des sommes ridicules...

BOLARD.

Hum!

GEORGES.

Qui sait si elle ne finira pas par se lasser de l'existence qu'elle mène, et alors, elle sera à la merci de celui qui lui offrira une situation, de l'argent...

BOLARD.

Diablo! Il est clair que... Est-ce que je la connais?

GEORGES.

C'est elle que tu as aperçue chez moi, sur la terrasse.

BOLARD.

Eh ! je te comprends parfaitement... Je comprends aussi Hélion...

GEORGES.

La pensée qu'elle sera un jour à cet être là, me met hors de moi. Cela me donne des attaques de dégoût, comme on a des attaques de nerfs. Et je ne peux pas me défendre !... Tu ne trouves pas que le manque d'argent vous donne l'impression de la captivité? Il me semble que je suis dans une cage, et que je me heurte à des barres de fer, chaque fois que je fais un mouvement.

BOLARD.

Enfin, tu n'as jamais autant regretté de n'avoir pas cent mille francs de rentes...

GEORGES.

Tu n'envies pas les gens riches, toi?

BOLARD, *raillant.*

Du tout? Je les aime, au contraire. J'espère en être à mon tour, et je m'admire en eux, par avance.

GEORGES.

Moi, j'ai des périodes de résignation, mais j'ai aussi mes heures de colère. Quand je pense à ce que je pourrais faire avec un peu d'indépendance et de fortune, et que je vois ce que je perds, en n'ayant ni l'un ni l'autre, je t'avoue que cela me secoue un peu. Tu ne comprends pas ça?

BOLARD.

Vaguement.

GEORGES.

Tu n'as pas le sentiment de la justice.

BOLARD.

Ce que tu appelles le « sentiment de la justice » me paraît être de la jalousie ordinaire. Tu es amoureux et tu es jaloux !... Ton cas est très simple. Il faut raisonner pourtant, que diable ! Si cette femme ne t'aime pas, tu es vaincu d'avance. Ce n'est pas en restant ici que tu gêneras beaucoup Hélion.

GEORGES.

J'espère toujours. Je vais tâcher de la voir encore, de lui parler... Mais je ne peux pas me décider à partir en la laissant ici, guettée par cet homme qui rôde autour d'elle !

BOLARD.

Tu as la ressource de le supprimer en lui passant ton épée au travers du corps...

GEORGES, *haussant les épaules.*

Oh !

BOLARD.

A moins que tu ne te serves de tes armes naturelles : la médecine.

GEORGES.

Je ne suis pas d'humeur à plaisanter, je te jure.

BOLARD.

Je le vois bien. Enfin, quoiqu'il en soit, je reste toujours à ta disposition, d'ici à mon départ et même après.

GEORGES.

Tu m'excuses, n'est-ce pas ? Mais je suis dans un tel état d'exaspération et de dégoût...

BOLARD.

Ça passera, espérons-le ! *(A part.)* Voilà un garçon qui n'est pas organisé du tout pour la publicité !

(Entrent madame Granger et madame Hélion.)

MADAME HÉLION, à madame Granger.

N'est-ce pas? c'est une bonne idée...

(Elle appuie sur un bouton électrique.)

MADAME GRANGER.

Excellente !

MADAME HÉLION, *bas, à la femme de chambre.*

Priez mademoiselle Rose de venir me parler...
(A Georges.) Pagelet vous attend, mon cher docteur,
pour vous donner la liste de nos malades.

(Elle serre la main de Bolard.)

BOLARD.

Chère madame...

(Il sort avec Georges.)

SCÈNE XI

MADAME HÉLION, MADAME GRANGER, *puis* ROSE, *puis* PAGELET.

MADAME HÉLION.

Sans compter que je me fais une véritable fête
de voir la figure de mon mari quand je lui aurai
escamoté la jeune personne. Ce sont les petits
bénéfices des femmes négligées.

(Entre Rose.)

ROSE.

Vous désirez me parler, madame?

MADAME HÉLION.

Voici ce dont il s'agit, mademoiselle. Je me
suis occupée de vous cette après-midi. Nous
avons pensé, madame Granger et moi, qu'il serait
plus honorable et plus pratique, dans votre posi-

tion, d'avoir une place fixe que de courir la ville
en quête de linge à raccommoder. Je viens de
voir une de mes cousines, madame de Cayeux,
qui habite ses terres presque toute l'année et qui
consent à vous prendre au château avec elle.
C'est une affaire arrangée. Vous pouvez aller la
trouver de ma part. Madame de Cayeux est une
femme fort indulgente ; elle vous traitera très
bien.

ROSE.

Je n'en doute pas et je vous remercie, mais je
ne cherche pas de place ; ma vie, aujourd'hui, est
organisée autrement et je préfère n'y rien
changer.

MADAME HÉLION.

Ah ! ça, mais vous refusez, je crois ?

ROSE.

A mon grand regret, oui, madame.

MADAME HÉLION.

Comment, vous êtes seule, dites-vous, sans
ressources, et vous refusez une véritable aubaine,
votre avenir presque assuré ! Voilà qui est curieux,
par exemple !

MADAME GRANGER.

En effet !

ROSE.

Je suis satisfaite de mon état ; il me suffit, je
m'y trouve indépendante.

MADAME HÉLION.

Vous appelez cela de l'indépendance : obligée
de mendier, de maison en maison, un ouvrage
que l'on ne vous donne pas toujours !...

ROSE.

Je ne le mendie pas, madame, je le demande.

Et d'ailleurs, je ne suis pas humiliée le moins du monde, soit qu'on m'en donne, soit qu'on ne m'en donne pas.

MADAME HÉLION.

Je vous préviens que vos airs de fierté et de vertu ne m'en imposent guère... Je commence à soupçonner les idées que vous avez en tête.

ROSE.

J'ignore les idées que vous me prêtez, madame. Il est clair que, quand mon père vivait, je ne songeais pas à être une ouvrière. J'avais tort. Une jeune fille sans fortune devrait tout prévoir. Aujourd'hui, par suite d'événements qui ne sont pas tous de ma faute, je suis obligée de travailler du seul métier que je connaisse : il est souvent très dur, mais j'aime encore mieux le faire que d'être aux gages de n'importe qui. Je ne vois vraiment pas en quoi cela peut vous offenser.

MADAME HÉLION.

Mais, ma parole, vous êtes étonnante! Vous ne vous rendez pas compte de votre situation. Savez-vous bien que sans monsieur Pagelet, aucune maison de la ville ne vous serait ouverte, et la mienne toute la première?... Et vous faites la dédaigneuse, comme si la place que je vous offre n'était pas à la hauteur de votre mérite!

ROSE.

Je ne me crois aucun mérite, madame. Je n'ai qu'un but, qui est de continuer à gagner ma vie, comme je la gagne en ce moment. Je suis surprise de l'importance que vous attachez au refus le plus simple et le plus naturel.

MADAME HÉLION, à madame Granger.

Allons, je vois que les choses sont plus avancées que je ne pensais ! *(Mouvement de Rose :)* Que vous disait donc mon mari, quand je suis entrée tout à l'heure?

ROSE.

Oh! Pourquoi ne m'avoir pas accusée franchement, madame? Je n'aurais pas été longue à me disculper!...

MADAME HÉLION.

Je répète ma question... que vous disait donc monsieur Hélion?

ROSE, *après une pause.*

Demandez-le-lui, madame...

MADAME HÉLION, *avec un geste de colère.*

Il ne faut pas vous faire d'illusion de ce côté-là! Et je vous jure que ce n'est pas mon mari qui réparera les injustices du sort à votre égard. Vous me trouverez sur votre chemin.

ROSE.

Je n'ai rien à craindre de personne. Vous êtes bien prompte, madame, à imaginer toutes sortes de vilenies. Vous n'avez entendu ni ce que m'a dit monsieur Hélion, ni ce que je lui ai répondu. Pourquoi faites-vous donc sur moi des suppositions aussi outrageantes? Croyez-vous qu'il suffise qu'un homme soit riche pour que toutes les femmes tombent dans ses bras? Quant à moi, j'ai beau n'avoir entendu parler toute ma vie que de sous et de dettes, j'ai beau n'avoir pas dix francs dans ma poche, jamais l'argent ne m'a procuré une émotion ni imposé le respect. Et si j'avais autant de fortune que vous, il me semble que je serais plus généreuse de caractère.

MADAME HÉLION.

Je n'éprouve aucun remords de ma conduite à

votre égard. Elle aurait été très différente, si je
n'avais pas deviné tout ce que votre air de dignité
cache de rancune et d'envie! Je garderai ma
pitié pour des filles plus humbles et plus modestes
que vous... Vous, vous êtes de ces filles orgueil-
leuses qui se croient les égales de tout le monde
parce qu'elles ont reçu un semblant d'instruction,
qu'elles ont une jolie figure et la taille mince.
Mais vous apprendrez un jour qu'il n'y a pas que
la beauté...

ROSE.

Il n'y a pas que l'argent!

MADAME GRANGER.

Rose!...

MADAME HÉLION, à madame Granger.

Laissez donc!... (A Rose.) Un dernier mot... voulez-vous, oui ou non, aller chez madame de
Cayeux?

ROSE.

Non!

MADAME HÉLION.

Non?... Bien!... Mais dans ce cas, comme je ne
tiens pas à ce que vous continuiez, dans ma maison, les divers... travaux que vous y avez com-
mencés, je vous prie d'en sortir immédiatement!

ROSE, très pâle.

La jalousie vous inspire une vengeance bien
mesquine!

MADAME HÉLION.

Insolente!

ROSE.

Vous m'accusiez d'être envieuse... Eh bien!
vous l'êtes peut-être plus que moi!

MADAME HÉLION.

Sortez, vous dis-je?... Je vous chasse d'ici!

ROSE, *allant ouvrir la porte.*

Une pareille insulte, à moi, c'est une honte !

(Entre Pagelet qui entend les deux derniers mots.)

PAGELET.

Qu'y a-t-il donc ?

MADAME HÉLION.

Il y a que je congédie mademoiselle, c'est bien simple !

PAGELET, *à madame Hélion.*

Oh ! laissez-moi lui dire un mot, je vous en prie...

MADAME HÉLION.

Faites donc... *(A madame Granger.)* Venez, chère amie... Où allons-nous, mon Dieu, avec toutes ces créatures ?...

(Elle sort avec madame Granger.)

SCÈNE XII

ROSE, PAGELET.

PAGELET.

Je suis votre ami, ma chère enfant, vous le savez. Il faut me dire la vérité. Que se passe-t-il ?

ROSE.

Vous le voyez. Madame Hélion me chasse de chez elle, grossièrement, sans raison, uniquement parce qu'elle est jalouse et qu'elle trouve très scandaleux que je ne la laisse pas disposer de moi à sa fantaisie.

PAGELET.

Jurez-moi que, de votre côté...

ROSE.

Je n'ai rien à vous jurer, maître Pagelet. Vous pouvez me croire aussi bien que madame Hélion. Vous me connaissez depuis longtemps. Vous ai-je jamais dit un mensonge ? Eh bien ! je n'ai aucune coquetterie à me reprocher, ni envers monsieur Hélion, ni envers qui que ce soit. Je ne peux pourtant pas, pour le plaisir de rassurer cette dame, quitter la ville où je suis, abandonner ma cousine avec qui je vis depuis dix ans, et accepter une place de domestique !

PAGELET.

Je sais de quoi il s'agit. Ce n'est pas une place de domestique et votre refus me surprend moi-même, je ne vous le cache pas.

ROSE.

Vous êtes comme les autres, maître Pagelet. Malgré votre amitié pour moi, demain, vous me prêterez les idées les plus indignes. Madame Hélion a de l'argent, je n'en ai pas, et il vous semble très naturel que je me soumette à tous ses caprices.

PAGELET.

Eh ! il y a des fatalités, que diable ! pour vous, comme pour les autres. Qu'allez-vous faire si vous vous brouillez avec tout le monde ?

ROSE.

Je ne me fais pas d'illusions, en effet, sur la manière dont on m'accueillera partout, maintenant.

PAGELET.

Madame Granger est fort mal disposée à votre égard, je suis obligé de vous l'avouer.

ROSE.

Pourquoi?... Quel reproche a-t-elle à me
faire?... C'est insensé!... maître Pagelet, je vais
vous parler franchement... J'aime mieux être
une ouvrière qu'une fille! Mais si j'étais forcée de
choisir, j'aimerais mieux être une fille qu'une
servante!

(Elle va vers la porte.)

PAGELET.

Je vous en supplie, mon enfant, reprenez votre
sang-froid.

ROSE, *de la porte.*

J'ai tout mon sang-froid... Seulement, vous
comprenez, je ne peux pas mourir de faim!

(Elle sort.)

ACTE IV

Chez Rose.

Une salle à manger. Un buffet à droite, une grande armoire
de campagne, dite armoire normande, au fond. Des fleurs des
champs dans les vases. Un air de gaieté et de fraîcheur dans
toute la pièce. Portes à gauche et à droite.

SCÈNE PREMIÈRE

LOUISON, puis HÉLION.

*(Au lever du rideau, Louison met de l'eau dans les
vases garnis de fleurs.)*

LOUISON.

Quelles vilaines gens il y a ici !... Et dire que
c'est la même chose dans toutes les villes... et à
la campagne aussi !... *(Entre Hélion par une porte qui
est au fond à droite.)* Monsieur Hélion !

HÉLION.

Moi-même ! *(Lui tapant sur la joue.)* Tu as une
mine superbe, Louison !

LOUISON.

Merci, monsieur.

HÉLION.

Ça ne te fais rien que je te tutoie ?

LOUISON.

Ça me fait plaisir.

HÉLION.

Est-ce qu'elle est là ?

LOUISON.

Rose ?... Non, elle est sortie.

HÉLION.

Diable ! C'est bien contrariant.

LOUISON.

Elle est sortie, mais elle va rentrer tout de suite... Vous avez à lui parler ?

HÉLION.

De la façon la plus sérieuse, Louison.

LOUISON.

Ah ! ah !... *(Le regardant.)* Vous avez l'air d'un brave homme.

HÉLION.

Je suis un très brave homme. — Et tu es sûre qu'elle va rentrer ?

LOUISON.

Bientôt.

HÉLION.

Je peux l'attendre ?

LOUISON.

Asseyez-vous, monsieur. *(Elle lui tend une chaise.)* Désirez-vous boire quelque chose ? Un verre de vin blanc ?

HÉLION.

Non, merci. Je préfère causer avec toi.

LOUISON.

Vous êtes trop bon !

HÉLION, *après une pause.*

Est-ce que ta cousine t'a raconté la conversation que nous avons eue hier ?

LOUISON.

Elle m'en a dit un peu. Moi, j'en ai deviné un peu... ce qui fait que je sais tout.

HÉLION.

Tu n'es pas bête, Louison.

LOUISON.

Voulez-vous que je vous parle franchement, monsieur?

HÉLION.

Va !

LOUISON.

Eh bien ! je pense que vous vous trompez, si vous croyez que Rose deviendra jamais une cocotte.

HÉLION, *se levant*.

Mais il n'est pas question... Une cocotte !... Sais-tu seulement ce que c'est qu'une cocotte, toi qui n'a jamais quitté la campagne ?

LOUISON.

J'en ai connu deux.

HÉLION.

Ah bah !

LOUISON.

A Louzy, près de chez nous, la plus belle maison du pays, après le château, était habitée par une ancienne cocotte. Elle y restait six mois tous les ans. C'était une grande femme maigre, avec des cheveux couleur de carotte, mais très comme il faut tout de même. De temps en temps elle recevait des gens de la ville : le notaire, le substitut. Le général est venu une fois. Je la rencontrais tous les dimanches, à l'église. Elle avait l'air très heureux. On voyait bien qu'elle ne s'était pas ennuyée dans la vie !

HÉLION.

Ah !... Et l'autre?

16

LOUISON.

L'autre était beaucoup plus jeune. Elle n'avait pas seulement trente ans. Au moment des chasses dans la forêt, elle suivait le monde en voiture. Elle avait l'air très heureux aussi. Je ne sais pas comment ces femmes-là s'y prennent, elles sont très heureuses.

HÉLION.

Alors ?

LOUISON.

Oui, mais ça m'étonnerait tout de même beaucoup, monsieur Hélion... ça m'étonnerait énormément que ma cousine devienne jamais une femme comme ça.

HÉLION.

Ce n'est pas non plus ce que je lui demande.

LOUISON.

Ah !

HÉLION.

Je ne lui demande que d'aller à Paris, avec toi, Louison, bien entendu ; d'y habiter dans un joli appartement, de n'avoir plus aucune espèce d'ennui, de faire tout ce qu'elle voudra, et de me permettre de venir lui dire bonjour de temps en temps. Tu vois que ça n'est pas la même chose!

LOUISON.

Hum !

HÉLION.

Et ce ne serait pas long! Un simple mot: *Oui*, qu'elle mettrait sous enveloppe et que tu irais me porter à mon bureau, et, le lendemain, vous seriez à Paris toutes les deux.

LOUISON.

Et votre femme, monsieur Hélion... Qu'est-ce qu'elle dirait, votre femme ?

HÉLION.

Elle n'en saurait rien. Tout serait arrangé en un clin d'œil.

(La porte de droite s'ouvre.)

LOUISON.

Tenez, voici Rose.

HÉLION.

Laisse-nous !

(Paraît Rose. Louison sort par la gauche.)

SCÈNE II

HÉLION, ROSE.

HÉLION, *s'avançant vers Rose.*

Je vous attendais avec une impatience...

ROSE.

Que désirez-vous, monsieur Hélion ?

HÉLION, *baissant la voix.*

Je sais ce qui s'est passé hier, entre ma femme et vous. Vous voyez à quelles humiliations vous êtes exposée. Tantôt pour une raison, tantôt pour une autre, ce sera la même chose tous les jours. Vous en arriverez à de véritables souffrances, car vous êtes d'une nature trop indépendante et trop fière pour supporter cette situation. Or, l'indépendance, c'est l'argent. Vous n'avez qu'un mot à prononcer, un signe de tête à faire, pour en avoir immédiatement. Dites oui, Rose... Dites oui... Un geste... Oui, n'est-ce pas ?

(Il lui saisit la main.)

ROSE, *essayant de se dégager.*

Non, non ! Je ne veux pas...

HÉLION, *la tenant toujours.*

Si vous saviez quel ami discret, dévoué, peu exigeant, vous auriez en moi !... Vous arrangeriez votre existence à votre guise ; elle serait assurée pour jamais. Vous resteriez la femme la plus libre qui soit !... Vous ne pouvez pas refuser cela. — C'est convenu ?

ROSE, *se dégageant.*

Non ! Allez-vous-en, je vous en prie...

HÉLION.

Qui vous retient dans cette ville où vous n'avez ni parents, ni relations, ni situation ? où vous êtes livrée à la mauvaise volonté, aux taquineries de tout le monde ? Sans compter les calomnies, les humiliations, les déboires, toutes les petites méchancetés de la province contre lesquelles votre courage, à la longue, se brisera. Je vous dis que la province n'est pas habitable pour une femme comme vous. (*Allant lui prendre la main.*) Il faut la quitter... Il le faut ! Ce serait une folie insigne de refuser plus longtemps. Vous partirez d'ici le jour et l'heure qui vous plairont. Vous emmènerez votre cousine. Il suffira que vous me préveniez la veille par un petit mot, un simple *oui*, sous enveloppe, adressé à la fabrique, bien entendu. Ne craignez rien de ma femme, ni de personne. J'ai tout prévu, tout combiné, même votre installation à Paris... Ne me répondez pas, c'est inutile. Maintenant, je m'en vais... J'attends votre signal. Demain, par exemple, ou après-demain... Au revoir, Rose. Ma parole d'honneur, je suis tout à vous !... A demain !... *(Il sort en disant à part.)* Je n'ai pas été amoureux à ce point-là depuis Léontine.

SCÈNE III

ROSE *seule*, puis LOUISON.

ROSE, *seule*.

Je l'ai écouté jusqu'au bout. Voilà où j'en suis !

LOUISON, *entrant.*

Qu'est-ce que vous avez ? Vous êtes toute rouge !

ROSE.

J'ai le sang au visage. Donne-moi un verre d'eau.

(Louison va au buffet, prend un verre et l'emplit.)

LOUISON.

Ça va mieux ?

ROSE.

Oui.

LOUISON, *prend le verre des mains de Rose, va le porter lentement au buffet, et se retournant.*

A votre place, je dirais oui.

ROSE.

Tu es folle !

LOUISON, *avec force.*

Je dirais oui !... Rester honnête, gagner sa vie, être libre, c'est un beau rêve !... Et puis, est-ce un si beau rêve que ça ? Moi, je suis toujours restée honnête, et ça ne m'a rapporté que des désagréments. Acceptez donc, Rose !... Vous voilà brouillée avec madame Hélion... Elle vous brouillera avec madame Granger et avec d'autres. Vous allez vous trouver sans ouvrage. Nous n'en avions déjà pas beaucoup... Tout à l'heure, il est venu l'épicier : on lui doit quarante francs. Nous n'avons pas quarante francs à nous deux, c'est des choses qui me révoltent !... Sans compter ce qu'on dit dans le quartier...

ROSE, *machinalement.*

Qu'est-ce qu'on dit?

LOUISON.

On dit que vous êtes la bonne amie du docteur.

ROSE.

De monsieur Georges?

LOUISON.

Que vous trompiez Perrin avec lui, du temps de Perrin... et que ça continue. Aujourd'hui, on dit ça, demain, on dira autre chose et on finira par dire toutes sortes d'infamies. Nous, pendant ce temps-là, nous mangerons du pain sec et nous boirons de l'eau... *(On frappe à la porte.)* Entrez donc ! c'est ouvert !... Nous n'avons pas peur des voleurs, ici... *(Elle va à la porte, voyant qu'on n'entre pas.)* Tiens ! c'est le père Loisel, de Maurichard... Rose, c'est le père Loisel !... Entrez donc !

(Entre Loisel, costume de paysan endimanché.)

SCÈNE IV

Les Mêmes, LOISEL.

LOISEL.

Bonjour, madame et la compagnie.

ROSE.

Comment va la santé, monsieur Loisel?

LOISEL.

La santé est bonne, je vous remercie.

ROSE.

Asseyez-vous donc.

LOUISON.

Voulez-vous boire un verre de vin blanc?

LOISEL.

Ce n'est pas de refus, mademoiselle.

ROSE.

Qu'est-ce qui me vaut le plaisir de votre visite, monsieur Loisel?

LOISEL.

Ah! oui... *(Il boit le verre que lui apporte Louison.)* Comme j'étais obligé d'aller ce matin à la ville, pour une affaire, il y a madame Butaud, la sœur de Perrin, qui m'a chargé de vous remettre une lettre et de rapporter la réponse.

ROSE.

Où est cette lettre?

LOISEL.

Elle est sous ma blouse. Je vas vous la donner.

(Il cherche sous sa blouse et remet une lettre à Rose qui va la lire à l'autre bout de la scène.)

LOUISON, *à Loisel.*

Et quoi de nouveau à Maurichard, père Loisel?

LOISEL, *cherchant.*

Le bedeau est mort.

LOUISON, *baissant la voix.*

Et Perrin, qu'est-ce qu'il fait?

LOISEL, *même jeu.*

Il se marie dimanche.

LOUISON.

Vous lui direz de ma part que c'est une canaille!

LOISEL.

Je le lui dirai après la messe.

ROSE, *lisant.*

Rose, puisque vous ne voulez pas garder de bonnes relations avec nous, j'ai consulté la mère au sujet des meubles que vous avez et qui sont à nous. La mère est d'avis que nous ne devons point vous les laisser. Je les enverrai reprendre samedi prochain. Je pense que vous ne nous forcerez point à nous adresser à l'huissier. Lucie Butaud. (A Loisel.) Vous attendez la réponse, monsieur Loisel!

LOISEL.

Oui, madame.

ROSE.

Vous direz à madame Butaud que les objets qu'elle demande sont à sa disposition. Seulement, je désirerais qu'elle les envoyât chercher le plus tôt possible.

LOISEL.

Le plus tôt possible.

ROSE.

Au revoir, monsieur Loisel, je vous remercie de vous être chargé de la commission.

LOISEL.

A votre service, madame. Je m'en vas. Et vous même, vous n'en avez point, de commission, pour Maurichard?

ROSE.

Aucune.

LOISEL.

Au revoir, dans ce cas, madame et la compagnie.

LOUISON.

Au revoir, père Loisel.

(Elle le reconduit jusqu'à la porte.)

SCÈNE V

ROSE, LOUISON, puis GEORGES.

LOUISON, *revenant vers Rose.*

Et qu'est-ce que ces meubles qu'elle vous demande, la Butaud?

ROSE.

Ceux-ci. Ils lui appartiennent, excepté l'armoire qui me vient de mon père, ainsi que ce fauteuil et mon lit. Tout le reste est à elle.

LOUISON, *indignée.*

Et vous allez...?

ROSE.

Je vais les lui rendre.

LOUISON.

Mais, bon Dieu!...

ROSE.

Je suis même enchantée de les lui rendre.

LOUISON.

Et quand vous les lui aurez rendus, dites-moi ce qui vous restera?

ROSE.

Ce qui me restera, me suffit. *(Apercevant Louison qui montre le poing dans la direction de la porte.)* Que fais-tu là?

LOUISON.

Je rage!

ROSE.

Ah! ma pauvre Louison, tu rages de peu de
chose! Une armoire, une table en acajou, quatre
chaises... Bah!

LOUISON.

Rose, vous aussi, vous êtes en colère. Ce n'est
pas la peine de me le cacher... Je le devine. Et
vous avez raison! Cette femme, hier, qui vous
chasse de chez elle, comme un domestique, cette
autre qui vient vous enlever la table sur laquelle
vous mangez... Il n'y a qu'une façon de vous
venger de tous ces gens-là... *(Elle va à la cheminée,
prend l'encre et une plume, un cahier de papier à lettres et
pose le tout sur la table.)* Écrivez, Rose!

ROSE.

Quoi?

LOUISON.

Un seul mot : *oui*... J'irai porter la lettre.

ROSE.

Je ne tiens pas à me venger de cette façon-là.

LOUISON.

Voulez-vous être toute votre vie à la merci des
gens, et finir un jour par manquer de pain, belle
et intelligente comme vous l'êtes? Ce qui vous
arrive n'est que le commencement de vos ennuis...
Vous allez user tout votre courage à gagner
quelques misérables sous et à vivre comme une
pauvresse! Quand les femmes se mettent à tomber dans le malheur, c'est effrayant! Savez-vous
l'histoire de Julie, la servante de l'hôtel du château, que vous voyez quelquefois en passant?
Eh bien! Julie est une femme de Paris que son

amant a abandonnée. Aujourd'hui, elle est bonne
à tout faire dans une auberge, Julie!

ROSE, se levant.

Avant d'en arriver là, je me débattrai et je me
défendrai, je te jure!

LOUISON.

Allons, allons, Rose... n'hésitez plus! *(Elle lui
place la plume entre les doigts.)* Écrivez! *(Elle lui prend le
bras et la pousse légèrement vers la table.)* Écrivez donc!

ROSE.

Oui, oui, je n'aurais qu'un mot à écrire, un
seul...

(Entre Georges.)

LOUISON.

Monsieur Georges! je file à mon ménage. On
est souvent dérangé, aujourd'hui!

(Elle sort.)

SCÈNE VI

ROSE, GEORGES.

ROSE, murmurant.

Vous!
(Elle pousse légèrement le papier sur la table.)

GEORGES, allant à elle.

Je sais qu'Hélion sort d'ici. Ne me répondez
pas... Écoutez-moi. Je ne veux pas que vous
soyez à cet être-là! Je ne le veux pas! Vous en
souffririez un jour; moi, j'en souffrirai toute ma
vie! *(S'approchant.)* Vous, la maîtresse d'un homme

riche, qui ne vous garderait que par vanité?...
Jamais vous ne serez cela, jamais !

ROSE.

Laissez-moi !

GEORGES.

Vous êtes née pour être la compagne et l'amie
d'un garçon comme moi, qui vous aime profondément. Oui, Rosine, je vous aime profondément. Loin de vous, je perds mon courage et ma
volonté, je n'ai plus ni ambition, ni ardeur, je
suis écœuré de tout, furieux !... Mais si vous étiez
à moi, si j'avais à vous conserver et à vous défendre, je serais sûr de l'avenir, je ne craindrais
plus rien du mauvais sort, ni de ma faiblesse.
(Baissant la voix.) Allons-nous-en ! Quittons ce pays
qui vous est odieux. Un de mes amis m'offre de
m'emmener à Paris avec lui. J'ai la certitude d'y
gagner ma vie et la vôtre, et je sens que nous
aurons de la chance, tous les deux. Dites, Rosine,
voulez-vous risquer nos deux existences dans
cette aventure ? *(Rose le regarde sans répondre.)* Est-ce
parce que je n'ai pas d'argent que vous ne voulez
pas me suivre ?

ROSE.

Moi, l'argent !... Ah ! tenez, j'en ai le dégoût,
j'en ai la honte ! *(Lui tendant la main.)* Emmenez-moi !

GEORGES, *la prenant dans ses bras.*

Je t'ai enfin... enfin !

ROSE.

Oui, oui, partons !

GEORGES.

Moi, Rosine, il me semble que ma vie commence
aujourd'hui. Je n'ai plus ni dégoût, ni peur de
rien !... Si nous emportions Louison ?

ROSE.

Ah! elle n'est pas difficile à nourrir...

GEORGES.

Emportons-là donc !

(Entre Louison.)

SCÈNE VII

LES MÊMES, LOUISON.

LOUISON.

Monsieur Georges ?

GEORGES.

Qu'y-a-t-il donc ?

LOUISON.

Voici monsieur Desclos !

GEORGES.

Mon père ?

LOUISON.

Il vient chez nous, sûr !

GEORGES.

Ah ! ah !

(On entend des coups à la porte.)

LOUISON.

Tenez, il frappe à la porte.

GEORGES.

Eh bien ! allez ouvrir, Louison. (Sort Louison. — A Rose.) Laissez-moi avec lui. (Sur un geste de Rose.) Oh ! il n'y a rien à craindre !

(Rose sort par la gauche. — Georges se dirige par la droite à la rencontre de Desclos.)

SCÈNE VIII

GEORGES, DESCLOS.

DESCLOS.

Ah ! c'est toi ?

GEORGES.

Tu venais voir Rose ?

DESCLOS.

Oui, madame Hélion et ta tante sont furieuses contre elle pour des bêtises.

GEORGES.

Je sais, oui.

DESCLOS.

En ce qui concerne ma sœur, j'ai à peu près arrangé les choses. Rose pourra revenir travailler à la maison. C'est cela que je tenais à lui dire. Mais puisque tu es là, dis-le-lui toi-même.

GEORGES, *embarrassé*.

Oui, certainement.

DESCLOS.

Tu n'oublieras pas, n'est-ce pas ?
(*Il fait mine de se retirer.*)

GEORGES.

Père ?

DESCLOS.

Quoi, mon garçon ?

GEORGES.

J'ai quelque chose à t'apprendre... Il ne faut pas m'en vouloir, mais je suis décidé à aller m'installer à Paris. Il m'est impossible de rester ici plus longtemps, tu le comprends toi-même.

Nous n'avons plus de fortune... J'ai besoin de me faire une situation... Or, il n'y a qu'à Paris... Je suis sûr que tu m'approuves, n'est-ce pas ?

DESCLOS, *revenant.*

Ecoute-moi... Tu me rendras cette justice que je ne t'ai jamais donné de conseils. Il est vrai que tu ne m'en as jamais demandé. Eh bien ! aujourd'hui, je vais t'en donner un. Reste ici, mon garçon. Je connais Paris, j'y ai vécu. Ce n'est pas une ville pour toi.

GEORGES.

Je t'assure que j'ai réfléchi.

DESCLOS.

Tu as réfléchi cinq minutes, et tu crois avoir tout approfondi... Moi, j'ai réfléchi trente ans, et je ne sais rien. Reste ici, mon enfant, rapporte-t'en à mon expérience.

GEORGES.

Si je ne me tire pas d'affaire, j'en serai quitte pour revenir...

DESCLOS.

Dans deux ans, tu ne seras qu'un déclassé !

GEORGES.

Il n'y a plus que les déclassés qui jouissent de l'existence, maintenant.

DESCLOS.

Enfin, tu fais ce qui te convient. Moi, je t'ai dit ce que je devais. C'est toi qui décides en dernier ressort.

GEORGES, *après une hésitation.*

Je vais tout te dire pendant que j'y suis.

DESCLOS.

Va!

GEORGES.

Ce sera plus simple et ça m'évitera, vis-à-vis de toi, des mensonges pénibles...

DESCLOS.

Parle donc.

GEORGES, *baissant la tête.*

J'aime Rose et je l'emmène.

DESCLOS, *tranquillement.*

J'avais deviné, mon garçon... Je suis même le seul à avoir deviné. Ma sœur n'a rien vu. C'est délicieux!... Et vous allez vivre ensemble?

GEORGES.

Évidemment.

DESCLOS.

C'est une pure folie.

GEORGES.

Qui sait?

DESCLOS.

Tu te prépares un avenir fort compliqué, mon cher Georges.

GEORGES.

Bah!

DESCLOS.

Que feras-tu, à Paris, avec une pareille charge?... J'ai parfaitement compris que ton ami Bolard t'a promis monts et merveilles... mais cela ne suffit pas. Tu t'en vas sans plan arrêté, sans but sérieux, que diable!

GEORGES.

Je trouverai toujours quelque chose à faire. Je suis docteur en médecine, après tout!

DESCLOS.

Moi, j'étais avocat.

GEORGES.

Il y a vingt autres métiers que je suis capable d'exercer... Eh! je suis jeune!... Et puis, il y a encore le hasard.

DESCLOS.

Il ne te reste même que ça...

GEORGES.

Tous les jeunes hommes qui se trouvent dans mon cas sont voués aux situations irrégulières : c'est une fatalité. On ne peut éviter cela que par des mariages ridicules ou une chance improbable. Crois-tu que je ne serai pas aussi heureux avec Rose qu'avec la petite Méret ou une poupée quelconque?

DESCLOS.

Tout cela, mon garçon, n'empêche pas...

GEORGES.

Dans le fond, tu es de mon avis. Voyons, père, maintenant il faut que tu me rendes un service... Cherche-moi une combinaison pour me procurer un peu d'argent.

DESCLOS.

Hum! voilà qui n'est pas commode...

GEORGES.

Tu ne vas pas me laisser partir sans le sou?

DESCLOS, *subitement ému, prenant la main de son fils.*

Mon pauvre petit, c'est que je n'en ai guère d'argent!... Pourtant, en effet, je ne veux pas que vous partiez ainsi, tous les deux... Rose est une charmante fille, parbleu! Je l'aime beaucoup. Mais, fichtre! aussi, vous prenez là une décision des plus graves!

GEORGES.

J'ai une grande confiance...

17

DESCLOS, *hésitant*.

Où en trouver, de l'argent ?... Euh !... J'avais
mis de côté une cinquantaine de louis, pour
quelques travaux urgents à exécuter dans notre
ferme... Je m'en passerai. Les veux-tu ?

GEORGES, *embrassant Desclos*.

Merci !

DESCLOS.

Ah ! Rose est là, m'as-tu dit ?

GEORGES.

Oui.

DESCLOS.

Va me la chercher.

GEORGES, *étonné*.

Tu ?...

DESCLOS.

Oui, va me la chercher.

*(Georges va ouvrir la porte de gauche et sort un instant,
pendant que Desclos se promène, passant à la dérobée son
mouchoir sur ses yeux.)*

SCÈNE IX

GEORGES, DESCLOS, ROSE.

GEORGES, *revenant*.

Père ?

DESCLOS.

Ah !... *(Il s'avance vers Georges et Rose, et prenant la main
de celle-ci.)* Mes pauvres enfants... il ne faut pas
vous dissimuler que vous faites une des plus
grandes folies que l'on puisse faire à votre âge.
Ce qui me tranquillise un peu, c'est qu'à notre
époque, il n'y a plus que les folies qui réus-

sissent, et il n'y a plus que les choses imprévues qui arrivent. Si on avait dit à Troulier lui-même, qu'il deviendrait un jour ministre des Finances, il aurait cru qu'on se moquait de lui... Vous ferez peut-être fortune dans six semaines. Enfin, ne vous découragez jamais, et écrivez-moi de temps en temps, n'est-ce pas ? *(Un moment de silence, puis tout à coup, Desclos se met à rire.)* Ah! ah!... Je ris en pensant à ta tante!

GEORGES.

J'espère que tu ne vas pas lui dire ?...

DESCLOS.

Oh! pas tout de suite... Je lui apprendrai ça à la longue, peu à peu, en m'amusant... J'aurai là quelques bonnes soirées... *(Mettant ses deux mains sur les épaules de Rose et de Georges.)* Allons, bonne chance, mes enfants!... J'irai vous voir à Paris l'année prochaine.

LES MARIS DE LÉONTINE

COMÉDIE EN TROIS ACTES

Représentée pour la première fois, à Paris, au théâtre
des Nouveautés, le 14 février 1900,
et reprise au même théâtre, le 20 mars 1903.

PERSONNAGES

	Première distribution.	Deuxième distribution.
	MM.	MM.
ADOLPHE DUBOIS, 40 ans. .	Germain.	Germain.
LE BARON, 36 ans	Torin.	Torin.
PLANTIN, 40 ans.	Colombry.	Landrin.
ANATOLE, 30 ans	Grimard.	Gorby.
BOUCAT, 22 ans	Milo.	Jipay.
LE SECRÉTAIRE, 55 ans. . .	Querchel.	Gaillard.
LE GARÇON DE RECETTES.	Richard.	Prosper.
	Mᵐᵉˢ	Mᵐᵉˢ
LÉONTINE, 25 ans	Cassive.	Cassive.
LA MARQUISE, 60 ans	R. Maurel.	R. Maurel.
HORTENSE, 35 ans.	Burkel.	Dickson.
VIRGINIE, 50 ans	Jenny Rose.	Jenny Rose.
MIETTE, 18 ans.	Dalwig.	Gense.
JULIETTE, 25 ans	Odyle.	Darthenay.
ISABELLE, 25 ans	Florian.	Nerval.
ERNESTINE	Merrey.	D'Issy.

————

Pour la mise en scène détaillée, s'adresser à M. Béarin,
régisseur général du théâtre des Nouveautés.

LES MARIS DE LÉONTINE

ACTE PREMIER

Chez Adolphe.

Un petit salon de garçon. — Piano. — Portes à droite et à gauche.

SCÈNE PREMIÈRE

VIRGINIE, Un Garçon de Recettes.

VIRGINIE, *prenant le billet à ordre que lui présente le garçon de recettes.*

Voici vos cinquante francs.

LE GARÇON, *riant.*

Ah! ah!

VIRGINIE.

Qu'est-ce que vous avez à rire?

LE GARÇON.

Je ris parce que vous me donnez cinquante francs.

VIRGINIE.

Ça n'a rien de drôle. Monsieur a acheté un piano, il le paye cinquante francs par mois; il a fait des billets au marchand, vous en apportez un, je le règle. Remettez-moi votre papier et ne faites pas tant de manières.

LE GARÇON.

Mais, chère madame, je ne viens pas pour un billet de cinquante francs, je viens pour un billet de deux mille.

VIRGINIE, *stupéfaite*.

De deux mille francs !

LE GARÇON.

De deux mille francs de notre monnaie.

VIRGINIE.

Montrez-le-moi.

LE GARÇON.

Regardez.

VIRGINIE.

Oh ! oh ! C'est trop fort !...

LE GARÇON.

Payez-vous, ou ne payez-vous pas ?

VIRGINIE, *ouvrant son porte-monnaie*.

Je n'ai pas... tout à fait assez. Je vais prévenir monsieur. Il finit de déjeuner.

LE GARÇON.

Dépêchez-vous.

VIRGINIE, *ouvrant à droite*.

Monsieur !... monsieur !

SCÈNE II

Les Mêmes, ADOLPHE.

ADOLPHE.

Qu'est-ce que c'est ?

LE GARÇON, *tendant le billet.*

Deux mille.

(*On sonne à la porte d'entrée.*)

ADOLPHE, *à Virginie.*

Allez ouvrir ! (*Au garçon.*) Je vais vous payer.

LE GARÇON.

A la bonne heure.

ADOLPHE.

Je vais vous payer dans cinq minutes. J'attends l'argent.

LE GARÇON.

Ah ! monsieur, je n'ai pas le temps...

(*Sort Virginie.*)

ADOLPHE, *au garçon.*

Je suis à vous tout de suite.

(*Entre Plantin.*)

SCÈNE III

ADOLPHE, PLANTIN, Le Garçon.

PLANTIN.

C'est moi, cher ami.

ADOLPHE, *bas.*

As-tu ce que je t'ai demandé ?

PLANTIN.

Mais certainement... (*Tirant son portefeuille.*) Deux mille francs... C'est tout ce qu'il te faut ?...

ADOLPHE.

Oui, merci... (*Au garçon.*) Tenez !

(*Il prend le billet en échange.*)

LE GARÇON.

Au revoir, monsieur... *(Saluant Plantin.)* Monsieur...

SCÈNE IV

ADOLPHE, PLANTIN.

ADOLPHE.

Je te rendrai ça à la fin du mois, j'ai des cou-
pons à toucher.

PLANTIN.

Je ne suis pas inquiet.

ADOLPHE.

Ça ne te gêne pas, au moins?

PLANTIN.

Du tout. Je les ai gagnés hier au cercle...

ADOLPHE.

Tu es toujours en veine?

PLANTIN.

Heureusement. Car je ne sais pas comment je
m'en tirerais si je ne doublais pas mon traitement
de député au baccara.

ADOLPHE.

Le fait est...

PLANTIN.

Les représentants du peuple ne sont pas assez
payés.

ADOLPHE.

Personne n'est assez payé. Voilà pourquoi la
misère est si grande.

(Rentre Virginie.)

SCÈNE V

LES MÊMES, VIRGINIE.

VIRGINIE, *s'avançant vers Plantin.*

Savez-vous, monsieur, pour qui est cet argent?

ADOLPHE.

Virginie, je vous prie de sortir!

VIRGINIE.

Je ne sortirai que si vous avez le courage de mettre à la porte votre vieille domestique, votre vieille domestique qui vous a vu haut comme ça?...

ADOLPHE.

Encore une fois, je vous ordonne de vous taire. Je n'ai pas besoin de vous pour dire à Plantin...

VIRGINIE.

Vous n'oserez jamais. *(A Plantin.)* Savez-vous pour qui est cet argent?

ADOLPHE, *avec impatience.*

Oh! oh! oh!

VIRGINIE.

Eh bien! il est pour l'ancienne femme de monsieur, pour la femme avec laquelle monsieur a divorcé!... pour cette femme qui est devenue une cocotte après avoir été sa femme légitime!...

PLANTIN.

Pour Léontine!

VIRGINIE.

Oui, monsieur, pour Léontine. Quand elle a besoin d'argent, et ça lui arrive souvent, à qui

croyez-vous qu'elle a l'aplomb de s'adresser?
A monsieur! ça a commencé quinze jours après
le divorce. Un beau matin, monsieur reçoit une
lettre — vous n'allez pas le nier, je l'ai lue, —
« Mon coco, je suis très embêtée, tu serais bien
« gentil de m'envoyer dix louis!...» Elle appelle ça
dix louis, mais c'est fichtre bien deux cents
francs... deux cents francs de notre monnaie,
comme dit l'autre! Et monsieur a envoyé les
deux cents francs. Vous comprenez que ça l'a
mise en goût, cette femme. Une autre fois, ce
n'est plus deux cents francs, c'est cinq cents
francs qu'il lui a fallu pour ne pas être saisie...
et aujourd'hui c'est deux mille francs que monsieur paye pour elle... *(A Adolphe qui veut l'arrêter.)*
Vous ne m'intimiderez pas. Je ne vous laisserai
pas vous ruiner sans rien dire. Quand vous vous
êtes marié, vous aviez dix mille livres de rente,
il vous en reste à peine deux ou trois. Si vous
continuez, vous n'aurez bientôt plus que vos
appointements du ministère et vous serez obligé
de vous priver de tout. Et tout ça pour une créature qui vous a trompé, qui vous a rendu ridicule, qui a bouleversé votre existence! Ah!
tenez! monsieur Adolphe, ce n'est pas seulement
de la faiblesse, c'est de la bêtise! Et maintenant
que j'ai fait mon devoir, je peux sortir.

(Elle sort.)

SCÈNE VI

ADOLPHE, PLANTIN.

ADOLPHE.

Ce qui m'empêche de me fâcher, c'est qu'elle a
absolument raison.

PLANTIN.

Comment, malheureux, c'est vrai?

ADOLPHE.

Oui.

PLANTIN.

Tu as été assez nigaud?...

ADOLPHE.

Qu'est-ce que je pouvais faire?

PLANTIN.

Mais refuser, et carrément. Si tu avais refusé la première fois, elle se serait débrouillée toute seule et elle n'aurait pas recommencé.

ADOLPHE.

C'était bien difficile. Elle pleurait à chaudes larmes.

PLANTIN.

Chez toi?

ADOLPHE.

Oh! non, je l'ai suppliée de ne jamais venir ici. Elle m'avait donné rendez-vous au Bon Marché.

PLANTIN.

Et c'est au Bon Marché qu'elle pleurait à chaudes larmes?

ADOLPHE.

J'ai même été obligé de lui acheter des mouchoirs.

PLANTIN.

N'importe! Ça pourrait te mener loin, ces histoires-là.

ADOLPHE.

Je le sais bien. Aussi, c'est fini. J'ai dit à Léontine que c'était la dernière fois; que mes moyens ne me permettaient plus... Elle a compris et depuis trois mois, je n'ai pas entendu parler d'elle.

PLANTIN.

D'ailleurs, elle doit être hors d'affaire : je l'ai rencontrée il y a quelque temps dans une victoria très élégante.

ADOLPHE.

Tant mieux.

PLANTIN.

Elle m'a fait un petit signe amical de la tête. Je crois qu'elle est avec Brunoy, le grand marchand de comestibles.

ADOLPHE.

Pourvu que ça dure !

PLANTIN.

Espérons-le, car ce n'est pas une mauvaise fille au fond.

ADOLPHE.

Pas du tout. Elle me trompait sans aucune noirceur, naïvement, comme un enfant qui va manger des confitures en cachette. Lorsque j'ai trouvé des lettres d'elle, qui ne laissaient aucun doute, elle m'a tout avoué tout de suite en me demandant pardon. Je lui ai pardonné. Quelque temps après, elle recommençait avec la même insouciance. Ah ! alors !... je me suis aperçu de l'erreur que j'avais commise en l'épousant. C'est une de ces femmes qu'on ne devrait jamais épouser soi-même. On devrait les laisser épouser par ses amis.

PLANTIN.

Comment a-t-elle pris le divorce ?

ADOLPHE.

Très gaiement, comme elle avait pris le mariage, et sans y attacher plus d'importance. Puis

elle est entrée dans la galanterie qui était sa véritable vocation.

PLANTIN.

Et je vois qu'elle ne t'a pas gardé rancune, ni
toi non plus...

ADOLPHE.

Eh! mon Dieu! je sais bien que ce n'est pas
très malin ce que je fais là, mais que veux-tu?
Le divorce casse le mariage, mais il ne fait pas
qu'on n'a pas été marié : et quand on a aimé
une femme, quand on a vécu avec elle pendant
des années, elle a beau vous avoir fait des tas de
misères, on a beau être heureux d'en être enfin
débarrassé, il ne vous en reste pas moins pour
elle l'espèce de sympathie qu'on a pour un gentil
petit animal, même quand il vous a mordu ; et, si
on est un bon garçon, on ne lui refuse pas un
morceau de sucre.

(Entre Virginie.)

SCÈNE VII

Les Mêmes, VIRGINIE, puis LÉONTINE.

VIRGINIE.

Monsieur!

ADOLPHE.

Eh bien! Quoi?

VIRGINIE.

C'est madame!...

ADOLPHE.

Qui, madame?...

VIRGINIE.

Madame, pardi! votre femme... Elle cause
avec quelqu'un sur le palier, mais elle vient
ici...

ADOLPHE.

Ici !... Mais elle m'avait promis... Qu'est-ce qu'elle vient faire, qu'est-ce qu'elle vient encore faire ?...

PLANTIN.

Elle vient te demander du sucre.

LÉONTINE, *entrant, vêtue avec la dernière élégance.*

Bonjour, mon coco, c'est moi ! Comment vas-tu ?

(Elle l'embrasse.)

ADOLPHE.

Voilà une surprise.

LÉONTINE.

N'est-ce pas ?... *(Apercevant Plantin.)* Tiens ! Plantin, je ne vous voyais pas.

(Elle embrasse également Plantin.)

VIRGINIE, *à part.*

Elle embrasse tout le monde, cette femme-là...

LÉONTINE, *allant à Virginie.*

Ma petite Virginie, vous avez une mine superbe. Vous rajeunissez... Je vous ai apporté quelque chose.

VIRGINIE, *sèchement.*

Madame est trop bonne.

(Elle sort.)

SCÈNE VIII

ADOLPHE, LÉONTINE, PLANTIN.

LÉONTINE.

Tu ne t'imagines pas comme je suis contente

de te rencontrer. Je me disais : « Pourvu qu'il ne soit pas encore à son bureau. »

ADOLPHE.

Je suis en congé.

LÉONTINE.

Et vous aussi, Plantin, je suis contente de vous voir. J'ai lu dans les journaux que vous aviez été renommé député, ça m'a fait plaisir.

PLANTIN.

Merci.

ADOLPHE.

Tu as à me parler, Léontine ?

LÉONTINE.

J'ai des tas d'histoires à te raconter. *(A Plantin qui fait mine de s'en aller.)* Mais non, mais non, vous ne me gênez pas, vous êtes notre ami.

ADOLPHE, à Plantin.

Reste donc, je t'en prie... *(Insistant.)* Je t'en prie.

LÉONTINE, *regardant autour d'elle.*

Je ne connaissais pas ton nouvel appartement... Tiens ! tu as acheté un piano ?

ADOLPHE.

Cinquante francs par mois.

LÉONTINE.

Ce n'est pas cher. Ah ! tu as fait recouvrir les meubles. Ils en avaient bien besoin. Et puis tu as une nouvelle pendule... *(Riant.)* Tu as donc fait un héritage ?

ADOLPHE, *vivement.*

Mais non, mais non... au contraire.

LÉONTINE.

Enfin ! tes affaires vont bien, c'est l'essentiel... *(Lui prenant les deux mains.)* Je ne voudrais pas que

18

tu fusses malheureux... Ça me ferait beaucoup de peine, tu sais, Adolphe.

ADOLPHE.

Je ne suis pas malheureux, mais je suis gêné, très gêné...

LÉONTINE.

Gêné de quoi?

ADOLPHE.

D'argent. Demande à Plantin. C'est lui qui m'a prêté de quoi payer ton billet...

LÉONTINE.

Quel billet?

ADOLPHE.

Celui que j'ai signé pour toi.

LÉONTINE.

Ah! oui, je me rappelle.

ADOLPHE.

L'échéance venait aujourd'hui. J'ai été obligé de le payer.

LÉONTINE.

Tu as bien fait. Ça vaut toujours mieux.

ADOLPHE.

Deux mille francs que je dois à Plantin!

LÉONTINE.

Soyez tranquille, mon petit Plantin, il vous les rendra.

PLANTIN.

Oh!

ADOLPHE.

Mais tu vois dans quelle gêne je suis.

LÉONTINE.

N'aie pas peur, mon coco. Je ne viens pas t'emprunter de l'argent.

ADOLPHE.

Ah!... Ah!... tu ne viens pas m'emprunter de l'argent?

LÉONTINE.

Mais non... Ce serait de l'abus, et moi, vois-tu, je n'abuse jamais.

ADOLPHE.

Ah! je respire... C'est gentil, ça... N'est-ce pas Plantin?

PLANTIN.

Très gentil.

ADOLPHE, à Léontine.

Tu disais tout à l'heure que tu avais des tas d'histoires...

LÉONTINE.

J'y arrive. *(Adolphe et Plantin sont assis, Léontine parle debout.)* Mes enfants, il faut vous dire d'abord qu'il y a six semaines à peu près, j'ai eu une discussion avec Brunoy... le marchand de comestibles, mon amant.

ADOLPHE.

Bon!

PLANTIN.

A propos de quoi cette discussion?

LÉONTINE.

Des bêtises, comme toujours. Un souper avec des amis... où il n'était pas invité! Il s'est fâché, il m'a dit des choses désagréables. Alors, je l'ai mis à la porte.

ADOLPHE.

Tu as eu tort.

LÉONTINE.

Oh! je ne l'aurais pas mis à la porte, il serait parti tout de même.

ADOLPHE.

Continue.

LÉONTINE.

Lorsque Brunoy a été parti, je me suis trouvée très embêtée. Il m'avait laissée sans le sou. J'ai mis mes bijoux au clou, ça n'a pas duré longtemps, vous pensez...

PLANTIN.

Comment, jolie comme vous l'êtes, n'avez-vous pas?...

LÉONTINE, *avec dignité.*

Mon cher, je suis une femme divorcée, je ne suis pas une grue, et il y a certaines choses qu'on ne me fera pas faire. Bref, hier, après diverses péripéties qui ne vous intéresseraient pas, j'ai été vendue.

ADOLPHE, *se levant.*

Tes meubles ont été vendus ?

LÉONTINE.

Tous, mon chéri, excepté le lit.

PLANTIN, *lui serrant la main.*

Ma pauvre Léontine...

LÉONTINE.

Oh ! Je ne les regrette pas... Je n'y tenais pas du tout à ces meubles, et il y a longtemps que je voulais les renouveler.

PLANTIN.

Vous avez pris le meilleur moyen.

LÉONTINE.

Seulement, avec tout ça, je suis sans domicile.

ADOLPHE.

Tu n'as pas loué ailleurs?..

LÉONTINE.

Pas encore : j'ai vu un très joli appartement,

pas trop cher, six mille francs. Combien payes-
tu ici?

ADOLPHE.

Quinze cents.

LÉONTINE.

C'est bien assez pour un homme, mais tu comprends, pour une femme... D'ailleurs, je vais en
voir d'autres, je ne suis pas décidée.

ADOLPHE.

Et, en attendant, tu vas demeurer chez une de
tes amies?

LÉONTINE.

Oh! Juliette m'a offert son appartement pendant quelques jours. Mais j'ai refusé.

ADOLPHE.

Il faut accepter. Tu seras très bien chez elle.

LÉONTINE.

Tu la connais, Juliette?

ADOLPHE.

Non.

LÉONTINE.

Juliette Primeur, qui est avec Bernichet. Bernichet doit l'épouser, seulement en ce moment-
ci, il ne peut pas, parce qu'il est marié.

PLANTIN.

Ce sera pour plus tard.

LÉONTINE.

Elle est charmante, Juliette, charmante, mais
je ne veux rien lui devoir. Il me serait très désagréable de demeurer chez elle. Alors, j'ai eu une
autre idée.

ADOLPHE, *inquiet.*

Et laquelle?

LÉONTINE.

C'est de te demander l'hospitalité pendant quelques jours, jusqu'à ce que la chance me revienne.

ADOLPHE, *sursautant.*

L'hospitalité... chez moi?

LÉONTINE.

Naturellement.

ADOLPHE.

Ici?

LÉONTINE.

Mais oui.

ADOLPHE.

Tu voudrais venir t'installer ici?

LÉONTINE.

Dame! tu es mon mari, après tout, et tout le monde ne pourrait pas en dire autant.

ADOLPHE.

Mais sapristi, non, je ne suis pas ton mari!

LÉONTINE.

Enfin, tu l'as été.

ADOLPHE.

Je l'ai été, c'est vrai, mais je ne le suis plus! Comprends donc que je ne le suis plus. Nous sommes divorcés par jugement du Tribunal de la Seine.

LÉONTINE.

Qu'est-ce que ça fait?

ADOLPHE.

Comment, ce que ça fait? Tu as des raisonnements qui m'épouvantent. Demande à Plantin qui est député, ce que ça fait?

PLANTIN.

La loi est formelle.

LÉONTINE.

Je m'en fiche pas mal de la loi.

PLANTIN.

Oh !

LÉONTINE.

Alors, tu me chasses ?

ADOLPHE.

Je ne te chasse pas !... Je te dis gentiment qu'il m'est impossible, de toute impossibilité de te garder ici ! C'est une maison tranquille, je mène une vie régulière, j'ai mes habitudes. En outre, je fais des démarches au Ministère pour être nommé sous-chef. Si on apprenait une pareille histoire, ce serait un scandale, je serais flambé.

LÉONTINE.

Depuis notre divorce, il a dû venir chez toi des femmes qui ne me valaient pas, mon cher.

ADOLPHE.

Il n'est jamais venu aucune femme, n'est-ce pas, Plantin ?

PLANTIN.

Je n'en ai jamais rencontré.

LÉONTINE.

C'est bon, mon ami, c'est bon, je m'en irai.
(Elle va s'asseoir au piano et se met à faire des gammes.)

ADOLPHE, *bas à Plantin.*

Ah ! bien ! il ne manquerait plus que ça.

PLANTIN.

Sois ferme !

ADOLPHE, *à Léontine.*

Tu me rendras cette justice, Léontine, que je me suis toujours bien conduit avec toi... mais, cette fois-ci, je ne peux pas, je te jure que je ne peux pas...

LÉONTINE, *tout en jouant.*

Je ne te fais aucun reproche. Tu es dans ton droit. J'irai à l'hôtel, à l'hôtel meublé. Je te demande seulement la permission de rester encore quelques minutes pour attendre les commissionnaires. Je partirai avec eux.

ADOLPHE.

Quels commissionnaires?

LÉONTINE.

Ceux qui portent mes malles. Je leur avais donné ton adresse, moi. Mais, rassure-toi, ils ne monteront pas. Je vais dire à la femme de chambre de les guetter dans la rue.

PLANTIN, *regardant sa montre.*

Mes amis, je vous quitte... *(A Adolphe.)* J'ai un rendez-vous avec le ministre.

ADOLPHE.

Parle-lui de mon affaire, n'est-ce pas?

PLANTIN.

Je n'y vais que pour ça.

ADOLPHE.

Je devrais être sous-chef depuis trois ans, au moins.

PLANTIN.

Parbleu! je le sais bien.

ADOLPHE.

Crois-tu que je serai nommé bientôt?

PLANTIN.

Je l'espère!

ADOLPHE.

C'est mon tour, j'y ai tous les droits.

PLANTIN.

C'est ça qui nous retarde. Au revoir, Léontine.

LÉONTINE.

Au revoir, Plantin.

ADOLPHE, à Plantin.

Tu reviendras me dire la réponse du ministre?

PLANTIN.

Tout de suite.

ADOLPHE.

Où as-tu rendez-vous?

PLANTIN.

Au café. A tout à l'heure. *(Bas, en sortant, à Adolphe.)* Pas de faiblesse.

ADOLPHE, *même jeu.*

Je suis faible, c'est vrai, mais je ne suis pas idiot.

PLANTIN.

Au revoir, Léontine.

LÉONTINE.

Au revoir, Plantin !

SCÈNE IX

ADOLPHE, LÉONTINE.

LÉONTINE, *tout en jouant.*

Je n'ai pas de chance, décidément.

ADOLPHE.

Mais si... seulement tu n'es pas raisonnable et tu ne sais pas arranger la vie.

LÉONTINE.

Tu crois?

ADOLPHE.

Tu aurais besoin de bons conseils.

LÉONTINE.

Donne-m'en.

ADOLPHE.

Je t'en ai déjà donné... Je n'en ai plus.

LÉONTINE.

Moi qui me faisais une fête de venir chez toi, pendant quelques jours, me reposer ! Je viens d'être embêtée, d'avoir des ennuis de toutes sortes, des huissiers : ce n'est pas gai pour une femme. Je me disais : « Il est seul, en garçon, il ne reçoit personne, — car tu ne reçois personne? — En quoi est-ce que je le gênerais?... Au fond, malgré tout, il a un peu d'amitié pour moi, on est resté camarades. » Je m'étais trompée, voilà tout.

ADOLPHE, ému.

Je t'ai expliqué.

LÉONTINE.

C'est bien. N'en parlons plus.

ADOLPHE, à part.

Non ! non, ce serait une gaffe un peu trop forte, cette fois-ci. (*Léontine s'appuie tout à coup sur le piano et se met à sangloter.*) Qu'est-ce que tu as?

LÉONTINE.

Rien... mais rien.

ADOLPHE.

Pourquoi pleures-tu?

LÉONTINE.

Ne t'en occupe pas.

ADOLPHE.

Voyons, ne te mets pas dans des états pareils.

Tu iras pendant quelques jours dans un hôtel, dans un hôtel convenable... Mon Dieu ! on n'en meurt pas... Si tu n'as pas d'argent, je t'en donnerai encore un peu... là...

LÉONTINE.

Dans une chambre d'hôtel... une femme seule... Je mourrais d'ennui... Je pleurerais toute la journée.

ADOLPHE.

Oh ! oh !

LÉONTINE.

Quand on a toujours eu un intérieur !

ADOLPHE, *mollement.*

Puisqu'ici ça n'est pas possible !

LÉONTINE.

Je me serais tenue tranquille, sans presque sortir... on ne m'aurait pas vue...

ADOLPHE.

Et tes petites amies seraient venues te relancer du matin au soir...

LÉONTINE.

D'abord aucune ne sait ton adresse.

ADOLPHE.

Ah !

LÉONTINE.

Excepté Juliette, qui est mon amie intime.

ADOLPHE.

C'est déjà trop.

LÉONTINE.

Et encore, je lui avais recommandé de ne venir me voir que si elle avait quelque chose de très intéressant à me dire.

ADOLPHE.

Elle sait qui je suis ?

LÉONTINE.

Oh ! non ! Juliette est mon amie intime, mais elle ne connaît rien de ma vie. Je lui ai dit que j'allais chez mon oncle. J'ai plus de tact que tu ne crois.

(Elle porte son mouchoir à ses yeux.)

ADOLPHE, *après un silence.*

Ecoute Léontine, si tu me promettais, si tu me jurais...

LÉONTINE.

Je te le jure, mon coco.

ADOLPHE.

Si j'étais sûr de ne pas avoir à me repentir...

LÉONTINE.

Puisque je te le jure?

ADOLPHE.

Je te donnerais bien l'hospitalité, le temps nécessaire pour...

LÉONTINE.

Pour me retourner. Ce ne sera pas long. Oh ! que je suis contente, mon petit Adolphe, que je suis contente !

(Elle lui saute au cou, puis elle va enlever son chapeau devant la glace.)

ADOLPHE.

Il est bien entendu que ce n'est que pour quelques jours ?

LÉONTINE.

Mais oui... Je n'abuse jamais, tu le sais bien.

(Un temps.)

ADOLPHE.

Je me ferai dresser un lit dans ce salon, toi, tu prendras ma chambre.

LÉONTINE.

Mais, je ne veux pas te priver de ta chambre, mon coco.

ADOLPHE.

Et toi, alors?

LÉONTINE, *riant.*

Que t'es bête!

ADOLPHE, *indigné.*

Oh!

LÉONTINE.

Qu'est-ce que ça aurait d'extraordinaire?

ADOLPHE.

Ma pauvre enfant, ma pauvre enfant, tu n'as pas l'air de te douter que tu me proposes une chose d'une immoralité effroyable.

LÉONTINE.

C'est immoral?

ADOLPHE

Oui... Oh! oui!

LÉONTINE.

Pourquoi?

ADOLPHE.

Ce serait trop long à t'expliquer, et d'ailleurs, je ne le sais pas moi-même.

LÉONTINE.

Je n'insiste pas... Je ne veux déranger en rien tes petites habitudes. Mais, tu sais, mon chéri, je ne suis pas une ingrate et je me rends très bien compte des sacrifices que tu fais pour moi.

ADOLPHE.

Inutile de parler de ça.

LÉONTINE.

Si, si, au contraire. Tu es un homme très délicat et très gentil avec ton air de rien. Quand je pense que tu as laissé prononcer le divorce en ma faveur...

ADOLPHE

Pour mauvais traitements et injures graves.

LÉONTINE.

On a cru que tu me battais. Ça peut t'empêcher un jour de te remarier.

ADOLPHE.

Je l'ai fait exprès.

LÉONTINE.

Tu as beau rire. Il n'y a peut-être personne, parmi les gens les plus chics que j'ai connus, qui serait capable de se conduire comme tu le fais.

ADOLPHE.

Oh !

LÉONTINE.

Je t'assure, ça a toujours été mon opinion, et même quand j'ai eu la bêtise de te tromper avec Emile, je n'avais pas pour lui le quart de l'estime que j'ai pour toi.

ADOLPHE.

Ce n'est pas la peine de rappeler... Ce qui est passé est passé.

(Il fait un mouvement, Léontine se lève.)

LÉONTINE.

Tout ça serait très triste si on y réfléchissait ; heureusement que moi j'ai une drôle de nature et je n'y réfléchis jamais.

ADOLPHE.

Oh ! ça ! Jamais.

LÉONTINE.

Mais, vois-tu, Adolphe, je n'oublierai pas comme tu as été bon... *(Allant de nouveau s'asseoir sur ses genoux.)* Et je voudrais qu'il t'arrivât un jour une histoire très désagréable, et dont moi seule

je pourrais te tirer. Je n'hésiterais pas, mon
coco, je reviendrais tout de suite.

(Elle l'embrasse longuement.)

ADOLPHE, *se levant brusquement.*

Ah! mais... Ah! mais... Où vais-je? Mon Dieu!
où vais-je?

LÉONTINE.

Qu'est-ce que tu as?

ADOLPHE.

Rien.

LÉONTINE, *se rapprochant.*

Mais...

ADOLPHE.

Eloigne-toi, je t'en prie! Eloigne-toi.

(Entre Virginie.)

SCÈNE X

LES MÊMES, VIRGINIE.

VIRGINIE.

Monsieur!

ADOLPHE.

Quoi?

VIRGINIE.

Deux commissionnaires avec des malles.

LÉONTINE.

Ah! Je sais!...

(Elle sort.)

VIRGINIE.

Monsieur!

ADOLPHE, *impatient.*

Quoi? Quoi?

VIRGINIE.

Que dois-je faire de ces deux commissionnaires?

ADOLPHE.

Ce que vous dira madame.

VIRGINIE, *rageant.*

Bon ! *(Elle sort en disant :)* C'est trop fort !

SCÈNE XI

ADOLPHE, *seul, puis* VIRGINIE.

ADOLPHE, *seul.*

Quelle brute je fais !... Quelle brute ! Ah bien !
je suis dans une jolie situation... Voyons, voyons,
un peu de sang-froid. Je ne peux pas renvoyer
Léontine, maintenant. Je ne le peux pas. Il faut
trouver autre chose.

(Rentre Virginie.)

VIRGINIE, *tendant la main.*

De l'argent, monsieur ?

ADOLPHE.

Pourquoi ?

VIRGINIE.

Pour les commissionnaires, naturellement.

ADOLPHE.

Voilà.

VIRGINIE.

Que dois-je dire à la concierge ?

ADOLPHE.

Rien ! Vous entendez ? Rien !

VIRGINIE.

Pardon, monsieur. Il faut bien que je lui donne
une explication au sujet de madame. Elle croit,

comme tout le quartier, que monsieur est garçon. Or, on a vu entrer une femme ici, et puis des malles. Ça a déjà fait un scandale... Toutes les bonnes sont sur le palier... Que dois-je répondre, quand on me demandera qui est cette dame ?

ADOLPHE.

Répondez ce que vous voulez, ça m'est bien égal.

VIRGINIE.

Oh! à moi aussi, dans ce cas. Je dirai que monsieur est divorcé... que madame est madame... que...

ADOLPHE.

Pas de potins, je vous prie... Dites n'importe quoi, que c'est ma nièce, une nièce de province.

VIRGINIE.

Qui sort du couvent?

ADOLPHE.

C'est cela.

VIRGINIE.

Jamais la concierge ne voudra le croire.

(Entre Léontine.)

SCÈNE XII

LES MÊMES, LÉONTINE.

LÉONTINE.

Virginie, on vous attend... Ah! j'oubliais... Adolphe, veux-tu me donner un louis?

ADOLPHE.

Mais...

19

LÉONTINE.

C'est pour acheter des fleurs... Donne vite.

(Adolphe, résigné, donne le louis.)

VIRGINIE, à part.

Elle dit toujours un louis... C'est vingt francs.

LÉONTINE.

Tenez, Virginie, envoyez ma femme de chambre chez le fleuriste du coin, m'acheter des fleurs.

VIRGINIE.

Vingt francs de fleurs !

LÉONTINE.

Dépêchez-vous, ma petite Virginie.

ADOLPHE, à Virginie qui hésite.

Allez !

(Sort Virginie.)

LÉONTINE.

C'est vrai, ton appartement est d'un triste...

ADOLPHE.

Je ne m'en étais jamais aperçu.

LÉONTINE.

Il faut l'égayer... Tu as deux vases sur la cheminée, ils ne sont même pas mal et tu ne mets pas de fleurs dedans !... Oh ! ces hommes !... C'est comme le piano ! il devrait être en coin, le piano, et non de face.

ADOLPHE.

Parfaitement, changeons le piano. *(A part.)* Ça commence, ça commence. *(Haut, avec un air résigné.)* Et le canapé, tu ne vois rien pour le canapé ?...

LÉONTINE, examinant.

Le canapé ? Il n'est pas à sa place... Voilà où on le mettra, le canapé.

(Elle désigne l'endroit opposé.)

ADOLPHE, *même jeu.*

C'est ça ! A la place du piano !... Et le piano à la place de la table ! Et la table à la place du fauteuil. Dérangeons tout !... tout !...

LÉONTINE, *très gaie.*

Oui... Oh ! oui... dérangeons...

ADOLPHE.

Mettons tous les meubles sens dessus dessous !... Chambardons ! Va, ne te gêne pas... Tu es dans ton rôle, je n'ai rien à te dire... Tu fais ce que tu dois faire, ça m'apprendra !

(Bruit de voix et éclats de rire dans l'antichambre. La porte s'ouvre brusquement. Paraissent Isabelle et Juliette, très élégantes, un peu excentriques.)

SCÈNE XIII

LES MÊMES, JULIETTE, ISABELLE.

JULIETTE, *allant embrasser Léontine.*

Ah ! ma chère, quelle drôle de maison ! La concierge a couru après nous dans l'escalier... Ah ! ah !

ISABELLE, *embrassant également Léontine.*

Oui, ma chère, elle a couru après nous.

LÉONTINE.

Quelle surprise ! Vous êtes bien gentilles...

ADOLPHE, *à part.*

Qu'est-ce qui va encore arriver ?

LÉONTINE.

Au fait... *(A Adolphe.)* Mon oncle, je vous présente mademoiselle Juliette Primeur et made-

moiselle Isabelle de Verneuil, deux bonnes amies
à moi.

JULIETTE, *serrant la main à Adolphe.*

Enchantée, monsieur.

ISABELLE, *également.*

Enchantée, monsieur... Léontine nous a parlé
de vous...

JULIETTE.

Souvent... Nous sommes amies intimes avec
votre nièce. Nous n'avons pas de secrets l'une
pour l'autre...

ADOLPHE.

Alors, comme vous devez avoir beaucoup de
choses à vous raconter, je vous demande la permission, mesdames...

ISABELLE ET JULIETTE.

Au revoir, monsieur... Au revoir... Très heureuses d'avoir fait votre connaissance.

ADOLPHE, *sortant, à part.*

Allons !... de la décision... ou je suis perdu !

SCÈNE XIV

LÉONTINE, JULIETTE, ISABELLE.

ISABELLE.

Ton oncle est un homme charmant, ma chère,
mais il ne s'agit pas de ça. Nous sommes venues
parce que nous avons une bonne nouvelle à t'apprendre.

LÉONTINE.

Voyons.

JULIETTE.

Nous connaissons quelqu'un qui est amoureux
fou de toi !...

ISABELLE.

Oui, ma chère, amoureux fou !

LÉONTINE.

Vraiment ? Et qui donc ?...

JULIETTE.

Un homme très bien !

ISABELLE.

Un baron...

JULIETTE.

Le baron de la Jambière, qui est très riche et qui possède des propriétés immenses dans le Poitou.

LÉONTINE.

Le baron de la Jambière ?... Il me semble, en effet !...

JULIETTE.

Tu dois te rappeler : je te l'ai présenté cet hiver à une soirée chez moi.

LÉONTINE.

Un petit... assez gros...

ISABELLE.

Il est charmant.

LÉONTINE.

Il est amoureux de moi depuis ce temps-là ?

JULIETTE.

Oui, ma chère.

LÉONTINE.

Pourquoi ne me l'a-t-il pas dit ?

JULIETTE.

Il n'a pas osé, il est très timide. Et d'ailleurs, tu étais avec Brunoy. Alors il est rentré dans sa province, désespéré.

LÉONTINE.

Et il est revenu ?

JULIETTE.

Hier. Il s'est précipité chez moi pour savoir ce que tu devenais. Je lui ai dit que tu avais lâché ton amant. Une autre, à ma place, n'aurait pas manqué de dire que c'était ton amant qui t'avait lâchée ! mais moi, je suis une bonne camarade.

ISABELLE.

Et moi aussi.

LÉONTINE.

Je vous remercie toutes les deux.

JULIETTE.

Il fallait voir dans quel état il était, ce pauvre homme, pendant que je lui racontais tout ça... Il rayonnait, ma chère, il n'y a pas d'autre mot. « Alors elle est libre, s'est-il écrié ! Je vais pouvoir lui faire ma cour!... » Il a de ces expressions-là, ma chère, de ces bonnes expressions d'autrefois qui sentent la province. Mais ne disons pas de mal des gens de la province. Sans eux, nous ne pourrions pas habiter Paris.

LÉONTINE.

Enfin ?

JULIETTE.

Enfin, il ne songe qu'à te voir. Il m'a suppliée de lui dire où tu demeurais maintenant.

LÉONTINE.

J'espère que tu ne lui as rien dit ?

JULIETTE.

Je ne lui ai rien dit d'abord, parce que tu m'avais recommandé d'être discrète. Mais comme il insistait avec des larmes dans la voix, de vraies larmes, tu sais, j'ai fini par le lui dire tout de même et je crois que je t'ai rendu service. Il m'a envoyé cette bague hier soir pour me remercier... Attends-toi donc à sa visite d'un moment à l'autre.

LÉONTINE.

Ici?

JULIETTE.

Mais oui, ici.

LÉONTINE.

Je regrette, mais je ne pourrai pas le recevoir. Je ne suis pas chez moi.

JULIETTE.

Si tu ne le reçois pas, tu auras tort. Le baron est un homme très bien élevé que tu peux parfaitement présenter à ton oncle.

ISABELLE.

Et plutôt deux fois qu'une.

JULIETTE.

Et en outre, c'est un homme dont tu feras tout ce que tu voudras. Il est jeune, il est riche, il est naïf et il est emballé... Or, un homme naïf qui est emballé, c'est le rêve. Voilà ce que je n'ai jamais pu trouver.

ISABELLE.

Ni moi non plus.

JULIETTE.

Crois-moi. Ne... décourage donc pas celui-là, c'est un conseil d'amie que je te donne.

LÉONTINE, *avec dignité.*

Je verrai ce que j'ai à faire.

(Entre Plantin.)

SCÈNE XV

Les Mêmes, PLANTIN.

PLANTIN, *étonné.*

Ah bah!

LÉONTINE.

Rebonjour, mon cher monsieur Plantin.

PLANTIN.

J'ai un mot à dire à Adolphe. Est-ce qu'il est
encore là ?

LÉONTINE.

Mais oui... mais oui... *(Présentant Isabelle et Juliette.*
Monsieur Plantin, député. Deux bonnes amies à
moi.

JULIETTE.

Oh ! Je connais bien monsieur... Je vous ai vu
l'autre jour à la Chambre.

PLANTIN.

Quel jour, mademoiselle ?

JULIETTE.

Le jour où vous êtes monté sur votre pupitre
et où vous avez donné un si gros coup de poing
à... Qui était ce député à qui vous avez donné un
coup de poing ?

PLANTIN.

Ma foi, je l'ai oublié.

ISABELLE.

Vous avez été superbe.

PLANTIN.

Vous y étiez aussi, mademoiselle ?

ISABELLE.

Je vous crois.

JULIETTE, *tendant la main à Plantin.*

Au revoir, Plantin.

PLANTIN, *surpris.*

Au revoir, mademoiselle.

ISABELLE.

Au revoir, Plantin.

PLANTIN.

Au revoir, mademoiselle.

(Elles sortent toutes les deux, reconduites par Léontine en parlant toutes ensemble.)

SCÈNE XVI

PLANTIN, *seul, puis* ADOLPHE.

PLANTIN, *seul.*

Ah! ça, est-ce que?...
(Entre Adolphe à droite.)

ADOLPHE.

Ah! mon ami...

PLANTIN.

Quoi?

ADOLPHE.

J'ai fait la gaffe, l'énorme gaffe.

PLANTIN.

Tu as été assez bête?...

ADOLPHE.

Léontine s'est mise à pleurer à chaudes larmes. J'ai eu une seconde d'émotion, d'une stupide émotion et je l'ai laissée s'installer ici!... Mais ne récriminons pas. Elle est faite la gaffe, il s'agit de la réparer. Plantin, donne-moi une idée.

PLANTIN.

Je ne demanderais pas mieux. Mais je suis justement obligé de partir tout de suite...

ADOLPHE.

Tu pars! tu m'abandonnes! Où vas-tu?

PLANTIN.

Dans ma circonscription de Châtellerault pour quelques changements de fonctionnaires...

ADOLPHE, *un temps.*

Plantin, je vais voir si tu es un ami véritable !

PLANTIN.

Tu en doutes ?

ADOLPHE.

Emmène-moi !

PLANTIN.

Mais je ne demande pas mieux.

ADOLPHE.

Emmène-moi. C'est le seul moyen. Tant que je resterai à Paris, je ne me débarrasserai jamais de cette sacrée petite femme, je le sens.

PLANTIN.

Tu as raison.

ADOLPHE.

Je laisserai Léontine avec Virginie, ça m'est égal, tant que je n'y suis pas ! Oh ! la province !... Tiens, tu ne sais pas ?... tu devrais me trouver un poste là-bas, une petite place... N'importe quoi.

PLANTIN.

Mais oui. Voilà ton affaire.

ADOLPHE.

Être fonctionnaire en province ?... Quel rêve !

PLANTIN.

Je vais y songer.

ADOLPHE.

En attendant, filons ! C'est le plus pressé.

PLANTIN.

Il faut que je passe chez moi.

ADOLPHE.

Le temps de faire ma valise... *(Entre Léontine.)*

SCÈNE XVII

Les Mêmes, LÉONTINE, puis VIRGINIE.

ADOLPHE.

Léontine?...

LÉONTINE.

Mon ami ?...

ADOLPHE.

Plantin vient de m'apprendre une nouvelle qui
me force à quitter Paris à l'instant même.

LÉONTINE, lui prenant les deux mains.

Pas une mauvaise nouvelle, au moins?

ADOLPHE.

Au contraire, une bonne.

LÉONTINE.

Tant mieux, mon coco, tant mieux. Et où t'en
vas-tu ?

ADOLPHE, hésitant.

Dans le Midi.

PLANTIN.

En Algérie...

ADOLPHE.

Nous pousserons probablement jusqu'en Algérie.

LÉONTINE.

Si loin ! Et quand reviendrez-vous?

ADOLPHE.

Je l'ignore... Nous ne sommes pas encore fixés.
Je n'ai pas besoin de te dire que tu pourras habiter ici pendant quelque temps... Je te l'ai promis,
je tiens ma parole. Je te laisserai Virginie et une
petite somme que Plantin va me prêter.

PLANTIN.

Oui ! oui.

ADOLPHE, à *Léontine.*

Je te recommande seulement de ne pas casser trop de choses.

LÉONTINE.

Je te le promets.

ADOLPHE.

Et de faire le moins de bruit possible dans les escaliers.

LÉONTINE.

D'ailleurs, j'espère ne pas t'être à charge bien longtemps. Il y a un monsieur...

ADOLPHE.

Chut ! tu ne dois pas dire ces choses-là à moi. Quand tu t'en iras, tu préviendras simplement Virginie. Je le saurai par elle.

LÉONTINE.

Tu ne veux pas que je t'écrive ?

ADOLPHE.

C'est inutile. J'ignore où je me fixerai.

PLANTIN, *regardant sa montre.*

Il faudrait nous dépêcher.

ADOLPHE.

Cinq minutes, seulement. *(A Virginie, qui entre avec des fleurs à la main.)* Virginie, ma valise, mon chapeau de voyage, mon paletot.

VIRGINIE, *étonnée.*

Monsieur part ?

ADOLPHE.

Oui, je pars. Allez ! Dépêchez-vous. Ma valise ! Des chemises... Enfin tout ce qu'il faut pour un voyage.

VIRGINIE.

J'y vais, monsieur. J'y vais.

(Elle sort par la droite.)

ADOLPHE, à Plantin.

Plantin, veux-tu me prêter ?...

PLANTIN, donnant des billets à Adolphe.

Prends.

ADOLPHE, prenant des billets et les donnant à Léontine.

Tiens, Léontine !

LÉONTINE, embrassant Adolphe.

Merci, mon chéri, merci.

ADOLPHE.

Auras-tu assez ?

PLANTIN, retirant son portefeuille.

Oui.

LÉONTINE.

Bien assez. Et puis j'économiserai.

ADOLPHE.

Oui. Sois raisonnable. Tu peux encore, en étant raisonnable, mener une existence très heureuse, surtout avec le caractère un peu... insouciant que tu as.

LÉONTINE.

Mon Dieu ! En aurai-je fait des bêtises !

ADOLPHE.

C'est vrai. Mais tu as des excuses, tu as même plus d'excuses que tu ne crois. Maintenant, Léontine, nous allons nous séparer et il est très probable que nous ne nous reverrons pas avant longtemps.

LÉONTINE, émue.

Ça me fait beaucoup de peine, tu sais, mon coco.

ADOLPHE.

A moi aussi. Mais que veux-tu? Tu as tes
occupations. J'ai les miennes. Elles sont trop
différentes pour que nous nous rencontrions souvent. Pense à l'avenir, ma petite Léontine. Dis-
toi que tu ne seras pas toujours jeune et jolie
comme aujourd'hui, et prends l'habitude de
réfléchir à ce que tu fais.

LÉONTINE.

Ce qu'il me faudrait, vois-tu, ce serait de trouver encore un garçon comme toi, un bon garçon
comme toi, avec qui je me remarierais.

ADOLPHE.

Tout arrive.

(Revient Virginie avec une valise entr'ouverte.)

VIRGINIE.

Si monsieur veut vérifier.

ADOLPHE.

Voyons... *(Il regarde.)* C'est bien. Ah! Virginie,
pendant mon absence, vous vous tiendrez à la
disposition de madame.

VIRGINIE.

Comment, madame ne part pas avec monsieur?

ADOLPHE.

Pas d'observations, n'est-ce pas? Oui, madame
reste ici, et je vous prie de lui obéir. D'ailleurs,
je vous écrirai.

LÉONTINE.

Ne faites donc pas les gros yeux, Virginie. Nous
nous entendrons très bien, toutes les deux.

VIRGINIE.

Puisque monsieur l'exige.

(Elle sort.)

PLANTIN.

Tu as tout ce qu'il te faut? Hâtons-nous.

ADOLPHE.

Mon chapeau, mon pardessus. *(On sonne.)* Encore quelqu'un.

LÉONTINE.

C'est peut-être une visite pour moi.

ADOLPHE, *prêtant l'oreille.*

Écoutons.

VIRGINIE, *rentrant avec une carte et sur un ton agresssif.*

Deux messieurs demandent madame.

(Elle remet la carte à Léontine.)

ADOLPHE, *à Léontine.*

Tu vois comme je fais bien de m'en aller. *(Prenant sa valise.)* Nous allons passer par l'escalier de service. *(Il embrasse Léontine sur le front.)* Adieu, Léontine.

LÉONTINE.

Adieu, mon chéri! adieu Plantin.

(Elle serre la main à Plantin.)

ADOLPHE, *sortant avec Plantin.*

Au revoir, Virginie. Je vous écrirai de là-bas. *(A part en sortant.)* Cette fois-ci, je suis sauvé!

VIRGINIE, *à Léontine.*

Et ces messieurs?

LÉONTINE.

Faites les entrer. Je reviens.

(Elle sort par la porte de la chambre.)

VIRGINIE, *seule.*

Aujourd'hui, il en vient deux. Demain il en viendra quatre. *(Allant à gauche.)* Entrez, messieurs.

(Elle introduit le baron et Anatole et sort.)

SCÈNE XVIII

LE BARON, ANATOLE.

(Le baron, en entrant, s'essuie le front. Il a l'air ému, troublé. Il va s'asseoir ou plutôt tomber sur un fauteuil.)

ANATOLE.

Qu'est-ce que vous avez encore, mon cher baron?

LE BARON.

C'est mon émotion qui me reprend. L'idée de voir cette femme, de lui parler, me paralyse absolument.

ANATOLE.

A votre âge!...

LE BARON.

Oui, mon ami, à trente-six ans, voilà où j'en suis! Moi qui me suis brouillé avec la marquise. ma tante et avec toute la noblesse du pays à cause de mes opinions avancées, moi qui ai parlé dans les réunions publiques!...

ANATOLE.

Vous parlez même très bien.

LE BARON.

Je parle admirablement. Je pourrais parler deux heures de suite. Eh bien, dès que je suis en présence d'une femme qui me plaît, je balbutie, je ne trouve plus mes mots, je me sens redevenir un petit garçon timide. C'est tout ce qui me reste de mon éducation première.

ANATOLE.

Je vous ai pourtant vu deux ou trois fois très brillant, très entreprenant.

LE BARON.

Oh! avec les femmes qui ne me plaisent pas, ça va tout seul.

ANATOLE.

Et celle-ci vous plaît?

LE BARON.

Follement. Depuis cette soirée de l'hiver dernier, chez Juliette Primeur, je ne me suis pas réveillé un seul jour sans penser à elle. Et je ne vais pas savoir quoi lui dire dans un instant!...

ANATOLE.

Dites-lui ça.

LE BARON.

Non, pas aujourd'hui, c'est trop tôt. Aujourd'hui, je me contenterai de l'inviter à dîner. Pensez-vous qu'elle acceptera?

ANATOLE.

Mais oui. Rappelez-vous ce que vous ont dit ces demoiselles et soyez vibrant.

LE BARON.

Je tâcherai. Si je dis des bêtises, vous viendrez à mon secours... Vous êtes un professeur, vous, un homme d'études! Le sang-froid ne vous abandonne jamais.

ANATOLE.

Rarement.

LE BARON, *lui serrant la main.*

Vous savez, vous vous conduisez comme un véritable ami, en m'accompagnant dans cette circonstance délicate. Tout seul, je n'aurais jamais osé. *(Entre Léontine.)* Ah! c'est elle!

SCÈNE XIX

Les Mêmes, LÉONTINE.

LÉONTINE, *très digne, très femme du monde,*
pendant toute la scène.

Messieurs, donnez-vous la peine de vous asseoir.

LE BARON, *embarrassé.*

J'ai déjà... déjà... eu... l'honneur, mademoiselle...

LÉONTINE, *rectifiant.*

Madame...

LE BARON.

Oh! mille pardons... Je croyais... j'ignorais...

LÉONTINE.

Je suis mariée, monsieur.

LE BARON.

Que d'excuses, mademois... madame!

LÉONTINE.

Quand je dis que je suis mariée, je veux dire que je l'ai été. Je suis divorcée.

LE BARON.

Vous me voyez navré... véritablement navré d'une confusion, qui...

LÉONTINE.

Il n'y a pas de mal, monsieur. Vous n'étiez pas obligé de connaître ce détail. Je suis divorcée d'avec monsieur Adolphe Dubois, commis principal au ministère de l'Instruction publique... et des Cultes... Il ne me reste plus qu'à savoir ce qui me vaut le plaisir de votre visite.

LE BARON.

Oui! oui!... Oui! oui!

LÉONTINE, *à part.*

Il a l'air idiot, ce monsieur.

LE BARON.

Je suis le baron Édouard de la Jambière...
Peut-être vous rappelez-vous mon nom?

LÉONTINE.

Je me le rappelle très bien. J'ai la mémoire
des noms.

(Elle se tourne vers Anatole.)

LE BARON.

Ah! permettez-moi, madame, de vous présenter
monsieur Anatole Grimard, mon ami, un de nos
plus savants professeurs.

ANATOLE.

Le baron est trop aimable, madame... Je suis
un simple professeur de province.

LÉONTINE, *regardant Anatole, à part.*

Celui-là est mieux... *(Haut.)* Professeur de quoi?

LE BARON.

D'agriculture. *(Frappant sur l'épaule d'Anatole et s'ex-*
primant avec la plus grande facilité.) Mon ami Grimard
a inventé une maladie nouvelle de la vigne, un
mélange du phylloxéra et de l'oïdium. C'est un
garçon très sérieux. Nous allons le faire décorer
du Mérite agricole.

LÉONTINE, *tendant la main à Anatole.*

Mes compliments, monsieur. J'aime beaucoup
les gens sérieux.

ANATOLE.

Vous intéresseriez-vous par hasard, madame,
aux choses de l'agriculture?

LÉONTINE.

Passionnément. Mon rêve serait de vivre dans une ferme, au milieu de mes lapins et de mes poules. J'adorerais avoir aussi une vache et une chèvre.

ANATOLE.

Ces idées-là sont très rares chez les Parisiennes.

LÉONTINE.

Ce sont mes idées, à moi.

LE BARON, à part.

Elle est délicieuse, délicieuse !...

ANATOLE.

Le baron possède justement des fermes immenses.

LE BARON.

Cinq fermes.

LÉONTINE.

Où cela ?

LE BARON.

Dans le Poitou.

LÉONTINE.

En province ?

LE BARON.

En pleine province. Et si... vous... voulez... me faire l'honneur... de venir les visiter ?...

LÉONTINE.

Je ne dis pas non.

LE BARON.

Quand ?

LÉONTINE.

Un jour que je passerai par là.

LE BARON.

Alors, vous me promettez ?

LÉONTINE.

Je vous le promets. *(A Anatole.)* Et vous, monsieur, vous habitez aussi le Poitou ?

ANATOLE.

Le Poitou, oui, madame.

LÉONTINE, *riant.*

Et vous venez de temps en temps faire la fête à Paris ?

ANATOLE.

Moi ! Ah ! non, par exemple !

LÉONTINE.

Et vous avez bien raison.

ANATOLE.

C'est le baron qui fait la fête.

LÉONTINE, *avec mépris.*

Ah !

LE BARON.

C'est-à-dire que j'ai fait la fête... jusqu'au... jour... où j'ai rencontré...

LÉONTINE, *l'interrompant.*

J'ai horreur des gens qui ne songent qu'à s'amuser, je ne vous le cache pas.

(Elle est en ce moment près du piano et s'assoit sur le tabouret.)

LE BARON, *à part, à Anatole.*

La conversation tombe. Je sens que la conversation va tomber. *(Haut.)* Vous êtes musicienne, madame, naturellement.

LÉONTINE.

Un peu.

LE BARON.

Vous devriez nous jouer quelque chose.

LÉONTINE.

Le piano n'est pas accordé. Il y a un mois que l'accordeur doit venir et qu'il ne vient pas.

LE BARON, *riant.*

Les accordeurs ne viennent jamais... Ah! ah!... *(Il rit bêtement, bas à Anatole pendant que Léontine fait des gammes.)* Mon ami, je deviens stupide. Je ne trouve rien à dire.

ANATOLE, *bas.*

Figurez-vous que vous êtes dans une réunion publique.

LE BARON, *même jeu.*

Invitez-la à dîner. Venant de vous, ça n'aura pas l'air...

ANATOLE; *même jeu.*

Il faut un joint... *(Réfléchissant.)* Attendez, j'en ai un.

(Léontine vient de terminer une gamme.)

LE BARON, *applaudissant.*

Bravo! bravo! c'est charmant! *(Bas à Anatole.)* Allez!

ANATOLE, *s'avançant vers Léontine.*

Madame, nous allons avoir le regret de prendre congé de vous.

LE BARON, *à part.*

Il appelle ça un joint!

LÉONTINE.

Messieurs...

ANATOLE.

Nous permettez-vous, madame, de venir vous présenter nos hommages avant notre départ?

LÉONTINE, *très gracieuse, lui tendant la main.*

Certainement, monsieur.

ANATOLE.

Mille fois aimable. Et votre amabilité même

m'enhardit à vous demander une faveur, une grande faveur.

LÉONTINE.

Voyons ? Quelle est cette faveur ?

ANATOLE.

C'est de vouloir bien dîner avec le baron et moi un de ces soirs. Nous causerons agriculture.

LE BARON.

Bien, très bien.

LÉONTINE, *un instant de réflexion.*

Je ne dis pas non.

ANATOLE.

Mais j'y pense... Pourquoi pas ce soir ?

LÉONTINE, *gaiement.*

Va pour ce soir !

ANATOLE, *tirant sa montre.*

Il va être l'heure.

LÉONTINE.

Je vais mettre mon chapeau.

(*Elle va à la cheminée tirer le cordon de sonnette.*)

ANATOLE, *bas au baron.*

J'ai fini par la décider.

LE BARON, *même jeu.*

Oui, merci !

LÉONTINE, *à Virginie, qui a traversé la scène pendant ces trois répliques.*

Virginie... Mon chapeau, celui que j'avais en venant. Il est dans la chambre.

VIRGINIE.

Madame sort ?

LÉONTINE.

Oui, Virginie. Tenez, apportez-moi donc aussi

le grand chapeau qui est dans le carton, avec une grande plume.

VIRGINIE, allant à droite.

Est-ce qu'elle va mettre deux chapeaux ?

LÉONTINE, à Anatole.

Et où allons-nous dîner ?

LE BARON.

Où vous voudrez.

(Rentre Virginie avec les deux chapeaux, dont l'un très excentrique.)

LÉONTINE, mettant devant la glace l'autre chapeau, celui qu'elle avait en entrant.

Si on dînait aux Ambassadeurs ?

LE BARON.

C'est ça, aux Ambassadeurs.

LÉONTINE.

Là, je suis prête ! <i>(Prenant l'autre chapeau et à Virginie.)</i> Tenez, Virginie, voilà pour vous !

VIRGINIE.

Ça !

LÉONTINE.

Je vous le donne. — Messieurs, quand il vous plaira ?

(Mouvement de sortie de Léontine et des messieurs.)

LE BARON, à Anatole.

Vous voyez cette petite femme-là, n'est-ce pas ? Vous la voyez ?... Eh bien ! elle me fera faire tout ce qu'elle voudra !... tout ce qu'elle voudra !

ACTE II

A Châtellerault.

Dans le cabinet d'Anatole. — Bibliothèques. — Vitrines dans lesquelles se trouvent des plantes, des ceps de vignes. — Porte au fond, un peu vers la gauche, — porte à droite. — A gauche, premier plan, une autre porte. — Fenêtre au fond, entre les deux portes.

SCÈNE PREMIÈRE

La Bonne, LA MARQUISE, HORTENSE,
puis encore La Bonne.

LA BONNE.

Si madame la marquise veut entrer?

LA MARQUISE.

Dites-moi, mon enfant, votre maître n'est pas là?

LA BONNE.

Non, madame la marquise. Monsieur le professeur va rentrer dans un instant.

LA MARQUISE.

Eh bien! nous allons l'attendre. Veuillez le prévenir dès qu'il sera de retour. *(La bonne salue et sort. — A Hortense.)* Qu'est-ce que vous me chantez là? Vous avez failli être écrasée hier, par une voiture, à Châtellerault.

HORTENSE.

Il ne s'en est pas fallu de beaucoup. Si un monsieur ne m'avait pas retenue d'une main, pendant que, de l'autre, il arrêtait le cheval, j'étais perdue!...

LA MARQUISE, *haussant les épaules.*

Et qui était-ce, ce monsieur? Un beau jeune homme, je suppose...

HORTENSE.

Non, ma tante, il n'était pas beau, ni même de la première jeunesse, mais c'est un homme très courageux.

LA MARQUISE.

Comment s'appelle-t-il?

HORTENSE.

Il n'a pas voulu me donner son nom. Il s'est modestement dérobé à ma reconnaissance.

LA MARQUISE.

Vous parlez comme un fait divers. Enfin, vous n'avez pas eu de mal?

HORTENSE.

Non, ma tante. J'ai seulement perdu dans la bagarre une petite sacoche.

LA MARQUISE.

Si vous ne marchiez pas dans les rues comme une écervelée, vous ne seriez pas exposée à être sauvée par le premier venu... Ce professeur se moque du monde à la fin!... Ils ont des professeurs d'agriculture, maintenant! Aussi, mes terres qui rapportaient quarante-cinq mille

francs il y a trente ans, n'en rapportent plus
que dix-huit mille à dix-huit mille cinq cents.
Voilà ce que la République a fait de mes vignes.

HORTENSE.

Croyez-vous, ma tante, que ce soit la République?

LA MARQUISE.

Et qui voulez-vous que ce soit? Sans compter
qu'on vient de découvrir une maladie nouvelle,
presque aussi grave que le phylloxéra, et avec
ma chance habituelle, je l'ai immédiatement
attrapée.

HORTENSE.

Vous, ma tante?

LA MARQUISE.

Non, pas moi. Vous êtes idiote, mon enfant.

HORTENSE.

Merci, ma tante.

LA MARQUISE.

Et alors, je viens voir ce professeur. C'est lui
qui a trouvé la maladie... Une drôle d'idée qu'il
a eue!

HORTENSE.

S'il ne l'avait pas trouvée, elle existerait tout
de même.

LA MARQUISE.

Ce n'est pas sûr. Enfin! espérons qu'il aura
trouvé aussi le moyen de la guérir.

HORTENSE.

Espérons-le, ma tante.

LA MARQUISE.

Je ne vous en remercie pas moins, mon enfant,
d'être venue poser avec moi, chez ce savant.

HORTENSE.

Je crois qu'il a son cours aujourd'hui.

LA MARQUISE.

Au fait, vous le connaissez très bien, vous?

HORTENSE.

C'est un ami intime d'Edouard.

LA MARQUISE.

Voyez-vous quelquefois cet imbécile?

HORTENSE.

Qui?

LA MARQUISE.

Votre cousin, le baron de la Jambière, mon neveu.

HORTENSE.

Presque tous les jours. Nos propriétés se touchent, et il est précisément à Châtellerault aujourd'hui, avec sa...

LA MARQUISE, *l'empêchant d'achever.*

Avec vous.

HORTENSE.

Vous serait-il agréable de le rencontrer, ma tante?

LA MARQUISE.

En aucune façon.

HORTENSE.

Vous l'aimez bien, pourtant, votre neveu...

LA MARQUISE.

Il m'est devenu complètement indifférent. Vous pouvez le lui dire de ma part. En outre, il a une manière de vivre et des idées qui m'interdisent, désormais, de le recevoir chez moi, ou de me présenter chez lui. Un baron de la Jambière!

Un des rares titres authentiques de notre vieille
noblesse du Poitou !... Tenez, j'aime mieux ne
plus parler de ça...

HORTENSE.

Je vous affirme, ma tante...

LA MARQUISE.

D'ailleurs, vous avez les mêmes idées que
votre cousin. Il est naturel que vous le défen-
diez. Qu'est-ce que la noblesse pour vous ?
Qu'est-ce qu'un titre ? Des chimères n'est-ce
pas ?

HORTENSE.

Pas tout à fait... Cependant...

LA MARQUISE.

Cependant, quoi ? Vous êtes née Versac, comme
moi. Vous êtes la fille de mon frère. Et vous en
êtes arrivée à vous appeler madame Silvain,
veuve d'un monsieur Silvain, conseiller de pré-
fecture ! Et quand vous vous remarierez, ce sera
avec quelque employé des contributions ou
quelque magistrat ! Car vous avez la spécialité
d'épouser des fonctionnaires.

HORTENSE.

Ne dirait-on pas que j'en ai épousé une dou-
zaine !

LA MARQUISE, *à la bonne qui entre avec des journaux.*

Mademoiselle, vous direz à votre maître que je
l'ai attendu une demi-heure.

LA BONNE, *regardant la pendule.*

Le cours de monsieur va bientôt finir. Monsieur ne peut tarder.

LA MARQUISE.

Merci. J'en ai assez. Je repasserai tout à l'heure.
Venez-vous avec moi, Hortense ?

HORTENSE.

Avec plaisir, ma tante.

LA BONNE.

Je reconduis madame la marquise.

(Elle ouvre la porte de gauche et laisse passer la marquise. Hortense est restée un peu en arrière. La porte de droite s'ouvre, deuxième plan. Paraît le baron en veston, le pantalon relevé, avec des épingles de bicycliste, qu'il enlève pendant le courant de la scène.)

SCÈNE II

LE BARON, HORTENSE.

HORTENSE, *de l'autre bout de la scène et à voix basse.*

Bonjour... Edouard.

LE BARON, *haut.*

Tiens, Hortense !... Qu'est-ce que tu fais là ?

HORTENSE.

Chut ! Je suis avec ma tante.

LE BARON.

Toujours furieuse ?

HORTENSE,

Toujours.

VOIX DE LA MARQUISE, *par la porte entr'ouverte.*

Eh bien ! Hortense, que faites-vous ?

HORTENSE.

Me voici, ma tante. *(Au baron.)* Au revoir.

(Elle sort.)

SCÈNE III

LE BARON, puis LA BONNE, puis ANATOLE

LE BARON.

Cette bonne tante, il faut pourtant que je me réconcilie avec elle, un de ces jours. *(Entre la bonne.)* Bonjour, Ernestine.

LA BONNE, *allant ranger les lettres.*

Votre servante, monsieur le baron.

LE BARON, *lui tapotant les joues.*

Cette santé, Ernestine?

LA BONNE.

Excellente. Et la vôtre, monsieur le baron?

LE BARON, *montrant ses mollets.*

Regarde.

LA BONNE.

En effet.

LE BARON.

Le cours d'agriculture doit être fini?

LA BONNE.

Voici monsieur.

(Entre Anatole par la droite.)

LE BARON.

Cher ami...

ANATOLE.

Mon cher baron...

(Ils se serrent la main.)

LA BONNE, *à Anatole lui montrant les lettres.*

Le courrier, monsieur.

ANATOLE.

Il n'est venu personne?

LA BONNE.

Madame la marquise de Versac, qui repassera tantôt.

(Elle sort.)

ANATOLE.

La baronne n'est pas avec vous?

LE BARON.

Si fait. Nous arrivons ensemble de la Jambière.

ANATOLE.

Tous deux à bicyclette?

LE BARON.

Oui. La baronne fait de grands progrès.

ANATOLE.

C'est une affaire encore de quelques leçons.

LE BARON.

Aussi, je la force à venir à Châtellerault deux fois par semaine. Nous avons un très bon manège pas loin de chez vous.

ANATOLE.

Je le connais. Il est là.

(Il va à la fenêtre et fait un geste.)

LE BARON.

Dites donc, j'ai donné rendez-vous à ma femme ici : ça ne vous dérange pas?

ANATOLE.

Au contraire, je serai enchanté.

LE BARON.

Figurez-vous, mon cher, que je suis obligé d'aller à la Porcherie.

ANATOLE.

Votre ferme?

LE BARON.

J'ai des histoires avec Branchu, mon fermier. C'est assommant! Cet animal-là ne veut pas se servir de vos engrais chimiques. Ils sont d'un routinier dans ce pays-ci!

ANATOLE.

A qui le dites-vous?

LE BARON, *calculant.*

Voyons, trois quarts d'heure pour aller là-bas en chemin de fer... Autant pour revenir... Je peux être de retour avant cinq heures.

ANATOLE.

Facilement.

LE BARON.

Et vous? Pas de nouvelles de?...

(Il touche la boutonnière.)

ANATOLE, *qui a décacheté les lettres.*

Voici justement une lettre de mon ami du ministère. Il me demande si je ne pourrais pas faire signer une pétition, que j'ai préparée d'ailleurs, par les principaux propriétaires de la contrée.

LE BARON.

Mais nous signerons tous, mon bon ami. J'écrirai à Plantin, notre député. Je ferai signer ma tante, qui a plus d'influence qu'on ne croit.

ANATOLE.

Vous n'êtes donc plus brouillé avec la marquise?

LE BARON.

Nous sommes en froid, mais je me réconci-

21

lierai avec elle. C'est une très bonne femme, un
peu forte en... propos, mais elle m'adore. Seulement, elle est intraitable sur la question du divorce,
et quand je lui ai dit que j'épousais une femme
divorcée... Ah ! mon ami !

ANATOLE.

Vous pardonnera-t-elle un jour ?

LE BARON.

Certainement, mais ce sera dur. Elle n'a jamais
voulu recevoir ni même voir Léontine. D'ailleurs,
vous n'ignorez pas avec quelle simplicité s'est
fait notre mariage, sans aucune lettre de faire-
part. Léontine, un beau matin, quittait ce petit
appartement où elle vivait à Paris avec une vieille
bonne, et le soir même nous partions pour la
Jambière. *(Un temps.)* Hé ! parbleu, mon ami, je
ne suis pas un benêt et je ne me dissimule pas
qu'en épousant Léontine, j'ai contracté, au point
de vue des convenances mondaines, un mariage
assez incorrect.

ANATOLE.

Oh !

LE BARON.

Si ! si... Ne nous faisons pas d'illusions et vous
vous rappelez que j'ai hésité longtemps avant de
m'y décider.

ANATOLE.

Plus de huit jours.

LE BARON

C'est que je sentais que je jouais une grosse
partie... Léontine est charmante, certes... mais
son passé, mon ami, son passé, n'est pas à l'abri
de tout reproche, vous le savez aussi bien que
moi.

ANATOLE.

Il est rare que le passé d'une femme soit à l'abri de tout reproche.

LE BARON.

Évidemment. Aussi n'ai-je pas trop approfondi. Il s'agissait d'être heureux le plus rapidement possible...

ANATOLE.

Tout est là.

LE BARON.

D'autant plus qu'en y réfléchissant, j'en arrive parfois à me dire que je me suis bien exagéré les choses.

ANATOLE.

C'est aussi mon avis.

LE BARON.

Sous ses airs évaporés, Léontine a du sérieux et même une certaine raison.

ANATOLE.

Je l'ai remarqué comme vous.

LE BARON.

Ses petites défaillances sont infiniment excusables. Son premier mari, cet Adolphe Dubois, était un tel drôle !

ANATOLE.

Cela ne me surprend pas.

LE BARON.

Un débauché qui rentrait ivre chez lui, presque tous les soirs, et qui battait sa femme comme plâtre.

ANATOLE.

Oh ! oh !

LE BARON.

Le divorce a été prononcé contre lui pour injures et sévices graves. Je l'ai lu de mes yeux.

ANATOLE.

J'ignorais ce détail.

LE BARON.

Si jamais je le rencontre, ce que j'aurais du plaisir à lui flanquer une bonne paire de calottes!

ANATOLE.

Qu'est-il devenu?

LE BARON.

Il était employé dans un ministère. Maintenant, il habite l'Algérie, je crois. Léontine l'a tout à fait perdu de vue. Que vouliez-vous donc qu'elle fît en quittant cet être là, qui la laissait sans le sou?

ANATOLE.

Elle ne pouvait faire que ce qu'elle a fait. Et beaucoup d'autres à sa place ne se seraient pas conduites aussi bien.

LE BARON.

Evidemment... Voyez-vous, mon cher, les femmes sont ce que les font leurs maris... Je suis convaincu qu'avec moi, Léontine va changer du tout au tout.

ANATOLE.

Ce n'est pas douteux.

LE BARON.

Eh! mon cher, il faut être optimiste, sans quoi la vie n'est que soupçon et amertume.

(Entre Léontine par la droite; elle est dans un très élégant et très pudique costume de bicycliste couleur beige.)

SCÈNE IV

Les Mêmes, LÉONTINE.

LÉONTINE.

Me voici, mon coco! Je ne t'ai pas trop fait attendre?... *(Tendant la main à Anatole.)* Bonjour, monsieur Grimard.

ANATOLE.

Madame la baronne, je suis votre serviteur.

LE BARON.

Au fait, cher ami, il y a longtemps que je voulais vous dire cela. N'appelez donc plus ma femme madame la baronne... Que diable! il n'est pas nécessaire d'être aussi cérémonieux. N'est-ce pas, Léontine?

LÉONTINE.

Monsieur Grimard est assez notre ami...

LE BARON.

Certes, oui!

ANATOLE.

Je suis très flatté, mon cher baron, mais...

LE BARON.

Bon! Bon! Pas de manières entre nous. *(A Léontine.)* Où est ta bicyclette?

LÉONTINE.

Ma bicyclette! Elle est en bas, à la porte de la cour. Seulement, c'est bien ce que je te disais en route, le guidon est trop bas. Ça me fait mal aux poignets.

LE BARON.

Je vais l'arranger tout de suite.

LÉONTINE.

C'est ça.

LE BARON.

Ta clef anglaise ?

LÉONTINE.

Dans la sacoche.

LE BARON, à *Anatole, en sortant, à la porte,*

Tenez un instant compagnie à la baronne, je vous prie. *(Riant.)* Je dis ; la baronne, moi... mais à vous, je vous le défends. Pas de cérémonies ! pas de cérémonies !

(Il sort.)

SCÈNE V

ANATOLE, LÉONTINE.

(A peine la porte est-elle fermée que Léontine se jette au cou d'Anatole.)

ANATOLE.

Faites attention, malheureuse !

(Il s'éloigne.)

LÉONTINE.

Mon petit Anatole, voilà huit jours que je n'ai pas été seule avec toi !

(Elle veut se rapprocher.)

ANATOLE.

Au nom du ciel, soyez prudente ! Votre mari n'avait qu'à rentrer, nous étions pris.

LÉONTINE.

Il n'y a pas de danger. Je veux te voir aujourd'hui.

ANATOLE.

Mais c'est impossible !

LÉONTINE.

Si, Edouard restera toute l'après-midi à la Percherie. Dès qu'il sera parti, je reviendrai.

ANATOLE.

C'est d'une imprudence folle.

LÉONTINE.

Mais non, puisque je l'ai déjà fait plusieurs fois.

ANATOLE.

Il suffit d'une...

LÉONTINE.

Tais-toi, je le veux. Quand tu seras seul, tu feras notre signal habituel, tu ouvriras la fenêtre.

ANATOLE.

Mais...

LÉONTINE, avec autorité.

Tu ouvriras la fenêtre, je guetterai...

ANATOLE.

Je vous affirme, Léontine, que cette existence-là ne peut pas durer. Je suis un homme d'études, moi, un homme sérieux, je ne suis pas un viveur.

LÉONTINE.

Je t'aime parce que tu es un homme sérieux.

ANATOLE.

J'ai mes travaux... mes ambitions.

LÉONTINE.

Je t'aime pour ça aussi.

ANATOLE.

Et puis, croyez-vous que je n'aie pas de scrupules à tromper le baron qui a été parfait pour
moi?...

LÉONTINE.

Je t'aime pour tes scrupules. Je t'ai aimé le
premier soir que nous avons dîné ensemble, tous
les trois, aux Ambassadeurs, tu te rappelles? Au
lieu de me dire des bêtises, tu m'as parlé de
choses sérieuses, d'agriculture, des engrais chimiques. Ça m'a intéressé tout de suite. Je rou-
gissais d'être aussi ignorante que je le suis. Il me
venait des idées graves, j'aurais voulu t'embrasser. Toi, tu ne t'apercevais pas du tout que
tu me plaisais, et je ne me suis fait épouser par
Édouard que pour me rapprocher de toi.

ANATOLE.

Votre mari est un homme charmant qui vous
aime beaucoup.

LÉONTINE.

Moi aussi, j'ai beaucoup d'affection pour lui et
je lui rends la vie très agréable.

ANATOLE.

Ça, c'est vrai. Il me le disait encore tout à
l'heure.

LÉONTINE.

Tu vois!

ANATOLE.

Néanmoins, je vous assure, Léontine, qu'il
vaudrait mieux ne plus nous aimer.

LÉONTINE.

Quand je ne t'aimerai plus, tu n'auras pas
besoin de me dire ça. — Tu ouvriras la fenêtre,
n'est-ce pas?

ANATOLE.

A moins que votre mari ne reste.

LÉONTINE.

Je te dis qu'il ne restera pas. *(Elle est à ce moment dans ses bras.)* Il ne restera pas, n'aie donc pas peur, nigaud. A tout à l'heure, mon amour.

(Il se laisse embrasser en écoutant à la porte de droite. La porte de gauche s'ouvre sans bruit. Apparaît la marquise. Léontine et Anatole sont disposés à ce moment-là de façon à ne pas apercevoir la marquise qui les voit dans les bras l'un de l'autre.)

SCÈNE VI

Les Mêmes, LA MARQUISE.

LA MARQUISE, *scandalisée.*

Oh!

(Elle referme la porte sans que Léontine et Anatole se soient dérangés.)

SCÈNE VII

ANATOLE, LÉONTINE.

ANATOLE

Voici votre mari, je l'entends.

LÉONTINE, *baissant la voix.*

A tout à l'heure, mon petit Anatole.

(Rentre le baron.)

SCÈNE VIII

Les Mêmes, LE BARON.

LE BARON.

C'est arrangé. Le guidon est bien comme ça.

LÉONTINE.

Alors, je vais au manège prendre une leçon.

LE BARON.

Veux-tu que je t'accompagne?

LÉONTINE.

Mais non, je n'ai que la place à traverser, c'est inutile.

LE BARON.

D'ailleurs, j'ai encore un mot à dire à Anatole, *(A Léontine.)* Je te reprendrai vers cinq heures.

LÉONTINE.

Je ne quitterai pas le manège d'ici là.

LE BARON.

N'attrape pas trop chaud.

LÉONTINE.

Sois tranquille. A tantôt, mon chéri. Vous dînez demain à la Jambière, vous ne l'oubliez pas, monsieur Grimard.

ANATOLE.

Trop aimable, madame.

LE BARON, *reconduisant Léontine à la porte de droite.*

Au revoir, ma cocotte.

ANATOLE, *à part.*

Eh bien! non, je ne l'ouvrirai pas la fenêtre.
(Sort Léontine. Il se met à son bureau, tout en écrivant.) Vous
allez décidément à la Percherie, cette après-midi?

LE BARON.

Il le faut absolument.

ANATOLE.

Vous ne craignez pas que la baronne, toute
seule, au manège?...

LE BARON.

Il y a un très bon professeur, rien à craindre.
(Entre la bonne.)

LA BONNE.

Madame la marquise de Versac fait demander
à monsieur s'il a fini son cours?

LE BARON.

Ma tante! Ah! ah!

ANATOLE.

Je vais la recevoir dans le salon.

LE BARON.

Mais non, elle sera enchantée de me voir.

ANATOLE.

Vous voulez? Bien! *(A la bonne.)* Dites à madame
la marquise que je suis à ses ordres.
(Sort la bonne.)

LE BARON.

Ça se passera très bien, vous verrez.
(Entre la marquise.)

SCÈNE IX

LES MÊMES, LA MARQUISE.

ANATOLE, *s'avançant.*

Excusez-moi, madame la marquise, de ne pas m'être trouvé là tout à l'heure.

LA MARQUISE.

Cela n'est rien, cher monsieur Grimard.

LE BARON, *s'avançant et très gaiement.*

Ma tante, c'est moi. Si ma présence vous est désagréable, vous n'avez qu'un signe à faire, je me retirerai.

LA MARQUISE, *très digne.*

Pourquoi vous retirer, monsieur? Vous avez probablement à parler à monsieur le professeur. Moi aussi. Et comme ce que j'ai à dire n'est pas mystérieux, vous ne me gênez en rien.

LE BARON.

Alors, ma tante, vous ne voulez pas me pardonner?

LA MARQUISE.

Vous pardonner, quoi?

LE BARON.

Eh bien! mon mariage.

LA MARQUISE, *affectant l'étonnement.*

Vous êtes marié? J'ignorais ce détail.

LE BARON.

Voyons, ma tante...

LA MARQUISE.

Et même je crois que vous plaisantez. Car, je
suppose que si vous étiez marié réellement, vous
m'auriez invitée, moi, votre tante, à la messe de
mariage.

LE BARON.

Vous savez bien qu'il ne pouvait y avoir de
messe de mariage, puisque j'épousais une femme
divorcée.

LA MARQUISE.

Qu'entendez-vous par une femme divorcée?

LE BARON.

Oh! ma tante!...

LA MARQUISE.

Je ne sais pas ce que c'est qu'une femme divorcée, mon neveu. La personne dont vous me parlez
était mariée, dites-vous, avant que vous ne fissiez
sa connaissance?

LE BARON.

Oui, ma tante.

LA MARQUISE.

Est-elle veuve?

LE BARON, *résigné*.

Non, ma tante.

LA MARQUISE.

Cette personne est donc mariée encore, seulement ce n'est pas à vous. Vous, vous avez pris
une maîtresse. Je ne vous en blâme pas, c'est de
votre âge, mais je trouve impertinent que vous
songiez à me la présenter.

LE BARON.

Mais, ma tante, j'ai conduit ma femme à la
mairie et je l'ai épousée devant le maire.

LA MARQUISE.

Le maire est un drôle d'avoir prêté les mains

à cette bouffonnerie. Brisons-là, mon neveu. *(A Anatole.)* Pourriez-vous venir un de ces jours au château, mon cher monsieur Grimard. Je crois que mes vignes ont attrapé votre diablesse de maladie. Mon fermier n'y comprend rien.

ANATOLE.

J'irai le jour qui vous plaira, madame la marquise.

LA MARQUISE.

Le plus tôt possible.

ANATOLE.

Demain, si vous le désirez.

LA MARQUISE.

Demain soit. Je vous remercie, cher monsieur.
(Elle fait un pas pour se retirer.)

LE BARON.

Ma tante, j'ai un petit service à vous demander.
(Jeu de scène avec Anatole, lui montrant la pétition.)

ANATOLE, *haut à la marquise.*

C'est l'heure où les paysans des environs viennent me consulter. Je vous demanderai, madame la marquise, la permission...

LA MARQUISE.

Faites donc! A demain, n'est-ce pas?

ANATOLE.

A demain.
(Sort Anatole, à droite.)

SCÈNE X

LE BARON, LA MARQUISE.

LA MARQUISE.

Je vous écoute, mon neveu.

LE BARON.

Voici, ma tante... nous faisons une pétition au ministre, afin de faire décorer M. Grimard du Mérite agricole. Puis-je vous demander de la signer? Votre nom, ma tante, serait d'un plus grand effet.

LA MARQUISE, *un temps et très ne[...]*

Je ne signerai certainement pas.

LE BARON.

Ah!... Et... la raison, ma tante?

LA MARQUISE.

Il ne me plaît pas, fût-ce pour une chose aussi ridicule qu'une décoration, de recommander votre ami Grimard.

LE BARON.

C'est pourtant un homme de mérite.

LA MARQUISE.

Je ne dis pas non.

LE BARON.

Un véritable savant.

LA MARQUISE.

M. Grimard est peut-être, en effet, un professeur très savant, mais c'est un homme de mœurs fort dissolues.

LE BARON, *riant.*

Lui!

LA MARQUISE.

. Et d'un rare sans gêne.

LE BARON, *toujours riant.*

Vous ne vous imaginez pas à quel point vous
vous trompez!... Grimard un homme de mauvaises mœurs!... Ah! ah!

LA MARQUISE.

Je sais ce que je dis...

LE BARON.

Mais, ma chère tante, personne ne connaît
Grimard comme moi. C'est un garçon qui ne s'occupe que de son travail, qui vit dans ses livres et
qui est d'une sagesse... exagérée, sur laquelle je
le plaisante même quelquefois.

LA MARQUISE.

Vous avez tort.

LE BARON.

J'ai fait plusieurs voyages avec lui à Paris, et
j'avais toutes les peines du monde à le faire se
coucher plus tard que dix heures.

LA MARQUISE.

J'ignore comment ce monsieur se conduit à
Paris, et cela ne me regarde pas, mais je sais qu'à
Châtellerault il se conduit comme un polisson.

LE BARON.

Ah! ah!... Qui a pu vous raconter de pareilles
histoires, ma tante?

LA MARQUISE.

On n'a pas eu besoin de me raconter... j'ai vu.

LE BARON.

Vous avez vu Grimard se conduire comme un
polisson?

LA MARQUISE.

De mes yeux.

LE BARON, *toujours très gai*

Et que faisait-il ? Par exemple, je serais curieux...

LA MARQUISE.

Il embrassait une demoiselle qui paraissait de l'humeur la plus accommodante.

LE BARON, *riant aux éclats.*

Oh ! que c'est drôle !... Comment ! vous, ma tante, vous avez surpris Grimard ?... Et où cela se passait-il, sans indiscrétion ?

LA MARQUISE.

Ici.

LE BARON, *se tordant.*

Dans son cabinet ?

LA MARQUISE.

Précisément ! La porte n'était même pas fermée, ce que je trouve d'une suprême inconvenance. Je suis entrée tout bonnement et j'ai vu cet austère professeur dans les bras d'une donzelle qui l'embrassait avec beaucoup d'animation.

LE BARON.

Oh ! que c'est drôle... Et... était-elle jolie, au moins ?

LA MARQUISE.

Je n'ai pas vu son visage.

LE BARON.

C'est dommage.

LA MARQUISE.

J'ai remarqué simplement qu'elle avait un costume de bicycliste.

LE BARON, *s'arrêtant tout à coup de rire.*

De bicycliste ?

22

LA MARQUISE.

Oui! D'où j'ai conclu que c'était quelque cocotte de Paris. Voilà le spectacle que m'a donné votre ami Grimard et pourquoi vous n'aurez pas ma signature... Adieu !

LE BARON, *la rattrapant, très sérieux.*

Pardon, ma tante, vous dites un costume de bicycliste ?

LA MARQUISE.

Fort élégant, d'ailleurs.

LE BARON.

Un costume... foncé, très foncé ?

LA MARQUISE.

Non, un costume clair... couleur beige.

LE BARON, *balbutiant.*

Un costume beige !... Et quand... Quel jour... les avez-vous surpris ?

LA MARQUISE.

Aujourd'hui.

LE BARON.

Aujourd'hui !

LA MARQUISE.

Tout à l'heure... il y a environ vingt minutes.

LE BARON, *s'essuie le front avec son mouchoir, s'assied.*

C'est fantastique !... Absolument fantastique !

LA MARQUISE, *le regardant.*

Qu'avez-vous donc, mon neveu ? Vous semblez abasourdi ?

LE BARON.

Il y a de quoi, ma tante, je vous assure qu'il y a de quoi. Encore un mot, je vous prie ! Etes-vous certaine de n'avoir pas été le jouet d'une illusion ?

LA MARQUISE.

Me prenez-vous pour une folle?

LE BARON.

Grimard et cette... dame s'embrassaient véritablement.

LA MARQUISE.

D'une façon indécente.

LE BARON.

C'est fantastique!

LA MARQUISE.

Ah! ça! vous vous intéressez donc à cette personne?

LE BARON.

C'est ma femme!

LA MARQUISE.

Votre?...

LE BARON.

Ma femme, madame la baronne de la Jambière, tout simplement.

(Il se promène avec agitation.)

LA MARQUISE, *changeant de ton.*

Vous ai-je contrarié sans le vouloir, mon neveu?

LE BARON.

Ça ne m'est pas agréable, naturellement.

LA MARQUISE.

D'ailleurs, j'ai peut-être mal distingué.

LE BARON.

Oh! non, ma tante, n'essayez pas de... Une femme en costume de bicycliste, couleur beige, il y a un instant, ici... Il n'y a pas d'erreur, il ne peut pas y avoir d'erreur.

LA MARQUISE.

Peut-être, mon ami, attachez-vous trop d'importance à cet événement?

LE BARON.

Trop d'importance! Par exemple!... Savez-vous, ma tante, quel est le sentiment que j'éprouve le plus en ce moment-ci? Ce n'est pas la colère, ce n'est pas l'indignation, ce n'est pas la jalousie, c'est l'étonnement.

LA MARQUISE.

Vous êtes étonné?

LE BARON.

Je suis stupéfait. Comment ne m'en étais-je pas aperçu?

LA MARQUISE.

Vous n'êtes pas le premier.

LE BARON.

J'étais donc aveugle! Mais c'est d'autant plus fabuleux qu'ils ne se sont jamais trouvés seuls ensemble.

LA MARQUISE.

Etes-vous sûr?

LE BARON.

A peine quelques minutes par ci par là.

LA MARQUISE.

Ce n'est pas à moi de vous faire observer que cela suffit.

LE BARON.

Est-ce quand nous venons à Châtellerault?

LA MARQUISE.

Je dois vous dire, mon enfant, pour vous aider à vous débrouiller dans cette histoire, que la personne en question murmurait, quand je suis entrée, à l'oreille de votre ami : « A tout à l'heure, mon amour. »

LE BARON.

Elle a dit : « A tout à l'heure ? »

LA MARQUISE.

Mon amour !

LE BARON.

Eh ! parbleu, elle va revenir chez lui, quand elle me croira parti. Mais je les pincerai, et je rouerai de coups le professeur ! Quant à elle...

LA MARQUISE.

Qu'en ferez-vous ?

LE BARON.

Je divorcerai. Que voulez-vous que je fasse ?... Et encore, c'est bon à dire, je divorcerai. Il me faudrait des preuves, des preuves légales, s'entend.

LA MARQUISE.

Je me suis laissé conter que le commissaire de police, sur la demande du mari...

LE BARON.

C'est beaucoup plus compliqué que vous ne croyez. Quand retrouverai-je l'occasion de les pincer ?

LA MARQUISE.

Pourquoi pas aujourd'hui ?

LE BARON.

Mais, ma tante, il ne suffit pas d'aller dire à un commissaire de police : « Ma femme me trompe, venez constater le flagrant délit... » pour qu'il se dérange.

LA MARQUISE.

Que faut-il de plus ?

LE BARON.

Il faut un ordre du parquet, une enquête.

LA MARQUISE.

Vous badinez?

LE BARON.

Pas du tout.

LA MARQUISE.

Ces formalités sont peut-être nécessaires pour le commun des mortels. Mais avec vos relations et les miennes, il serait plaisant...

LE BARON.

Au fait, le substitut est de nos amis.

LA MARQUISE.

C'est même un de nos cousins au quatrième degré.

LE BARON.

Il suffirait peut-être qu'il envoyât immédiatement un ordre au commissaire de police.

LA MARQUISE.

Il sera enchanté, croyez-le bien. — C'est toujours Petitbon, le commissaire de police?

LE BARON.

Toujours.

LA MARQUISE.

Il se fera, lui aussi, un véritable plaisir...

LE BARON.

Enfin ! On peut toujours essayer... *(Il s'essuie le front.)* Elle a bien dit : « Mon amour ? »

LA MARQUISE.

« A tout à l'heure, mon amour ! »

LE BARON.

Allons ! Allons ! il n'y a plus à hésiter. *(Il se*

trouve à la fenêtre.) J'étouffe ! *(Il ouvre la fenêtre, respire une seconde et s'éloigne.)* C'est votre voiture qui est en bas ?

LA MARQUISE.

Oui.

LE BARON.

Vous me la prêtez ?

LA MARQUISE.

Comment donc !...

LE BARON.

Partons, voulez-vous ? *(A part.)* Canaille !

SCÈNE XI

LES MÊMES, HORTENSE *entrant,* puis ANATOLE.

HORTENSE.

Où va donc Edouard ? Il court comme un fou.

LA MARQUISE.

Il va chez M. Petitbon, le commissaire de police.

HORTENSE.

Mais ce n'est plus M. Petitbon, qui est commissaire de police.

LA MARQUISE.

Qui vous a dit cela ?

HORTENSE.

Je viens du commissariat, j'ai retrouvé mon sac. Il y a un nouveau commissaire depuis hier, qui arrive de Paris. Et devinez qui je reconnais dans le nouveau commissaire ?... Mon sauveur !

LA MARQUISE.

Votre sauveur! Ne me rebattez pas les oreilles avec cette histoire. *(A Anatole qui entre.)* Cher monsieur Grimard, nous vous rendons votre cabinet. Venez, Hortense.

ANATOLE.

Trop heureux, madame la marquise.

(Tous sortent sauf Anatole.)

SCÈNE XII

ANATOLE, *seul, puis* LÉONTINE.

ANATOLE, *seul.*

Non, je ne l'ouvrirai pas, la fenêtre! *(Apercevant la fenêtre ouverte.)* Oh! elle est ouverte!... Qui a pu?...*(Il court à la fenêtre et la ferme vivement.)* Pourvu qu'elle n'ait pas remarqué! Je vais travailler maintenant... Ah! je n'ai guère l'esprit au travail depuis quelques mois. *(A son bureau, remuant des papiers.)* Satanée petite femme! Elle peut se vanter celle-là d'avoir mis mon existence sens dessus dessous. *(Apercevant une feuille de papier.)* Il est vrai que je vais être décoré du Mérite agricole... Mais le Mérite agricole est-il une compensation suffisante?... Travaillons!... Travaillons! Si c'est possible. *(La porte de droite s'ouvre. Entre Léontine avec précaution. Anatole se retourne.)* Vous!

LÉONTINE.

J'ai vu le signal. J'ai attendu un instant par prudence!

ANATOLE.

Mais, c'est de la folie, au contraire, ce que vous

faites là!... Votre mari était ici, il y a un quart d'heure!

LÉONTINE.

J'ai pensé, puisque tu ouvrais... la fenêtre...

ANATOLE.

Mais ce n'est pas moi qui l'ai ouverte la fenêtre!...

LÉONTINE.

Qui est-ce?

ANATOLE.

C'est le hasard.

LÉONTINE.

Ça prouve que le hasard veut que je passe l'après-midi avec toi.

ANATOLE.

Fermons les portes au moins!

(Il va à droite et à gauche et ferme soigneusement les deux portes.)

LÉONTINE, *lui prenant la figure entre ses deux mains.*

Il n'est pas content, ce petit chéri?

ANATOLE.

Evidemment, je suis content... Je suis très content... Mais j'ai peur pour vous... pour nous.

LÉONTINE.

Pour toi, enfin... Veux-tu que je m'en aille?

ANATOLE.

Oh!

LÉONTINE, *s'approchant, d'une voix très câline.*

Tu ne veux pas que je m'en aille, dis?

ANATOLE.

Non... Non...

LÉONTINE, *s'asseyant sur ses genoux.*

Tu aimes mieux que je reste?

ANATOLE.

Oui... Toutes réflexions faites, j'aime beaucoup mieux.

LÉONTINE, *toujours sur ses genoux.*

Tu viens dîner à la maison, demain ?

ANATOLE.

C'est convenu, il me semble.

LÉONTINE.

Qu'est-ce que tu veux pour ton dîner ?

ANATOLE.

Ça n'a pas d'importance.

LÉONTINE.

Si... si... tu es très gourmand. Veux-tu du gibier ?

ANATOLE.

Quel gibier ?

LÉONTINE.

Edouard a tué hier un canard sauvage et deux perdreaux. Ça te va ?

ANATOLE.

Je crois bien.

LÉONTINE.

Il est très adroit, Edouard ?

ANATOLE.

Très adroit.. Très bon chasseur.

LÉONTINE.

Tu ne chasses jamais, toi ?

ANATOLE.

Je n'ai pas le temps, et puis je suis myope !

LÉONTINE, *riant.*

Tu préfères manger le gibier ?

ANATOLE.

Oui.

LÉONTINE.

Tu as raison... *(Regardant la table.)* Tu travaillais, quand je suis entrée?

ANATOLE.

J'écrivais les dernières lignes d'un rapport que j'ai commencé depuis plusieurs jours.

LÉONTINE, *se levant de ses genoux.*

Eh bien, continue-le, ton rapport, pendant que... *(Elle rit.)*

ANATOLE.

Pendant que?...

LÉONTINE, *allant à la porte à gauche, premier plan.*

Pendant que j'irai me reposer un instant... dans ta chambre...

(Elle sort par la porte. Premier plan.)

ANATOLE, *seul assis.*

Essayer de se mettre au travail dans ces conditions-là, ce serait de la présomption... Comment tout cela finira-t-il?

Voix de LÉONTINE, *par la porte qui s'entr'ouvre.*

Mon petit loup?

ANATOLE.

Quoi?

Voix de LÉONTINE.

Tu serais bien gentil de me passer mon mouchoir que j'ai laissé sur la table.

ANATOLE.

Voilà.

(Il va à la table, prend le mouchoir et s'avance à gauche. Premier plan. Le bras de Léontine sort, nu, par la porte entrebâillée et s'empare du mouchoir.)

VOIX DE LÉONTINE.

Merci, mon amour.

(La porte se ferme complètement.)

ANATOLE, *seul.*

Ça ne peut finir évidemment que par une catastrophe, à moins que je n'aie un moment d'énergie. Mais cet instant d'énergie, je sens que je ne l'aurai jamais; je suis un homme d'étude moi, je ne suis pas un homme d'action, et je me suis embarqué dans une aventure où il aurait fallu un homme d'action. D'où je conclus que j'ai commis une faute considérable, car la femme et l'étude sont incompatibles. Voilà ce que j'aurais dû me dire plutôt.

VOIX DE LÉONTINE, *tranquillement.*

Mon petit loup, as-tu fini ton rapport?

ANATOLE.

Je l'ai fini. *(Il fait un pas vers la porte en murmurant:)* Tout à fait incompatibles.

(Au moment où il va entrer dans la chambre, on entend un bruit de voix et de pas à gauche, dans l'antichambre. Anatole s'arrête et écoute.)

SCÈNE XIII

ANATOLE, *seul,* LA VOIX DU BARON,
VOIX D'ADOLPHE, *à gauche,*
puis LA VOIX DE LÉONTINE, *à gauche, premier plan.*

(On entend à la porte de gauche trois coups espacés, deuxième plan.)

ANATOLE, *allant à gauche.*

Je ne veux pas qu'on me dérange. Je travaille.

(Impatienté.) La consultation est finie. Qu'on revienne demain!...

Voix d'ADOLPHE, *après qu'on a entendu frapper trois coups.*

Au nom de la loi, ouvrez!

Voix du BARON.

Enfoncez la porte, monsieur le commissaire.

ANATOLE.

Oh!... *(Il se précipite à gauche, premier plan. Entr'ouvre la porte de la chambre.)* Léontine!... Léontine! Partez vite! C'est votre mari, avec le commissaire de police.

Voix de LÉONTINE, *tranquillement.*

Ah! c'est mon mari?

ANATOLE.

Avec le commissaire. Entendez!

Voix de LÉONTINE.

Eh bien! que veux-tu y faire?

Voix d'ADOLPHE.

Pour la seconde fois, au nom de la loi, ouvrez!

ANATOLE, *à Léontine.*

Partez... partez vite!

Voix de LÉONTINE, *très calme.*

Comment veux-tu que je m'en aille dans ce costume-là? Il n'y a qu'à ouvrir.

ANATOLE, *au comble de l'affolement.*

C'est vrai.

Voix d'ADOLPHE.

Je vais enfoncer la porte.

ANATOLE.

J'ouvre, monsieur le commissaire, j'ouvre... c'est inutile d'enfoncer la porte. *(Il ouvre la porte.)*

SCÈNE XIV

ADOLPHE, LE BARON, ANATOLE, BÉJOU.

(Adolphe entre le premier. Il est ceint de son écharpe; puis le secrétaire, puis, derrière, le baron.)

ADOLPHE.

Vous êtes monsieur Grimard?

ANATOLE.

Oui, monsieur le commissaire.

ADOLPHE, *à part, au secrétaire.*

Béjou... C'est mon premier flagrant délit. Si je me trompe, vous me reprendrez.

BÉJOU, *bas.*

Oui, monsieur le commissaire. *(A part.)* Et voilà les fonctionnaires qu'ils nous envoient de Paris.

ADOLPHE, *à part, gaiement.*

Une baronne pour nos débuts, c'est de la chance!... *(Il regarde autour de lui, puis à Anatole.)* Alors vous êtes bien monsieur Grimard, professeur d'agriculture?

ANATOLE.

Oui.

LE BARON.

Monsieur est un drôle! Voilà ce qu'il est.

ADOLPHE, *au baron très courtoisement.*

Je vous en prie, monsieur le baron. *(A Anatole.)* Je suis le nouveau commissaire de police de Châtellerault et je viens constater la présence clandestine chez vous de madame la baronne de la Jambière.

ANATOLE, *balbutiant.*

Madame la baronne de la Jambière n'est pas ici... Vous vous trompez, ainsi que le baron.

ADOLPHE, *au baron qui fait un geste violent.*

Pardon... Laissez-moi faire... Vous serez content... *(A Anatole.)* Vous prétendez que madame la baronne n'est pas dans votre appartement?

ANATOLE.

Elle n'y est pas.

ADOLPHE.

Je suis obligé de m'en assurer et je vais visiter toutes les pièces... *(A Béjou, bas.)* C'est bien cela, n'est-ce pas?

BÉJOU, *même jeu.*

Oui. *(A part.)* Il n'y entend rien... Ça fait pitié.

ADOLPHE, *à Anatole, désignant la porte de droite.*

Où donne cette porte?

ANATOLE.

Dans un corridor, et de là dans la cour.

ADOLPHE, *désignant la porte de la chambre à gauche.*

Et celle-ci?

ANATOLE.

Dans ma chambre.

ADOLPHE, *s'avançant.*

Nous allons commencer par là.

LE BARON, *s'avançant vers la porte.*

Ah! ah!

ADOLPHE, *au baron, le retenant.*

Restez. *(A Béjou.)* C'est à moi d'ouvrir, n'est-ce pas? *(Au baron.)* Vous serez content.

(Il fait un ou deux pas.)

ANATOLE, *d'une voix étranglée.*

Monsieur le commissaire...

ADOLPHE, *à Anatole.*

Je vois que nous ne nous trompons pas. Il y a
une dame dans cette chambre.

ANATOLE, *baissant la tête.*

Oui.

ADOLPHE.

Cette dame est-elle madame la baronne de la
Jambière?

ANATOLE, *d'une voix à peine distincte.*

Oui.

ADOLPHE.

Nous allons le constater régulièrement. (*A Anatole qui fait un geste de désespoir.*) Ah! ah! je devine ce
qu'il en est... Madame la baronne n'est pas dans
un costume convenable...? Parfait! Parfait! (*Se
retournant vers le secrétaire, qui est assis devant une table.*)
Eh bien! Béjou, prenez note, pour le transcrire
tout à l'heure sur le procès-verbal, que, de l'aveu
même du délinquant, madame la baronne se
trouvait dans sa chambre et qu'elle n'était pas
dans un costume convenable. (*A Anatole.*) Et vous,
monsieur, veuillez dire à madame que nous l'attendons, car il faut que monsieur de la Jambière la reconnaisse devant témoins.

(*Anatole entre dans la chambre en faisant des gestes
de désespoir.*)

SCÈNE XV

LES MÊMES, moins ANATOLE.

(Le baron se promène avec agitation à gauche et du haut en bas de la scène. Adolphe le regarde en souriant. Un silence.)

ADOLPHE, à part.

Il est nerveux... Je comprends ça, d'ailleurs. *(Nouveau silence.)* Une jolie ville, Châtellerault, n'est-ce pas, monsieur le baron? *(Le baron se promène sans répondre.)* Très tranquille surtout... il me semble que je l'ai toujours habitée... C'était mon rêve, être fonctionnaire en province... loin de... loin des tracas, des agitations de la capitale... Avoir sa vie réglée... Au milieu des gens paisibles... hum... hum! Vous êtes chasseur, monsieur le baron?

LE BARON, sans s'arrêter.

Oui.

ADOLPHE.

On dit que la Jambière est un château superbe?

LE BARON.

Oui.

ADOLPHE.

Il date du XVIᵉ siècle, n'est-ce pas?

LE BARON.

Oui.

BÉJOU, s'approchant d'Adolphe.

Ne parlez pas au mari. C'est de très mauvais goût.

ADOLPHE.

Vous croyez?

23

BÉJOU.

Quand je vous le dis.

(La porte de gauche s'ouvre.)

SCÈNE XVI

Les Mêmes, LÉONTINE, puis ANATOLE.

(Léontine est complètement habillée de son costume de bicycliste, chapeau sur la tête.)

LÉONTINE, *avec dignité, très femme du monde, d'abord sans voir Adolphe.*

Que désirez-vous, messieurs?

ADOLPHE, *la reconnaissant, s'arrête pétrifié.*

Oh!

LÉONTINE, *à part.*

Adolphe...! Le commissaire!...

ADOLPHE, *ahuri.*

Oh! oh! Quelle affaire! quelle affaire!

(Il se met à marcher comme tout à l'heure le baron, de haut en bas de la scène, fébrilement. Le baron regarde, étonné.)

LE BARON.

Finissons cette scène pénible, voulez-vous?

ADOLPHE, *ne sachant plus ce qu'il dit.*

Oui... il faut finir... C'est ce qu'il y a de mieux... finissons...

(Il se heurte à une chaise.)

BÉJOU, *à part.*

Il ne sait pas un mot du métier! C'est navrant!...

LE BARON.

Veuillez rédiger le procès-verbal, monsieur le commissaire ?

BÉJOU, à Adolphe.

Dictez-moi !

ADOLPHE, qui a reconquis à peu près son sang-froid.

Oui... c'est ça. Rédigeons, Béjou. Mais d'abord... *(Au baron.)* Vous reconnaissez que madame est bien la baronne de la Jambière ?

LE BARON.

Je le reconnais.

ADOLPHE.

Vous êtes sûr, n'est-ce pas ?... Bon ! *(A Léontine qui s'est assise au premier plan à gauche, accoudée gracieusement à une petite table, très distinguée, très chic.)* Et vous, madame, vous reconnaissez que vous êtes ?...

LÉONTINE.

Madame la baronne de la Jambière, oui, monsieur le commissaire.

ADOLPHE.

Ils le reconnaissent tous les deux, il n'y a donc pas d'erreur. *(Au secrétaire.)* Ecrivez! *(Il dicte.)* « Nous étant présenté, muni d'un mandat régulier, au domicile du sieur... » *(A Grimard.)* Vos prénoms, monsieur ?

ANATOLE.

Eugène-Anatole.

ADOLPHE, continuant.

« ... Eugène-Anatole Grimard... Sur la requête de monsieur le baron...

LE BARON.

Jules-Edouard.

ADOLPHE, *même jeu.*

« ... Jules-Édouard de la Jambière, avons
trouvé madame la baronne...

LE BARON.

Louise...

ADOLPHE, *achevant machinalement.*

« ... Léontine de la Jambière...

LE BARON, *étonné.*

Vous savez le prénom de madame?

ADOLPHE.

Moi?

LE BARON.

Vous avez dit « Léontine ».

ADOLPHE.

Ce n'est pas moi, c'est vous.

LE BARON.

J'ai dit Louise.

ADOLPHE.

Louise... Léontine, voilà ce que j'ai entendu. *(à
secrétaire.)* N'est-ce pas, Béjou?

BÉJOU.

Absolument.

LE BARON.

Ah! bon... il ne me semblait pas...

ADOLPHE.

Je vous assure... Continuons.

LÉONTINE.

Pardon, monsieur le commissaire.

ADOLPHE.

Madame?

LÉONTINE.

Puis-je poser une question?

ADOLPHE.

Certainement. La loi vous y autorise *(Bas à Béjou.)* n'est-ce pas? *(Signe de Béjou.)*

LÉONTINE.

Je désirerais savoir quelles sont les intentions de mon mari.

LE BARON.

J'ai l'intention de divorcer dans le plus bref délai possible.

LÉONTINE.

Bien.

LE BARON.

Me réservant de rouer monsieur de coups… *(Il désigne Anatole.)* quand l'occasion s'en présentera.

LÉONTINE.

Bien.

LE BARON.

Cela ne vous étonne pas, je suppose, madame?

LÉONTINE.

Du tout, monsieur, c'est votre droit.

LE BARON.

Je vois avec plaisir que vous ne cherchez pas à nier et que vous n'invoquez aucune excuse.

LÉONTINE.

Aucune.

LE BARON.

C'est parfait.

LÉONTINE, *se retournant vers Anatole.*

Et vous, monsieur, oserai-je vous demander quelles sont vos intentions ?

ANATOLE.

Je ne sais pas… Que voulez-vous que je vous réponde? Je suis très embêté.

LÉONTINE.

On vous menace de vous rouer de coups; mon mari me chasse de chez lui, et c'est tout ce que vous trouvez à répondre ?

ANATOLE.

Je suis professeur d'agriculture. Je suis un homme d'études... Je ne suis pas un viveur. Jamais je ne m'étais préparé à un pareil événement.

LÉONTINE, avec mépris.

Plus un mot, monsieur. Je sais ce que je voulais savoir. Continuez le procès-verbal, monsieur le commissaire. —Quand il sera terminé, je m'en irai et ces messieurs n'entendront plus parler de moi.

LE BARON.

Et où irez-vous, madame ?

LÉONTINE.

N'ayez pas peur, monsieur, je ne ferai pas de scandale.

LE BARON.

Vous portez mon nom jusqu'au prononcé du divorce et je vous prie de me dire où vous irez?...

LÉONTINE.

Je me retirerai dans ma famille.

LE BARON.

Vous n'avez plus de famille.

LÉONTINE.

Pardon... J'ai un oncle. *(Mouvement d'Adolphe.)* J'irai lui demander l'hospitalité.

(Elle regarde Adolphe à la dérobée.)

ADOLPHE, à part, furieux.

Qu'est-ce qu'elle dit ?

LÉONTINE.

Mon oncle est un homme de cœur qui m'a déjà donné de grandes preuves d'affection, et qui, j'en suis sûre, sera enchanté de me recevoir.

(Physionomie navrée d'Adolphe.)

ADOLPHE, à part.

Chez moi ! encore ! Ah ! non ! Ah ! non ! par exemple. *(Haut.)* Pardon, madame ?

LÉONTINE.

Monsieur le commissaire !

ADOLPHE,

Pardon, madame, vous dites bien que vous êtes décidée à vous retirer chez votre oncle avant le divorce ?

LÉONTINE.

Et même après.

ADOLPHE.

Et même après !

LE BARON.

Cela n'a pas d'importance pour le procès-verbal.

ADOLPHE.

Mais, je vous demande pardon. Cela a une très grande importance.

BÉJOU se penchant vers Adolphe.

Aucune.

ADOLPHE, continuant sans entendre Béjou.

Une importance capitale. Ça en a même tellement qu'il m'est impossible de signer un procès-verbal d'adultère dans ces conditions-là !...

LE BARON.

Comment !...

BÉJOU, à part.

Il est fou !

LE BARON.

Vous n'allez pas écrire que vous avez trouvé ma femme dans la chambre de monsieur ?

ADOLPHE.

Non, pourquoi ?

LE BARON.

Et vêtue d'une façon inconvenante, ce sont vos propres expressions.

ADOLPHE.

Je ne peux pas écrire cela, ne l'ayant pas vu... J'ai trouvé madame la baronne dans un élégant costume de bicycliste... Ça je l'ai vu... C'est tout ce que je puis écrire, si vous y tenez !

LE BARON.

Mais...

ADOLPHE.

Veuillez ne pas m'interrompre. Ecrivez, Béjou, puisque monsieur le baron semble y tenir : « Nous étant présenté, monsieur, etc., etc... Nous avons trouvé madame la baronne de la Jambière pudiquement vêtue d'un élégant costume de bicycliste... »

LÉONTINE, *riant, à part.*

Ah ! ah ! Cet Adolphe !

LE BARON, *protestant.*

Mais, nom d'un chien !

ADOLPHE, *l'arrêtant et continuant de dicter.*

« En foi de quoi nous avons signé. »

LE BARON.

Et c'est tout ?

ADOLPHE.

Que désirez-vous de plus ?

BÉJOU, *bas à Adolphe.*

Je dois vous prévenir qu'à partir de mainte-

nant vous êtes dans l'arbitraire, en plein arbitraire.

LE BARON, *qui relit le procès-verbal.*

Mais je n'obtiendrai jamais le divorce, si vous
ne constatez pas l'adultère mieux que ça.

ADOLPHE.

Vous tenez beaucoup à divorcer?

LE BARON.

Mais j'y tiens formellement. Madame m'a indi-
gnement trompé avec monsieur. J'en ai les
preuves sous les yeux, vous aussi. Je veux que
cela soit constaté au procès-verbal, je l'exige; je
ne sortirai pas d'ici, sans cela, et je vous prie de
le faire immédiatement. Vous êtes bien commissaire de police, à la fin?

ADOLPHE, *montrant son écharpe.*

Je suppose.

LE BARON.

Eh bien! puisque vous êtes commissaire de
police, faites votre devoir.

ADOLPHE, *s'approchant du baron.*

Monsieur le baron, je désirerais vous dire un
mot en particulier.

LE BARON.

A moi?

ADOLPHE.

A vous.

LE BARON.

Rédigeons d'abord le procès-verbal, un procès-
verbal régulier, ensuite je suis à vous.

ADOLPHE.

Je désire vous dire ce mot avant la signature.

LE BARON.

Eh bien! soit.

ADOLPHE, *bas à Béjou.*

Ai-je le droit de rester quelques minutes en
tête-à-tête avec le mari ?

BÉJOU.

Dès qu'on est dans l'arbitraire, on a tous les
droits.

ADOLPHE.

Bien. *(A Anatole.)* Veuillez vous retirer un instant,
monsieur, et vous tenir à la disposition de la
justice.

ANATOLE.

Où dois-je me retirer ?

ADOLPHE, *désignant une porte à droite.*

Là. *(Au secrétaire.)* Béjou, accompagnez monsieur.
Vous me répondez de lui ?

BÉJOU.

Oui, monsieur le commissaire. *(A part.)* C'est un
scandale ! *(Il sort à droite avec Anatole.)*

ADOLPHE, *à Léontine.*

Et vous, madame, rentrez dans cette chambre
où vous étiez tout à l'heure. Je vous ferai appeler
quand j'aurai besoin de vous.

(Sort Léontine à gauche.)

SCÈNE XVII

ADOLPHE, LE BARON.

ADOLPHE.

Monsieur le baron, je vais peut-être me mêler
d'une chose qui ne me regarde pas, mais permettez-moi de vous dire, respectueusement, que vous
faites une folie.

LE BARON.

En quoi ?

ADOLPHE.

En divorçant.

LE BARON.

Vous voudriez que, surprenant ma femme en flagrant délit d'adultère, je ne divorce pas ? Car enfin vous ne niez pas que je viens de surprendre ma femme en flagrant délit d'adultère ? Elle ne le nie pas non plus, d'ailleurs, et son complice pas davantage.

ADOLPHE.

Non, je ne le nie pas, je veux bien ne pas le nier !

LE BARON.

C'est heureux.

ADOLPHE.

Votre femme vous trompe, il n'y a aucun doute, c'est entendu. Elle vous trompe avec un professeur d'agriculture.

LE BARON.

Un simple professeur d'agriculture ! Et j'allais le faire décorer du Mérite agricole !

ADOLPHE.

Eh bien ! monsieur le baron, quoique votre femme vous trompe, je suis convaincu que vous l'aimez encore !

LE BARON.

Moi !...

ADOLPHE.

Il suffit de vous regarder. Je comprends cela d'ailleurs. Madame la baronne est charmante.

LE BARON.

C'est une petite coquine.

ADOLPHE.

C'est la plus jolie femme du pays, elle porte à
ravir le costume de bicycliste. Elle est très élégante. Et quelles jambes ! Reconnaissez-le vous-
même, monsieur le baron, vous avez une femme
délicieuse.

LE BARON.

Au physique, je ne dis pas.

ADOLPHE.

C'est énorme, et j'irai plus loin ! Je jurerais
que cette femme là vous aime encore, comme
vous l'aimez ! Il suffit de la regarder. Ce doit être
la première fois que madame la baronne se conduit mal, j'en suis sûr.

LE BARON.

Nous ne sommes mariés que depuis trois mois.

ADOLPHE.

Ce n'est pas une raison. Madame la baronne
n'a pas de mauvais instincts, croyez-en ma vieille
expérience, et je vous engage vivement à bien
réfléchir avant de divorcer. Ah ! si vous saviez !...
Avez-vous déjà divorcé ?

LE BARON.

Non.

ADOLPHE.

Vous ne savez donc pas ce que c'est qu'un
divorce ! Vous ne vous rendez pas compte de
tous les tracas, de toutes les complications qui
en résultent ! Conférences avec les avoués et
avec les avocats, plaidoiries publiques devant
tous vos concitoyens alléchés par le scandale, où
l'avocat de la partie adverse parlera avec indignation de la grossièreté de vos mœurs, de vos
habitudes.

LE BARON.

Permettez... Je défie un avocat de dire quoi que ce soit...

ADOLPHE.

Si vous le défiez, il en dira le double. Il se montrera surpris que votre femme ait attendu si longtemps pour vous tromper, il insinuera que si elle n'avait pas été un ange de vertu elle aurait déserté le domicile conjugal après la première nuit de noces, il inventera sur votre vie privée des histoires croustillantes qui feront la joie de toute la ville, et vous serez peut-être, par-dessus le marché, condamné à faire une forte pension à madame la baronne.

LE BARON.

Oh !... Ça...

ADOLPHE.

Et puis, admettons !... Que deviendra votre femme quand vous serez divorcé ? On ne se préoccupe jamais de ce que deviennent les femmes après le divorce, on a tort. La baronne a-t-elle de la fortune ?... Non ! De la famille ? Non !... Ah ! un oncle ! A-t-elle seulement un oncle ? Vous n'en êtes pas sûr vous-même ! Donc, une fois libre, comment vivra-t-elle ? Si elle devient une cocotte, est-ce que ça vous amusera beaucoup ? Et si plus tard, elle vient vous demander de l'argent, est-ce que vous lui en refuserez ? Non ! non ! non ! parce que vous êtes un bon garçon. Et alors, monsieur le baron, savez-vous ce que vous ferez, avec votre caractère ? Vous la reprendrez ! Vous la reprendrez ! Eh bien ! puisque vous devez nécessairement la reprendre un jour, gardez-la !

LE BARON.

Je ne sais pas du tout quoi faire !...

ADOLPHE.

Si tous les magistrats disaient aux maris trompés ce que je vous dis en ce moment, il y aurait moins de scandales dans les familles.

LE BARON, *après un silence.*

Les torts de la baronne sont immenses...

ADOLPHE.

Evidemment. Mais n'a-t-elle pas de circonstances atténuantes?

LE BARON.

Oui. Et c'est ce qui me trouble... D'abord quand je l'ai épousée, elle venait de divorcer.

ADOLPHE.

J'ignorais...

LE BARON.

Elle avait épousé en premières noces un assez malpropre individu...

ADOLPHE.

Heu!

LE BARON.

Qui buvait et qui la battait après boire...

ADOLPHE.

Ah! c'est elle qui vous a dit?

LE BARON.

Non, elle ne me l'a pas dit, elle me l'a laissé entendre. C'est certainement ce gredin-là qui est la cause de tout.

ADOLPHE.

Pardonnez donc, monsieur le baron.

LE BARON.

Je ne sais pas du tout quoi faire...

(La porte de gauche s'ouvre. Entre Léontine.)

SCÈNE XVIII

LES MÊMES, LÉONTINE.

LÉONTINE, *allant à son mari.*

Voulez-vous me faire l'amitié de m'écouter un instant, monsieur?

LE BARON.

Comme il vous plaira, madame.

ADOLPHE.

C'est cela, voilà une bonne idée! *(A Léontine.)* Soyez éloquente, madame. *(Bas.)* Petite malheureuse! *(Au baron.)* Je vais revenir.

> *(Il sort.)*

SCÈNE XIX

LE BARON, LÉONTINE.

LE BARON.

Je vous écoute, madame.

LÉONTINE, *le prenant brusquement par la main.*

Regarde-moi... Je t'aime...

LE BARON, *ricanant.*

Ah!

LÉONTINE, *avec énergie*

Je t'aime!

LE BARON.

Vous osez, après m'avoir odieusement trompé?...

LÉONTINE.

Je t'ai trompé, parce que je ne t'aimais pas!...
La première fois que je t'ai vu, tu avais été stupide, ridicule, sans prestige !

LE BARON.

Madame...

LÉONTINE.

Lui, au contraire, Anatole, s'était montré spirituel, gracieux... C'est lui que j'avais aimé tout de suite.

LE BARON.

Il fallait l'épouser.

LÉONTINE.

Il ne demandait pas ma main. Mais, ne revenons pas là-dessus. Je t'ai trompé avec Anatole, parce que je l'aimais et que je ne t'aimais pas. Aujourd'hui, il me répugne, et c'est toi que j'aime...

LE BARON.

Il ne vous répugnait pas tout à l'heure...

LÉONTINE.

Tais-toi, n'essaie pas de comprendre. Je t'aime !
Tu as de l'énergie, du caractère et, quand tu voulais le rouer de coups tout à l'heure, tu as même été très beau ! Pardonne-moi !

LE BARON.

Etes-vous sincère, Léontine ?

LÉONTINE.

Tu le verras bien.

LE BARON.

Vous m'avez fait beaucoup de peine.

LÉONTINE.

Tu n'en auras que plus de plaisir. Et puis, c'est bien simple, je ne veux pas te quitter. Tu es mon coco.

(Elle le force à s'asseoir sur la chaise où elle était tout à l'heure avec Anatole et elle se met sur ses genoux. Elle l'embrasse.)

SCÈNE XX

LES MÊMES, ADOLPHE.

ADOLPHE, revenant.

Ah ! ah !... Très bien !... Mes compliments.

LE BARON, lui serrant la main.

Je crois que vous avez raison.

ADOLPHE.

Parbleu !... Et j'espère que dorénavant madame la baronne...

LÉONTINE.

Oh !

LE BARON.

Vous le jurez, Léontine ?

LÉONTINE, qui est en ce moment entre les deux hommes, se retournant.

Oui, mon chéri.

ADOLPHE.

Que tout cela soit oublié !

LÉONTINE, se retournant vers Adolphe et machinalement.

Oui, mon coco... Oh ! pardon, monsieur le commissaire.

ADOLPHE.

Ce n'est rien. Et maintenant, je vous demande la permission de me retirer.

21

LE BARON.

Comment ! vous retirer ?...

ADOLPHE.

Mais dame...

LE BARON

Vous supposez qu'après le service que vous
m'avez rendu, je vais vous laisser partir ainsi !

ADOLPHE.

Mais...

LE BARON, *l'interrompant.*

Jamais de la vie, par exemple ! Voulez-vous
être mon ami ?

ADOLPHE, *avec un haut-le-corps.*

Moi ?

LE BARON, *lui prenant la main.*

Je suis un homme de premier mouvement.
Vous serez notre ami, n'est-ce pas, Léontine ?

LÉONTINE.

Certes, oui... Certes, oui...

LE BARON.

Et je vous garantis que vous n'aurez pas affaire
à un ingrat ! Vous êtes un nouveau venu à Châtellerault, vous ne devez connaître personne. Je
me mets entièrement à votre disposition, et pour
commencer je vous emmène dîner ce soir à la
Jambière.

ADOLPHE.

Oh !... C'est impossible !... Je vous assure...
C'est impossible !...

LE BARON.

Je n'admets pas de refus.

LÉONTINE.

Nous n'admettons pas de refus.

LE BARON.

Offrez votre bras à la baronne.

ADOLPHE.

Elle est forte, celle-là !

LÉONTINE, *s'approchant et prenant son bras.*

Monsieur le commissaire...

ADOLPHE, *à part.*

Ah! ça! Mais je ne m'en débarrasserai donc jamais !

ACTE III

A la Jambière.

Une vérandah donnant dans le parc. Grande baie au fond.
Porte à gauche donnant dans les appartements du château. Les
invités arrivent par la vérandah. Meubles de jardin très élégants.

SCÈNE PREMIÈRE

LÉONTINE, *assise,* MIETTE, BOUCAT, *debout.*
costumes de paysans du Poitou.

LÉONTINE.

Enfin, tout ça n'arriverait pas si vous faisiez ce
que je vous dis. Vous, Boucat, vous êtes un bon
jardinier et vous, Miette, vous êtes une excellente fille de ferme, mais vous avez un grand
défaut, tous les deux... *(Boucat et Miette baissent la
tête.)* Vous êtes routiniers.

(Boucat et Miette relèvent la tête.)

BOUCAT.

Madame la baronne dit comme ça que nous
sommes ?...

LÉONTINE.

Routiniers.

BOUCAT, *sans comprendre.*

On ne le fera plus, madame la baronne.

LÉONTINE.

Savez-vous ce que ça veut dire: Routiniers?

BOUCAT.

Non, madame la baronne.

LÉONTINE.

Et vous, Miette?

MIETTE.

Moi non plus.

LÉONTINE.

Ça veut dire que vous cultivez la terre et que vous soignez la basse-cour, comme on le faisait autrefois, sans tenir compte des progrès. Voici des livres que j'ai fait venir de Paris exprès pour vous, vous les lirez attentivement.

MIETTE.

Oui, madame la baronne.

LÉONTINE.

Tenez, vous, par exemple, Miette, vous croyez encore qu'il ne faut pas donner à boire aux lapins?

MIETTE.

Non, madame la baronne, il ne faut point leur donner à boire.

LÉONTINE.

Et pourquoi?

MIETTE.

Parce qu'ils n'ont point soif.

LÉONTINE.

Eh bien! c'est ce qui vous trompe. Les lapins ont soif comme tous les autres animaux.

MIETTE.

Oh!... ce n'est pas possible!

LÉONTINE.

Prenez le livre et vous verrez.

MIETTE.

Pour ce qui est des lapins de Paris, je ne dis pas... mais à la campagne les lapins ne boivent jamais.

LÉONTINE.

Je vous répète que c'est un préjugé.

MIETTE.

On se gausserait de moi dans le pays, si je donnais à boire à des lapins, n'est-ce pas, Boucat?

BOUCAT.

C'est sûr.

(Ils se mettent à rire tous les deux.)

LÉONTINE.

Dorénavant, vous ferez ce que je vous dis. Vous êtes des imbéciles.

BOUCAT et MIETTE.

Oui, madame la baronne.

LÉONTINE.

Maintenant, allez-vous-en. *(Boucat et Miette ne bougent pas.)* Allez-vous-en, mes enfants, et ne soyez plus aussi routiniers.

BOUCAT, *sans bouger.*

Hum!

LÉONTINE.

Quoi?

BOUCAT.

Hum! hum!...

LÉONTINE.

Qu'est-ce qui vous prend?

BOUCAT, *balbutiant.*

Madame la baronne.

LÉONTINE.

Eh bien?

BOUCAT.

On voudrait, Miette et moi, dire deux mots à madame la baronne.

MIETTE, *baissant la tête.*

Deux mots.

LÉONTINE.

Parlez, je vous écoute.

BOUCAT.

Parle, toi, Miette.

MIETTE.

Non, parle, toi.

LÉONTINE, *impatientée.*

Parlez tous deux.

BOUCAT.

Voilà, madame la baronne. On vient, Miette et moi, demander à madame la baronne la permission de se marier.

LÉONTINE.

Ah! ah!

MIETTE.

De se marier ensemble, oui.

LÉONTINE, *maternellement.*

Le mariage est une chose très grave, mes enfants. Il me semble que vous êtes bien jeunes. Quel âge avez-vous, Miette ?

MIETTE.

Dix-sept ans.

LÉONTINE.

Et vous, Boucat ?

BOUCAT.

Vingt-trois.

LÉONTINE.

Vous vous aimez?

BOUCAT.

Oui, madame la baronne.

LÉONTINE.

Nous verrons, dans ce cas. J'en parlerai à mon mari. Et quand désirez-vous vous marier?

BOUCAT, *avec élan.*

Tout de suite.

LÉONTINE.

Diable, tout de suite !

MIETTE, *baissant la tête.*

Ça vaudrait mieux.

LÉONTINE.

Pourquoi ?

MIETTE, *pleurant.*

Ça vaudrait mieux, madame la baronne.

LÉONTINE, *la regardant.*

Ah! ah! Vraiment, alors, Miette, vous avez?...

BOUCAT.

Oui, madame la baronne. On a été routiniers, Miette et moi.

LÉONTINE.

Allons, c'est bon, ne pleurez plus. Miette. Vous avez été très coupables tous les deux, mais j'espère que vous vous conduirez mieux à partir d'aujourd'hui. Vous me le promettez?

BOUCAT et MIETTE.

Oui, madame la baronne.

LÉONTINE.

Alors, je me charge de tout et je serai la marraine du petit.

MIETTE, *voyant apparaître Adolphe.*

Ah! madame...

LÉONTINE, *à Adolphe.*

Bonjour, monsieur le commissaire. Mon mari est encore à la chasse, nous allons l'attendre ici. *(A Boucat et à Miette.)* Revenez tout à l'heure, n'est-ce pas?

(Elle les congédie.)

BOUCAT, *sortant, à Miette.*

Sais-tu une chose, Miette? Madame la baronne est une bonne femme.

MIETTE.

C'est-y vrai, ce qu'on raconte, que c'est une cocotte de Paris que monsieur le baron a épousée?

BOUCAT.

Ça prouverait alors que les cocottes de Paris sont de bonnes femmes. Viens, Miette.

SCÈNE II

ADOLPHE, LÉONTINE.

LÉONTINE, *s'assurant que personne ne les écoute, et vivement.*

Nous ne nous sommes pas trouvés seuls depuis l'autre jour et je n'ai pas pu vous remercier de la façon délicate dont vous vous êtes conduit.

ADOLPHE.

Je n'ai fait que mon devoir.

LÉONTINE.

Non, non, non, vous avez été très gentil. *(Elle lui serre encore la main.)* A présent que je réfléchis, je m'aperçois que j'en ai eu de la chance de tomber sur de bons garçons comme Edouard et comme vous. Si j'étais tombée sur des hommes ordinaires, Dieu sait ce qui me serait arrivé ! Tandis qu'aujourd'hui j'aime mon mari et, de ma vie, je ne le tromperai plus.

ADOLPHE.

A la bonne heure.

LÉONTINE.

Car il y a des hommes qu'on méprise quand on les trompe, et, d'autres, au contraire, qu'on estime davantage. Edouard est de ceux-là.

ADOLPHE.

Oui, il gagne à être trompé. En somme, vous voilà heureuse ?

LÉONTINE.

Très heureuse.

ADOLPHE.

J'en suis ravi. Et maintenant, écoutez, Léontine. La fatalité nous a fait nous rencontrer de nouveau au moment où je m'y attendais le moins. Il faut prendre une décision énergique.

LÉONTINE.

Comment ?

ADOLPHE.

Notre situation est trop dangereuse, elle ne peut pas se prolonger.

LÉONTINE.

Pourquoi dangereuse ?

ADOLPHE.

Mais parce que votre mari s'est pris d'amitié pour moi ! Depuis huit jours que je le connais, il ne vient pas une fois à Châtellerault sans passer me serrer la main. Ce sont des parties de billard, des invitations à déjeuner qu'il m'est impossible de refuser !...

LÉONTINE.

Eh bien! Quel mal y a-t-il à tout cela? Est-ce que Edouard vous déplaît?

ADOLPHE.

Au contraire, il est charmant.

LÉONTINE.

Alors!

ADOLPHE.

Mais, malheureuse, s'il apprenait jamais que je suis votre premier mari, je me trouverais vis-à-vis de lui dans une position des plus fausses.

LÉONTINE.

Comment veux-tu qu'il l'apprenne? Il n'y a que Plantin qui le sache et il ne connaît pas mon mari.

ADOLPHE.

En êtes-vous sûre?

LÉONTINE.

Edouard ne m'en a jamais parlé et puis il est loin, ce bon Plantin. Au fait qu'est-ce qu'il devient?

ADOLPHE.

Je ne l'ai pas revu depuis quelque temps, il faudra même que je le mette au courant; je vais lui envoyer un mot.

LÉONTINE.

Tu feras bien, ce sera plus prudent.

ADOLPHE.

Et puis je vous en supplie, perdez l'habitude de me tutoyer.

LÉONTINE.

Oui, mon coco.

ADOLPHE, *avec un geste de découragement.*

Le baron n'a jamais fait de remarque au sujet de mon nom ?

LÉONTINE.

Jamais! Et puis votre nom n'est pas tellement exceptionnel... Dubois !

ADOLPHE.

Evidemment. Enfin, n'empêche que l'autre jour, il m'a demandé mon prénom.

LÉONTINE.

Ah ! ah !

ADOLPHE.

Et, naturellement, je n'ai pas osé lui dire que je m'appelle Adolphe. Je lui ai dit que je m'appelais Vincent.

LÉONTINE.

Tu fais bien de me prévenir.

ADOLPHE.

Voyez comme tout cela est compliqué. Ce qu'il y aurait de plus sage, ce serait de demander mon changement.

LÉONTINE.

Tu veux quitter Châtellerault?

ADOLPHE.

Dame !

LÉONTINE.

Mais je ne le veux pas. Je ne veux pas que tu quittes, à cause de moi, un endroit où tu te plais. J'ai eu assez de torts envers toi dans ma vie, pour ne pas me créer encore celui-là.

ADOLPHE.

C'est que je ne vois pas autre chose.

LÉONTINE.

Tu ne peux pas t'imaginer le plaisir que j'ai eu

à te revoir, car j'ai beaucoup d'affection pour toi,
ma parole. Je t'aime un peu comme si tu étais
mon frère.

ADOLPHE.

Moi aussi, je t'aime beaucoup. Mais enfin...

LÉONTINE.

Non, non... tu m'as rendu un tas de services
que tu n'étais pas obligé de me rendre. Tu m'as
prêté de l'argent.

ADOLPHE.

Ne parlons pas de ça.

LÉONTINE.

Pardon. Aujourd'hui, je suis riche... Je veux
m'acquitter...

ADOLPHE, *protestant.*

Mais pas du tout !

LÉONTINE.

Permets, c'est mon affaire. En outre, le baron
est très influent dans le pays : je m'occuperai de
toi, de ton avenir...

ADOLPHE.

Je t'en supplie, Léontine, ne te mêle pas de
ces choses-là ! Et puis, sapristi, il ne faut pas
nous tutoyer comme ça ! Supposez qu'on nous
entende nous tutoyer, on trouverait ça extraordinaire.

LÉONTINE.

Oui, peut-être.

ADOLPHE.

Vous voyez... pour toutes sortes de raisons, il
serait de la dernière imprudence que je reste à
Châtellerault.

LÉONTINE.

Cela me fera beaucoup de peine quand vous
partirez, Adolphe.

ADOLPHE, *se tournant.*

Le baron.

*(Entre le baron. Costume de chasse, fusil en bandou-
lière. Carnier.)*

SCÈNE III

Les Mêmes, LE BARON.

LE BARON, *serrant la main d'Adolphe.*

Bonjour, cher ami... Vous êtes arrivé depuis
longtemps?

ADOLPHE.

Depuis quelques minutes. Je causais avec la
baronne.

LE BARON, *embrassant Léontine.*

Bonjour, ma chérie. Qu'est-ce que tu as fait ce
matin?

LÉONTINE.

Des tas de choses. D'abord, j'ai fait venir Miette
et je l'ai attrapée...

LE BARON.

Ah!

LÉONTINE

Figure-toi que cette petite dinde m'a laissé
mourir Emile cette nuit.

ADOLPHE, *cherchant.*

Emile?

LÉONTINE.

Oui, le veau, le petit veau que j'appelais
Emile.

LE BARON.

Il est mort?

ADOLPHE.

C'est dommage !

LÉONTINE.

Ça m'a fait beaucoup de chagrin, je t'assure.
Je commence à m'attacher à tout ce petit monde
là. D'abord, moi, une ferme avec des bêtes et un
bon mari que j'aimerais bien, ça a toujours été
mon rêve.

LE BARON.

Alors, Léontine, vous m'aimez bien, maintenant ?

LÉONTINE, *riant.*

Oui et je ne me souviens plus du tout de ce
que j'ai fait avant de t'aimer.

ADOLPHE.

Voilà mon œuvre !

LE BARON.

C'est vrai ! Et quand je pense que les trois
quarts des gens mariés pourraient être aussi
heureux que moi ! C'est effrayant ce qu'on a
d'idées fausses sur le mariage. Mais rien n'est
plus facile que d'être heureux en ménage et c'est
grâce à vous que je m'en suis aperçu. Il suffit
de n'avoir pas un trop mauvais caractère, et
de ne pas demander aux femmes... l'impossible.

ADOLPHE.

Voilà !

LE BARON.

Tenez ! mon ami, vous aussi vous devriez vous
marier.

ADOLPHE.

Moi !

LÉONTINE.

Oui ! oui ! il faut le marier.

LE BARON.

Absolument.

ADOLPHE.

Vous n'y pensez pas, mon cher baron.

LE BARON

Mais si ! mais si !

ADOLPHE.

Vous en parlez à votre aise. Je n'ai ni votre fortune, ni votre situation.

LE BARON.

Cela n'est rien. Je vous trouverai une femme, je m'en charge.

LÉONTINE.

C'est ça. Nous vous trouverons une femme.

SCÈNE IV

Les Mêmes, HORTENSE.

LE BARON, *apercevant Hortense.*

Ma chère cousine, permets-moi de te présenter...

HORTENSE, *apercevant Adolphe.*

Monsieur Dubois !...

(Elle va vivement à lui et lui serre la main.)

ADOLPHE.

Madame... *(A part.)* Comment ! c'est sa cousine.

LE BARON.

Vous vous connaissez donc ?

HORTENSE.

Si je connais monsieur Dubois !... Mais monsieur m'a sauvé la vie... Je te l'ai raconté...

LE BARON.

Comment, c'est lui ?... le cheval emporté...

HORTENSE.

Monsieur Dubois s'est jeté à sa tête, avec un courage, une présence d'esprit... Et je suis heureuse de lui exprimer encore toute ma reconnaissance.

(Elle lui serre encore la main.)

LE BARON.

Et il ne s'en vantait pas, le cher ami.

ADOLPHE.

Je n'ai fait que ce que tout autre eut fait à ma place.

LE BARON.

Mais venez donc que je vous remercie à mon tour.

(Il lui serre la main.)

ADOLPHE.

De rien...

HORTENSE.

Comment de rien ! Mais il m'aurait été très désagréable d'être écrasée, je vous assure.

LÉONTINE.

Et moi aussi, je vous remercie... C'est bien ce que vous avez fait là... C'est très bien.

(Ils lui serrent tous la main.)

ADOLPHE.

Madame...

LE BARON, *lui frappant sur l'épaule.*

J'avais déjà une grande sympathie pour vous,

mon cher Vincent... Ce sera désormais entre nous de l'amitié, une véritable amitié... Vous êtes de la famille.

ADOLPHE, gêné.

Mon cher baron.

LE BARON, avec autorité.

Vous êtes de la famille ! N'est-ce pas, Léontine ?

LÉONTINE.

Certainement.

ADOLPHE, à part.

Allons bon ! voilà que je suis de la famille, maintenant !

HORTENSE.

Vous plaisez-vous à Châtellerault, cher monsieur Dubois ?

ADOLPHE.

Oui, les habitants sont charmants... Et les habitantes en particulier,

(Ils continuent à causer en remontant.)

LE BARON, à Léontine, à part.

Devine l'idée qui vient de me passer par la tête ?

LÉONTINE.

Voyons ?...

LE BARON.

Si on mariait Hortense et Vincent.

LÉONTINE, battant des mains.

Oh ! que ce serait amusant !

LE BARON.

Comment ! Amusant ?

LÉONTINE.

Je veux dire que ce serait parfait.

LE BARON.

Emmène-le... laisse-moi un instant avec Hortense.

LÉONTINE.

Oui... Oui... Je serais très contente... *(A Adolphe qui cause avec Hortense.)* Monsieur, donnez-moi votre bras... il va vous falloir visiter toute ma petite installation.

(Sortent à gauche, Léontine et Adolphe.)

SCÈNE V

LE BARON, HORTENSE.

LE BARON.

Quel gentil garçon, ce Vincent ? N'est-ce pas ?

HORTENSE.

Il est fort aimable. Où l'as-tu connu ?

LE BARON, *fronçant les sourcils.*

Par hasard, tout à fait par hasard. Et il m'a été tout de suite très sympathique.

HORTENSE.

Il paraît avoir un caractère excellent, si j'en juge par le petit bout de conversation que nous avons eue ensemble.

LE BARON.

Quand cela ?

HORTENSE.

Quand je suis allée chez lui le remercier ; c'est, d'ailleurs, un homme très bien élevé.

LE BARON.

Parfaitement élevé, et même instruit... Dis-moi, Hortense ?

HORTENSE.

Quoi, mon ami?

LE BARON.

J'ai eu une idée, je ne veux pas te la cacher.

HORTENSE.

Quelle est cette idée?

LE BARON.

Tu es jeune, tu es jolie, tu es veuve, tu es
libre... Eh bien?

HORTENSE.

Quoi?

LE BARON.

Tu ne devines pas?

HORTENSE.

Non.

LE BARON.

Dubois... Hein?

HORTENSE.

Monsieur Dubois?...

(Elle se met à rire.)

LE BARON.

Qu'est-ce que tu as? Je ne vois pas ce que mon
idée a de si ridicule.

HORTENSE.

Ce n'est pas cela, mais je ne puis m'empêcher
de rire en pensant à la tête que ferait la marquise, ma bonne tante, si elle t'entendait parler
de ce projet. Quand vous vous remarierez, me
dit-elle, ce sera certainement avec quelque
employé des contributions ou quelque magistrat.
L'autre jour, elle m'a prédit que je finirais par
épouser un cantonnier.

LE BARON.

Oh! cette bonne tante. Entre nous et sincère-
ment ce mariage ne te déplairait pas?

HORTENSE.

Non... Je t'avoue même que cette idée... ne me choque pas du tout.

LE BARON.

Tu serais très heureuse avec lui, j'en ai le pressentiment!

HORTENSE.

C'est possible! Je verrai... Je réfléchirai...

LE BARON.

Quant à moi, il m'irait très fort comme cousin, ce cher Vincent.

HORTENSE.

Mais tu vas! mais tu vas! Mais il ne tient peut-être pas à se marier?

LE BARON.

M'autorises-tu à m'en assurer?

HORTENSE.

Pourquoi pas?

LE BARON, *l'embrassant.*

Tu ne peux pas te figurer le plaisir que tu me fais... Le voici.

HORTENSE.

Je me sauve!

SCÈNE VI

ADOLPHE, LE BARON, *puis* BOUCAT.

LE BARON.

Mon cher Vincent, je vous ai dit tout à l'heure que je vous chercherais une femme. Eh bien, je l'ai cherchée!

ADOLPHE.

Ah!

LE BARON.

Et je l'ai trouvée.

ADOLPHE.

Ah!

LE BARON.

Une femme jeune, veuve, jolie, bon caractère, excellente famille et... soixante mille francs de rente.

ADOLPHE.

Vous plaisantez?

LE BARON.

Ma cousine, enfin.

ADOLPHE.

Madame Silvain!...

LE BARON.

Parfaitement... Je vous offre sa main et ce que vous avez de mieux à faire, c'est de l'accepter.

ADOLPHE.

Je suis ahuri... Absolument ahuri. S'il y a une chose à laquelle je ne m'attendais pas?

LE BARON, *lui frappant sur l'épaule.*

Ce cher Vincent!... Vous lui plaisez beaucoup.

ADOLPHE.

C'est impossible... Je ne peux pas croire...

LE BARON.

Mais si... Vous lui avez sauvé la vie. Avec les femmes, il n'en faut souvent pas davantage.

ADOLPHE, *lui prenant la main.*

Ecoutez, mon cher baron, je suis ému... Je suis même trop ému pour vous répondre...

LE BARON.

Hortense ne vous plaît pas?

ADOLPHE.

Oh!

LE BARON.

Auriez-vous par hasard une de ces liaisons?...

ADOLPHE.

Jamais!

LE BARON.

Vous n'êtes pas marié non plus?

ADOLPHE.

Quelle horreur!

LE BARON.

Alors, pas la peine de réfléchir.

ADOLPHE, à part.

C'est trop compliqué... Jamais je ne me tirerai de là tout seul. *(Haut.)* Avez-vous déjà parlé de ce projet à madame la baronne?

LE BARON.

Oui. Elle est enchantée.

ADOLPHE, à part.

Elle en est bien capable.

LE BARON.

Et, de mon côté, je suis ravi. Nous étions faits pour nous rencontrer.

ADOLPHE.

Je commence à le croire...

(Entre Boucat avec une carte.)

BOUCAT.

Une visite pour monsieur le baron.

LE BARON, *regardant la carte.*

Tiens! Plantin... Notre député.

ADOLPHE, *stupéfait.*

Plantin! Vous connaissez Plantin?

LE BARON.

Je crois bien! c'est un ami!

ADOLPHE, *à part.*

Et lui qui ne sait rien !

(*Sort Boucat.*)

LE BARON, *va du côté où doit entrer Plantin. A la cantonnade.*

Arrivez, mon cher Plantin.

SCÈNE VII

ADOLPHE, LE BARON, PLANTIN.

PLANTIN, *serrant la main du baron.*

Cette santé, baron ? Superbe, il me semble...
(*Apercevant Adolphe.*) Ah ! par exemple, c'est toi.

ADOLPHE.

Mon Dieu... oui... Mon Dieu, oui.

PLANTIN.

Si je m'attendais.

LE BARON.

Comment, vous vous connaissez donc ?

PLANTIN.

Si je le connais ! En arrivant ce matin à Châtellerault, j'ai passé chez toi, tu n'y étais pas.

ADOLPHE.

Naturellement.

PLANTIN, *au baron.*

Voilà plusieurs mois que je veux vous faire une visite, mon cher baron. Mais j'ai été retenu à Paris. Nous avons eu à la Chambre une session très mouvementée. Impossible de m'échapper.

LE BARON.

J'ai suivi de loin vos succès, mon cher Plantin.

PLANTIN, *se tournant vers le baron.*

Trop aimable.

LE BARON.

Vous déjeunez avec nous ?

PLANTIN.

De grand cœur.

ADOLPHE, *à part.*

Oh ! là là !

PLANTIN.

Sans compter que je vais avoir l'honneur, j'espère, d'être présenté à madame la baronne.

ADOLPHE, *à part.*

Allons bon !

PLANTIN.

On la dit exquise...

LE BARON.

Je ne vous ai pas avisé de notre mariage, mon cher Plantin. Il a eu lieu dans la plus stricte intimité.

PLANTIN.

J'ai su cela.

LE BARON, *allant à la cantonnade.*

Boucat, priez madame de vouloir bien venir jusqu'ici.

ADOLPHE, *à Plantin, à part.*

Au nom du ciel, ne manifeste aucun étonnement.

PLANTIN, *à part.*

Pourquoi veux-tu que je sois étonné ?

ADOLPHE.

Ne ris pas, et quand tu me parleras, ne m'appelle pas Adolphe, appelle-moi Vincent.

PLANTIN.

Hein ?

ADOLPHE.

Vincent ! oui, Vincent... Appelle-moi Vincent ! et ne sois étonné de rien, je t'en supplie.

PLANTIN.

Que le diable!...

ADOLPHE.

Tais-toi !

(Entre Léontine.)

SCÈNE VIII

LES MÊMES, LÉONTINE.

(Plantin, apercevant Léontine, fait un mouvement immédiatement réprimé par un regard d'Adolphe.)

LE BARON.

Ma chère amie, je te présente notre député Plantin.

PLANTIN, *stupéfait.*

Ah !

LÉONTINE, *tendant la main à Plantin, après avoir réprimé un mouvement de surprise.*

Je suis heureuse, monsieur, de faire votre connaissance.

PLANTIN.

Madame...

LÉONTINE.

Vous nous restez à déjeuner?

LE BARON.

Parbleu!

LÉONTINE, à *Plantin.*

Vous arrivez de Paris, monsieur Plantin?

PLANTIN.

Directement, madame. *(Au baron.)* J'oubliais de vous demander des nouvelles de votre famille, mon cher baron?

LE BARON.

Mais tout le monde va à merveille, je vous remercie.

PLANTIN.

Madame Silvain?

LE BARON.

Vous allez déjeuner avec elle.

PLANTIN.

Madame la marquise?

LE BARON.

La santé est excellente.

LÉONTINE, au baron, montrant Adolphe et Plantin.

Est-ce que ces messieurs se connaissent, mon ami?

PLANTIN.

Si je connais Vincent?

ADOLPHE.

Ça, oui! *(A Plantin qui passe près de lui.)* Pas de gaffe, au nom du ciel.

PLANTIN, bas à Adolphe.

Sois tranquille. *(Haut.)* Et quoi de neuf à Châtellerault?

LE BARON.

Rien de particulier.

PLANTIN.

Voyez-vous quelquefois notre distingué professeur d'agriculture, Anatole Grimard?

LE BARON, *faisant un mouvement.*

Grimard?...

ADOLPHE, *à part.*

Ah! il ne manquait plus que ça!

(Il essaie de faire des signes à Plantin.)

PLANTIN.

C'est un garçon du plus beau mérite, n'est-ce pas?

LE BARON, *très rouge.*

On le... On le dit.

PLANTIN.

Nous allons le faire décorer du Mérite agricole.

ADOLPHE, *continuant à faire des gestes.*

Cet être là ne comprend rien.

PLANTIN.

Un homme de cette valeur devrait être à Paris. Nous le ferons nommer bientôt, j'espère.

ADOLPHE, *passant près de Plantin.*

Tais toi! Ne parle plus, ne dis plus un mot!

PLANTIN.

Ah!

(Pendant cette réplique, Léontine s'est tranquillement assise et écoute indifféremment. — Un moment de silence. Tout le monde est gêné.)

LÉONTINE, *à Plantin.*

Donnez-nous quelques détails sur la dernière séance de la Chambre.

PLANTIN, *sous le regard d'Adolphe.*

... Détails?

LÉONTINE.

Oui, a-t-elle été intéressante?

PLANTIN.

Hum!

LÉONTINE.

Avez-vous pris la parole?

PLANTIN.

Oui. *(A part.)* Je n'ose plus ouvrir la bouche.

LÉONTINE.

Alors, vous avez fait un discours? *(Plantin baisse affirmativement la tête.)* Qu'est-ce que vous avez dit?

PLANTIN.

Rien.

LÉONTINE.

Vous êtes trop modeste. *(A part, au baron qui s'est approché d'elle.)* Voyons, mon ami, ne faites pas une figure pareille.

LE BARON, *même jeu.*

C'est le souvenir...

LÉONTINE, *même jeu.*

Oubliez-vous déjà vos promesses?

LE BARON, *même jeu.*

Je vous demande pardon. Un moment de mauvaise humeur. C'est passé.

LÉONTINE.

Messieurs, comme nous allons déjeuner bientôt, je vous demande la permission de m'occuper de vous!

(Elle sort.)

LE BARON.

Je vous laisse aussi, le temps de changer de vêtement et je suis à vous.

(Il sort.)

SCÈNE IX

ADOLPHE, PLANTIN.

(Adolphe et Plantin se regardent une seconde en silence.

PLANTIN.

Ah ! ça ! Qu'est-ce que ça veut dire ?

ADOLPHE.

Oui, mon ami, oui. Léontine est devenue baronne, la baronne de la Jambière !

PLANTIN.

Comment ça s'est-il fait ?

ADOLPHE.

Je n'en sais rien. J'étais bien tranquille à Châtellerault. Je me croyais débarrassé de Léontine pour toujours. Je recommençais même à ne plus y penser, quand je l'ai rencontrée tout à coup au moment où je m'y attendais le moins.

PLANTIN.

A quel moment ?

ADOLPHE.

Je te raconterai ça plus tard. A ce propos, ne prononce plus jamais ici le nom de ce professeur d'agriculture !

PLANTIN.

De Grimard ? Pourquoi ?

ADOLPHE.

Je te raconterai plus tard... Ne parle même plus jamais d'agriculture, ça vaudra mieux.

PLANTIN.

Bon !

ADOLPHE.

Tu vois ma situation, n'est-ce pas, sans compter que le baron, ignorant que je suis le premier mari de Léontine, vient de m'offrir tout à l'heure la main de sa cousine, madame Silvain !...

PLANTIN.

Qu'est-ce que tu me dis ?

ADOLPHE.

Et que Léontine pousse ce mariage de toutes ses forces.

PLANTIN.

Et le baron ne sait pas ?...

ADOLPHE.

Non, mon ami, il ne sait pas ! Il m'est impossible de le lui dire.

PLANTIN.

Pourquoi ?

ADOLPHE.

Ne t'en occupe pas. Mais tu comprends, mon vieux Plantin, j'en ai assez, cette fois-ci, j'en ai assez. Je veux m'en aller loin, très loin. Tu m'as trouvé une place à Châtellerault, tu m'en trouveras bien une autre ailleurs dans le Nord ou dans le Midi. Mais je veux fuir Léontine, tu entends, je veux fuir cette satanée petite femme !... Ah ! elle pourra se vanter celle-là !...

PLANTIN.

Mon bon ami, je vais te dire mon opinion sincère. Je ne demande pas mieux que de t'envoyer aussi loin que je pourrai, mais ne te fais pas d'illusions. Partout où tu iras maintenant, que ce soit dans le Midi ou dans le Nord, tu rencontreras Léontine ! Je te défie de ne pas rencontrer Léontine ! Il faut en prendre ton parti.

ADOLPHE.

Tu plaisantes ?

PLANTIN.

Non, je ne plaisante pas. Tu veux fuir Léontine? Mais mon pauvre ami, il est trop tard! Il
n'y a plus moyen! Quand vous étiez mariés, tu
pouvais encore espérer que tu te débarrasserais
d'elle un jour; il te restait la ressource du
divorce. Aujourd'hui, tu ne l'as même plus. Mais
remarque donc, malheureux, que tu ne t'es
jamais autant occupé d'elle que depuis que vous
êtes divorcés! Qu'elle n'a jamais joué un si grand
rôle dans ta vie! Qu'elle n'a jamais eu autant
d'amitié pour toi... Ah! on parle des liens du
mariage! Mais les liens du divorce sont encore
plus indissolubles!...

ADOLPHE.

Que faire? Alors, que faire?...

PLANTIN.

Rester et épouser madame Silvain. C'est un
parti magnifique et une femme charmante...

ADOLPHE.

Mais le baron ?...

PLANTIN,

Oui... Oui... Tu es dans une position assez délicate vis-à-vis de lui, j'en conviens... Mais ne t'inquiète pas de ça. Léontine arrangera tout, je
m'en rapporte à elle. Elle t'a créé mille ennuis,
elle a commencé par te rendre la vie insupportable : elle finira par faire ton bonheur, celui de
son mari et de toutes les personnes qui l'en-
tourent. Et elle va se mettre, j'en suis sûr, à faire
des choses exquises avec la même insouciance
qu'elle faisait autrefois des folies. Car il y a des
femmes qui sont vertueuses naturellement, et

d'autres qui ne le deviennent qu'après avoir commis toutes les fautes. C'est le cas de Léontine. Décidément, tu es un grand veinard, et, d'ailleurs, tu le mérites ! *(Il lui tape sur l'épaule.)* Au fait, j'ai oublié de te demander si tu aimais madame Silvain ?

ADOLPHE.

Pas encore, mais je sens que je vais l'aimer.

PLANTIN.

Tout va bien... *(Regardant à droite.)* Tiens, la marquise.

ADOLPHE.

Viens.

(Rentre la marquise.)

SCÈNE X

Les Mêmes, LA MARQUISE.

PLANTIN.

Madame la marquise, je suis votre serviteur.

LA MARQUISE.

Mes compliments, monsieur le député.

ADOLPHE.

Et moi qui avais quitté Paris pour me débarrasser de Léontine !

(Il sort avec Plantin. Le baron entre presque en même temps par la gauche.)

SCÈNE XI

LE BARON, LA MARQUISE.

LE BARON, *apercevant la marquise.*

Qu'est-ce que je vais lui dire ?... *(Il va à la rencontre de la marquise.)* Ma chère tante.

LA MARQUISE.

Bonjour, mon neveu.

LE BARON.

Voilà une bonne surprise.

(Il lui baise la main.)

LA MARQUISE.

Je n'ai que quelques mots à vous dire, mon cher enfant. D'abord, et avant tout, où en êtes-vous de votre divorce ?

LE BARON.

Il suit son cours.

LA MARQUISE, *lui prenant la main.*

Enfin, vous voilà donc rentré dans la bonne voie, mon enfant ! Que ne puis-je en dire autant de ma nièce !...

LE BARON, *étonné.*

De ma cousine Hortense ?

LA MARQUISE.

Cette petite me donne les plus graves inquiétudes. Je crains qu'avec son imagination romanesque elle ne se soit sottement amourachée de ce monsieur qui lui aurait, soi-disant, sauvé la vie.

LE BARON.

Je connais l'histoire. C'est un beau trait.

LA MARQUISE.

Ce sergent de ville n'a fait que son devoir.

LE BARON,

Ce n'est pas un sergent de ville.

LA MARQUISE.

Qu'est-ce donc?

LE BARON.

C'est un commissaire de police... un magistrat.

LA MARQUISE.

N'importe...

LE BARON.

Enfin ! Hortense est libre... Nous ne pouvons guère empêcher... si elle veut.

LA MARQUISE.

J'empêcherai bien, je vous le jure.

LE BARON.

Sans être un brillant mariage, ce serait un mariage honorable.

LA MARQUISE.

Honorable ! Vous avez dit honorable?

LE BARON.

Il me semble...

LA MARQUISE.

Mais vous ne savez donc pas qui est ce monsieur?

LE BARON.

Dubois !

LA MARQUISE.

J'ai demandé des renseignements sur lui à notre parent le substitut.

LE BARON.

Eh bien ?

LA MARQUISE.

C'est un homme divorcé.

LE BARON.

Allons donc ? Vous êtes sûre ?

LA MARQUISE.

Tout à fait.

LE BARON, *riant.*

Divorcé ! oh ! que c'est drôle !

LA MARQUISE.

Vous trouvez ?

LE BARON.

Oui, c'est très drôle.

LA MARQUISE.

Vous êtes indulgent, mon neveu.

LE BARON.

Voyez-vous, ma tante, ce que vous me dites là ne m'enlève rien de ma sympathie pour lui, au contraire.

LA MARQUISE.

Vraiment.

LE BARON.

Pour qu'un homme pareil se soit décidé à divorcer, il a fallu que sa femme ait cent mille fois tort. Il a dû tomber sur une petite coquine. Si vous connaissiez ce bon Vincent comme moi, vous seriez de mon avis.

LA MARQUISE.

Quel Vincent ?

LE BARON.

C'est son prénom, Vincent Dubois.

LA MARQUISE.

Pas Vincent. Adolphe.

LE BARON.

Vous dites ?

LA MARQUISE.

Je dis qu'il s'appelle Adolphe.

LE BARON.

Adolphe!

LA MARQUISE.

Adolphe Dubois.

LE BARON.

Adolphe Dubois!

LA MARQUISE.

Mais oui...

LE BARON.

Divorcé?

LA MARQUISE.

Par jugement du Tribunal de la Seine.

LE BARON.

Du Tribunal de la Seine!... Voyons, voyons! ce n'est pas possible... Je me trompe... Ce ne peut pas être ça... D'abord, ma tante, êtes-vous sûre de ne pas confondre?

LA MARQUISE, lisant.

Mais voici la note: « Monsieur Adolphe Dubois, commissaire de police de Châtellerault, ancien employé au ministère de l'Instruction publique et des Cultes. »

LE BARON, sursautant.

C'est bien ça. Ancien employé au ministère de l'Instruction publique.

LA MARQUISE.

Et des Cultes.

LE BARON, tombant sur une chaise.

C'est fantastique!

LA MARQUISE.

Qu'avez-vous donc?

LE BARON.

Il n'y a pas d'erreur... Il n'y a pas d'erreur... C'est lui.

LA MARQUISE.

Vous vous intéressez donc à ce monsieur?

LE BARON.

C'est fantastique !

LA MARQUISE.

Ou à la personne qu'il a épousée?

LE BARON.

C'est ma femme !

LA MARQUISE.

Encore !

LE BARON.

Ah ! décidément, ma tante, vous avez la spécialité de m'apprendre des histoires extraordinaires !

LA MARQUISE.

Vous aurais-je encore contrarié sans le vouloir, mon neveu?

LE BARON, *avec agitation et se promenant.*

Non, au contraire,.. Ah ! je m'explique maintenant !...

LA MARQUISE.

Que vous expliquez-vous ?

LE BARON,

Je comprends tout,.. la scène de l'autre jour !...

LA MARQUISE

Quelle scène?

LE BARON.

Son embarras, son attitude... et tout à l'heure ses hésitations.

LA MARQUISE.

Quelles hésitations?

LE BARON.

Et un tas d'autres détails.

LA MARQUISE.

Quels détails?

LE BARON.

Vous ne pouvez pas comprendre! Vous ne pouvez pas comprendre parce que vous ne savez pas! Mais moi, qui sais tout... *(Réfléchissant.)* Au fait, non, je ne sais pas tout! Mais je vais savoir! Et ce ne sera pas long! Laissez-moi, ma tante, je vous en prie, j'ai besoin d'être seul!

LA MARQUISE.

Soyez calme, mon neveu.

LE BARON.

Je suis très calme, vous voyez, je suis très calme. Mais au nom du ciel, allez-vous-en!

LA MARQUISE.

Au revoir, mon neveu!

LE BARON, *la reconduisant.*

Au revoir, ma tante, au revoir.

SCÈNE XII

LE BARON, *seul, puis* ADOLPHE *et* LÉONTINE.

LE BARON, *seul.*

C'est fabuleux! Je suis abruti...
(Entrent Adolphe et Léontine.)

LÉONTINE, *arrivant du fond.*

Edouard, on va se mettre à table.

ADOLPHE.

Mon cher baron, je viens de visiter votre installation... C'est charmant!

LÉONTINE, *regardant le baron.*

Qu'est-ce que tu as?

LE BARON, à *Adolphe.*

C'est bien à monsieur Adolphe Dubois, Adolphe et non Vincent, ancien employé au ministère de l'Instruction publique et des Cultes, que j'ai l'honneur de parler?

ADOLPHE.

Eh bien! j'aime mieux ça.

LE BARON.

Avouez donc que vous êtes le premier mari de madame et que vous vous êtes tous les deux joués de moi.

LÉONTINE.

Mon coco, je vais t'expliquer.

ADOLPHE.

Pardon, madame. C'est à moi de donner une explication à monsieur le baron de la Jambière.

LÉONTINE.

Mais non...

ADOLPHE.

Je vous en prie.

LÉONTINE.

Je ne veux pas... Oh! non, pas de disputes! Eh bien! oui, c'est mon premier mari. Et après? quel mal y a-t-il?

ADOLPHE.

Parfaitement. Quel mal y a-t-il?

LÉONTINE, au baron.

Voyons, mon coco, sois calme... Tu vas voir comme c'est simple.

ADOLPHE.

C'est la simplicité même... Ça arrive tous les jours.

LÉONTINE.

Je ne savais pas du tout ce qu'Adolphe était devenu. Quand je l'ai retrouvé, j'ai été étonnée, je te prie de le croire.

ADOLPHE.

Et moi donc !

LÉONTINE.

A quoi bon te le dire? A quoi bon t'inquiéter? Je ne pouvais pas prévoir ce qui allait arriver. Je pensais qu'Adolphe et toi, vous ne vous reverriez jamais. Alors, je ne t'ai rien dit. Voilà !

ADOLPHE.

Voilà !

LE BARON.

Léontine ! Léontine ! Je ne pourrai donc jamais avoir confiance en vous !.

LÉONTINE.

Mais si, mon chéri, il faut avoir confiance!

ADOLPHE.

Ayez confiance, monsieur le baron, tout est là.

LE BARON, à *Adolphe*.

Ah ! C'est vous qui êtes le premier mari ?

ADOLPHE.

Mais oui.

LE BARON.

Alors, c'est vous qui battiez cette malheureuse femme ?

ADOLPHE.

Moi !

LE BARON.

C'est vous qui rentriez gris tous les soirs?

ADOLPHE.

Moi !

LE BARON.

C'est vous que le tribunal, en prononçant le divorce, a justement flétri !

ADOLPHE.

Moi !

(Le baron s'avance menaçant.)

LÉONTINE.

Lui? Mais non, mon chéri, tu n'y es pas du tout. C'est le meilleur garçon de la terre.

LE BARON.

Je sais ce que j'ai lu.

LÉONTINE.

Tu as lu ça dans le jugement. Mais les jugements, c'est toujours des blagues. Adolphe me battre! Adolphe rentrer gris tous les soirs! Mais il n'y a pas un mot de vrai, mon coco, pas un. C'est moi qui ai eu tous les torts, c'est moi qui lui ai fait toutes sortes de misères. Mais il voulait que le divorce fût prononcé en ma faveur, parce que c'est un bon garçon. *(Allant à Adolphe et lui sautant au cou.)* Tu es gentil, va !

LE BARON.

Léontine !

LÉONTINE, *au baron.*

Je vais pouvoir le tutoyer maintenant, puisque nous serons cousins.

LE BARON.

Jamais !

LÉONTINE.

Nous serons cousins, je le veux !... *(Au baron.)* Et toi, viens ici !

LE BARON.

Hein !

LÉONTINE.

Viens ici, plus près, et serrez-vous la main tous les deux, ça me fera plaisir.

LE BARON, *hésitant.*

Oh !

LÉONTINE.

Edouard, je t'en supplie.

ADOLPHE, *au baron.*

A votre place, mon cher baron, je prendrais tout ça avec bonne humeur...

LÉONTINE.

Allons ! *(Elle prend la main d'Edouard et la met dans celle d'Adolphe.)*

LE BARON.

Au moins, cette fois-ci, Léontine, vous m'avez tout dit ?

LÉONTINE.

Tout, je te le jure !

LE BARON.

Cherchez bien.

LÉONTINE.

Tout absolument. J'ai beau chercher, je ne trouve plus rien. *(Lui sautant au cou.)* Tu es mon coco !

SCÈNE XIII

Les Mêmes, PLANTIN, HORTENSE, *puis* BOUCAT *et* MIETTE.

HORTENSE.

Eh bien ! Léontine, on ne déjeune pas ?

LÉONTINE.

Tout de suite.

LE BARON.

Prends le bras de ce bon Dubois, de ce bon Adolphe Dubois.

PLANTIN, *bas à Adolphe.*

Comment! il sait?...

ADOLPHE, *même jeu.*

Tout, mon cher.

PLANTIN, *même jeu.*

Et qu'est-ce qu'il a dit?

ADOLPHE, *même jeu.*

Il a été très content.

MIETTE, *entrant avec Boucal, un bouquet à la main.*

Madame la baronne veut-elle me permettre de lui offrir un bouquet?

LÉONTINE.

Merci, Miette. Et rappelez-vous ce que je vous ai dit tout à l'heure. Suivez bien mes conseils et vous serez heureuse en mariage.

ADOLPHE.

Voilà mon œuvre!

TABLE

—

PARIS — IMPRIMERIE MICHELS FILS
6, 8 et 10, Rue d'Alexandrie.

ARTHÈME FAYARD, Éditeur

Rue du St-Gothard, 18-20, PARIS (XIV°)

THÉATRE COMPLET
D'ALFRED CAPUS

❖ ❖

Pour paraître prochainement :

2° VOLUME Petites Folles ❧ La Bourse ou la Vie
La Veine

THÉATRE COMPLET
DE
PAUL HERVIEU
DE L'ACADÉMIE FRANÇAISE

Édition définitive en trois volumes in-18 à **3 fr. 50**

CHAQUE VOLUME SE VEND SÉPARÉMENT **3'50**

PARIS. — IMP. MICHELS FILS.

www.ingramcontent.com/pod-product-compliance
Lightning Source LLC
Chambersburg PA
CBHW050745030726
47505CB00002B/410